「ふ、二人の関係……聞く限り普通にアレじゃね？
いや、雰囲気的にただならぬ関係とは思ってたけど……
予想以上だったぞ……」

高雄(たかお)樹(いつき)

うわーマジかー、とオロオロする高雄妹。
何やら顔を赤くして、

「うわー姉貴、マジだってー」

高雄(たかお)聖(ひじり)

ニャキはがむしゃらに、駆ける。
片や猫の耳のようなものを頭につけたその人物も――ニャキ目がけ、走る。
二人の距離が縮まって。
そうして、二人は――抱き合った。

「ねぇニャぁぁあああぁ――
うゔぁぁあああああああああゔぁゔぁん！」

「ニャキ……ニャキッ――ごめん、なさいっ……
こんなにも迎えに来るのが遅く……
なってしまって！
ごめんなさいっ……ごめんなさいっ！」

ニャンタン・キキーパット
ニャキ

「それでは、
始めるとしましょうか。
この世界を救うための、戦いを」

蝿王

この復讐の旅を終わらせるための――
俺の、戦いを。

ハズレ枠の【状態異常スキル】で最強になった俺がすべてを蹂躙するまで 11

篠崎 芳

CONTENTS

プロローグ 003

1. 死闘のあとに 015

2. 飛び交う意思 077

3. 最強へと至る道 164

4. 白き女神と叛逆者 235

5. つながりてゆくもの 347

エピローグ 397

Illust : KWKM

プロローグ

「まず——桐原に【フリーズ】を使う件を、先に片づけたい」

高雄聖の胸に顔をうずめる十河綾香。

その十河に確認を取るつもりで、俺は言った。

ピクッ、と十河の肩が反応を示す。

次の反応を待つ。

が、しばらく待っても答えが帰ってくる様子はない。

代わりにという感じに、聖が言った。

「そうね……私も、まずその件について話し合うべきだと思う」

聖は視線を胸元の十河に下げ、

「十河さん、今ここで私があなたに伝えておくべきことがあるとすれば——私が死にかけていた時、三森君に救われた人たちが私を救ってくれたということ。そして……ヴィシスは倒すべき敵、ということかしら。私がここへ至るまでの経緯をもし詳しく知りたければ、それは、またあとでじっくり話すわ」

俺はタイミングを見て、

「【フリーズ】についてだが……俺としては信じて欲しいと言う他ない。桐原の負った傷が気になるなら、治療を施してから【フリーズ】を使ってもいい。まだ【スリープ】の効果時間は十分に残ってるからな」

聖が視線を俺へ向け、

「あなたが初めて【フリーズ】で凍らせたという虫は、まだ300日経っていないのよね？　つまり300日後の状態は、誰も確認できていない」

「このスキルはなぜか生者と死者を区別してる……生者への【フリーズ】は保存──つまり冷凍睡眠みたいなものなんじゃないかと俺は思ってる。コールドスリープって聞いたことないか？　SFとかで、ほら……その時には治療法がなくても、冷凍睡眠から目覚めた先の未来では治療法が確立されてるかも、みたいな。そういう生かしたまま保存みたいな使い方のできるスキルじゃないか、とも思ってる」

詭弁もいいところだ。

が、否定材料もない。

ありえる──と、三森灯河は〝心から〟そう思っている。

「わざわざスキル効果が生者と死者で区別されてる。だから……そこには何か、特別な意味があるはずだ」

すると──聖の胸に顔をうずめたまま、十河が口を開いた。

「…………聖、さんは……どう、思う？　今の……【フリーズ】の話……」

「そうね……私としては、説得力はあると思ったわ。筋も通っているし——嘘もついていない」

聖は続けて、

「実は私の固有スキル、スキル進化で嘘を見抜けるようになっているの。だから、三森君が嘘をついていないのはわかる」

「…………」

そんな能力も身につけてたのか。

聖が今話した能力については俺もまだ知らされてなかった。

ま……この用心深さこそ、まさに高雄聖とも言えるか。

そういえば聖の固有スキルは【ウインド】——風。

そして、セラスの嘘を見抜く能力も風の精霊によるものだ。

案外、同じ原理だったりするのかもしれない。

さて——この場で十河に嘘を見抜く能力を明かしたのは効果的とも言える。

前提として、今の十河はおそらく高雄聖の言葉なら信じる。

その聖が真実のお墨付きを与えるのなら、結果として俺の言葉も信じてもらえる。

十河は震える声で、

「……ねぇ聖さん。桐原君を、説得して……これから協力することは……できない、かしら……？　私は、それができるなら……」

「残念だけれど、今の桐原君と正常な協力関係を構築するのは難しいと思うわ」

「…………」

「ある時期以降の桐原君の不安定な精神状態や行動の突飛さを考えると、共に戦う場合、常に彼の暴走を頭の隅に留めながら行動しなくてはならなくなる。それから……私には、今の彼をコントロールできる自信がない。だから三森君の案に賛同する——それが、私の考え」

　姉の言葉を引き継ぐように、妹の高雄樹がお気楽な調子で言う。

「姉貴もこう言ってるし、三森の案でいいんじゃねーの？　三森のその冷凍スキルで固めちゃえば生きたまま長期間保存がきくって感じなんだろ？　やっぱ半端な拘束だと危ねー気もするしさ。つーか……桐原は絶対、邪魔にしかなんねーよ。元々、邪魔だったし」

　うぅ、と十河が肩を震わせる。

　その十河の頭に聖が優しく手を置き、

「樹」

「ふえ？」

「十河さんに対して、今は少し言葉を選んであげて」

「う——ご、ごみんなさい。うぅ……姉貴に叱られてしまった。はぁあ……」

しょんぼり肩を落とす樹。

ちょっと姉に窘められたくらいであんなしょんぼりするもんなのか……。

聖は十河を柔らかく抱き締めるようにし、

「十河さんがこうして重荷を抱えるはめになったのは、元は私がヴィシス暗殺に失敗したのが原因……だから、あなたは今回のことで責任を感じる必要はないわ」

がばっ、と顔を上げる十河。

「そ、それは違うわ！　私のしてしまったことは……聖さんの責任、なんかじゃない……私が全部……自分で決めた、ことだから……そもそも私がっ……聖さんに、頼りすぎてた……からっ……」

言いつつ——十河綾香は今も、高雄聖に頼っている。

今の十河綾香にとって唯一の寄る辺は、高雄聖。

ゆえに十河綾香が何か判断を行う際の軸となるのもまた、高雄聖しかいない。

こうして観察してみて、それは確信に変わった。

十河は——また、ぼろぼろと泣き始めた。

自分のぐちゃぐちゃな感情すべてを、聖に受け止めてもらいたい。

そんな風に見える。

……もはや、色々と限界だったのだろう。

ただ、聖が到着する前に漂っていた十河のあの危うさはかなり薄れている。

十河対策に聖を呼んだのは、やはり正解だったらしい。

「で――」

俺は言う。

「【フリーズ】の件は了承してもらえるのか、十河？　高雄姉がどう言おうと……おまえの了承を取らないことには、俺は【フリーズ】を桐原にかけられない――かけるつもりは、ない」

あまり気持ちのいいやり方ではないが。

誘導こそしても、最終的に形としては本人に選ばせる。

自らの意思で、選択させる。

納得感を与えるにはこれが一番いい。

……………ああ、そうか。

ヴィシスもこれをやったのだろう。

誘導しつつ、しかし、最後は自らに選択させる。

自分で決めたのだから――自分で背負わなくてはならない、と。

これも呪い。

自らが、自らにかける呪いである。

結局、俺も――やってることはヴィシスと同じ。

同じだ。

「………………」

十河の葛藤が、伝わってくる。

聖も、誰も、先を促すことはしない。

ただ、待っている。

急かして得た〝決断〟に、意味はない。

やがて――十河が俯いたまま、口を開いた。

「……私、は」

その時、だった。

「どうかトーカ殿を信じていただけませんか、アヤカ殿」

口を出したのは――セラス・アシュレイン。

顔を上げ、セラスの方を振り向く十河。

「セラス、さん……」

「もしタクト・キリハラが死んだ時は……その時は――私も、この命を絶ちます」

俺は、少し驚いてセラスを見た。

「セラス……？」

これは――セラスの独断。

十河もこれには意表を突かれた顔をする。

「！　セラスさんっ……それ、は――」

セラスは左胸に手をあて、落ち着いた調子で言った。

「私に、死にたいという欲求があるわけではありません」

「………………」

「しかし……命を賭けてもよいと思えるほど、私はトーカ殿を信じているのです。トーカ殿は……確かに、たくさんの者を手にかけてきたかもしれません。欺き続けてきたのかもしれません。これは自分のための復讐の旅だとおっしゃっていました。ですが、結果として――その旅の中でたくさんの善性の者が救われていくのをこの目で私が見てきたのも、また事実なのです。かく言う私も、この方に何度も救われております。トーカ殿がいなかったら……私も今頃、どうなっていたかわかりません」

セラスは長い睫毛を伏せ、微笑みを浮かべた。何かを大事に嚙み締めるみたいに。

「トーカ殿はいつも、悪逆なる者たちによる理不尽から力なき善性の者たちを守るべく、最善手を――できうる限りの手を打ってきたと思います。時に……その身を犠牲にするほどの手を、選択してまで」

セラスは視線を前へ向け、真っ直ぐに十河を見つめた。

「ですから今回の選択も、トーカ殿の目に守るべき者たちも映っているがゆえの選択だと……私は、そう信じております」

「…………」

十河（そごう）は明らかに、揺さぶられていた。今のセラスの言葉に。

さっきの聖の説得の時点でかなり傾いてはいた。

今のが——決定打と、なるかもしれない。

十河が、面を伏せた。

そして、

「……わかった」

ぎゅ、とこぶしを握り込む十河。次いで彼女は顔を上げ、

「桐原（きりはら）君に——【凍結性付与（フリーズ）】をかけて」

「……礼を言う、十河」

十河は、いびつな笑みを浮かべた。

また涙を流しながら。

「正直なところ……もう、私にはわからないの……桐原君を説得できるのかどうかも……

もう自分自身ですら……私は信じられない、から……今の私より……聖さんや、セラスさんの方が……よっぽど、信じられると……思う、からっ……私は、もう――」

再び、十河は縋るように聖の胸元に飛び込む。

二人の間で何かやりとりがなされている。

呟くような小声なので聞き取れはしない。

ただ〝聖さんが、信じるなら〟と、そんな言葉が聞き取れた気がした。

ややあって――わかったわ、と聖が頷く。

「三森君……【フリーズ】をかけるのは桐原君の傷の治療を行ってから……その条件は、守ってもらえる？」

「ああ、守る」

「それでいいのね、十河さん？」

こくり、と――十河綾香は、高雄聖の胸の中で小さく頷いた。

傷の手当ては、この中で最も応急処置に通じたセラスが行うことになった。

桐原に何か〝問題〟が起これば即座に対処できるよう、俺もすぐ傍で待機する。

手当てに集中しているセラスが腕で額の汗を拭う。

さっきの戦いの疲労が抜けていない中、よくやってくれている。

文句一つ言わずに。

「…………」

こういうヤツだからこそ——胸を、打つわけだ。

セラスみたいなヤツの言葉ってのは真っ直ぐ響く。

善性相手にはやはり、同じ善性の言葉こそが最も響く。

結局、最後の最後の大事な局面ではそれが決め手となるのではないか。

本来なら、十河とセラスこそコンビを組むべき二人なのかもしれない。

これがもし、十河綾香とセラス・アシュレインの二人旅みたいな物語だったら。

邪悪がこれほど蔓延る世界でなかったら。

これはもっと綺麗で——もっと、清々しい物語だったのだと思う。

「か、完全に今回わたし——出る幕がない、って感じだわ……」

「ブルルル」

励ますみたいにスレイが、ムニンに頬ずりしていた。

こうして、手当てが終わって。

「――【フリーズ】――」

300日――桐原拓斗(たくと)は、氷の中で眠ることとなった。

1．死闘のあとに

桐原に【フリーズ】がかかるのを見届けたあと、十河は意識を失った。

というか——眠りについた。聖の胸の中で。

「おそらく、ずっと張り詰めていた糸が切れたのでしょうね。この様子からして、もう何日もまともに眠れていなかったんだと思う。極弦の負荷もあるでしょうし……今は、しばらく寝かせてあげましょう」

聖はそう言って、十河を優しく撫でた。

「あの、トーカ殿」

隣にいたセラスがおずおずと口を開く。

教師に叱られるのを覚悟した生徒みたいな顔をしていた。俺は先んじて、

「独断で十河への説得を試みた件なら、謝らなくていいぞ」

セラスは目を丸くしてから、数秒後に苦笑を浮かべた。

「もうお見通しでした、か」

「高雄聖あっての説得の成功だったとは思うが、おまえのあれが最後の一押しになった気はする。だから、結果としては正しい判断だったさ」

命を絶つは、言いすぎだったかもしれないが。

ただ――言葉の〝強さ〟としては、実に効果的だった。

さらに言えば。

仮に桐原が死んでも、セラスが自分との約束で命を絶つなど十河は絶対に認めまい。

十河綾香は、そういう人間だ。

セラスが命を絶つと口にした時の反応からも、それはわかった。

「今回も、セラスには色々と助けてもらったな。さっきの手当ても、桐原との戦いも助かった」

「いえ。今回もやはり、まずトーカ殿の十重二十重の策があってこその勝利です。私だけであのタクト・キリハラに勝てたとは到底思えません。それに――」

セラスがさっと背を向ける。彼女はその白い両手を腹の前辺りで組み合わせ、

「何かと戦う時にあなたが側にいる心強さ……改めて、とても強く実感しました。トーカ殿がいたから、私は雑念なく目の前の攻防に集中できたのです」

「いつも以上に心強さを感じてたのは俺もだ。今回だってセラスにムニン、ピギ丸やスレイがいてこその勝利だしな。いつも言ってるだろ。策だけあってもそれを――」

「『実行できるヤツがいないと、意味がない』」

セラスは正面へくるりと向き直り、はにかんだ。

「――で、よろしいのですよね？」

フン、と鼻を鳴らす。

「もう、言うまでもないか」

「トーカさん、今回も冴え冴えだったわね！」

ぴょんっ、とセラスの両肩に背後から手を置いたのはムニン。

第一形態に戻ったスレイも、その後ろにいる。

「パキューン！」

嬉しそうに前足を上げるスレイを遠巻きに眺める樹が、

「えぇ～？　なんだあのカワイイの……パキューン、とか言ってるんだけど……」

キュン、としていた。

「ムニンも、よくやってくれた」

「ふふ、よかったわ……」

自分のてのひらに、ムニンが視線を落とす。

「ちゃんと、効いてくれて」

そう、こっちとしては禁呪の試し撃ちをさせてもらったみたいなものだ。

いざ発動してみたら効果がなかった、なんてのは避けたいしな。

今回の戦いは確かに想定した最悪の事態に見舞われた。

が、結果で見れば決戦前に禁呪の効果の有無を確認できたことになる。

「とはいえ禁呪を用いた戦いは今回の通りだ。俺の状態異常スキルを決めるには、禁呪の射程距離にヴィシスをおさめた上で、隙を生み出さなくちゃならない」

無効化の禁呪の射程距離は【パラライズ】とほぼ同じ約20メートル。

「まずそれをやれるかが、やはり課題になる」

禁呪が決まらないことには、俺の状態異常スキルも対ヴィシスでは役立たずだ。

ムニンが、やや離れた場所にいる高雄姉妹と十河を見た。

姉妹は桐原や十河の様子を確認している。

「あのソゴウさんでも、ヴィシスには勝てないのかしら？」

一度、十河と同じS級勇者の高雄聖がヴィシスに敗北している。

ヴィシスは自らの力を増強する手段を何か持っているらしい。

聖が戦った時、ヴィシスは大魔帝の放つ強力な邪王素で弱体化されていた。

その条件で互角くらいだった、と聖は言っていた。

つまり、弱体化していてようやくS級が互角に戦える程度なのだ。

ただ、聖以上の戦闘能力を持つと思われる十河ならやれるのだろうか？

「……そこばかりは、今のところ未知数だな」

それから、戦場浅葱の固有スキル【女王触弱】。

あれを決められれば——効くのなら、ヴィシスを引きずり下ろせる。

が、問題はやはり〝至近距離〟という条件だろう。

さらに言えば、あれも【女神の解呪（ディスペルバブル）】に無効化されないとは限らない。

敵味方の観点でどこまで浅葱を信用できるかってのも、やはり未知数だしな。何より、

「俺としては、ヴィシスがあれほど禁呪を忌避してる以上……やっぱり禁呪と状態異常スキルの組み合わせが、確実性は高いと思ってる」

「そうね、そこはわたしも同意見。ふふ、それに……トーカさんが自分のスキルでヴィシスを倒した方が、因縁に自ら決着をつけたって感じがするものね」

「そこにとらわれすぎるのも、まずい気はするがな」

てか、

「その辺は、ムニンこそどうなんだ？」

「わたし？　そうねぇ……確かに自分の禁呪の貢献があってヴィシスを倒した方が、胸を張ってみんなのところへ戻れる気はするけれど……」

そこで切り替えるように、くすりと微笑（ほほえ）むムニン。

「ふふ……でも、こんな大事な戦いをそんな自己都合で進めちゃだめよね」

「それを言ったら、俺こそ自己都合でここまで何もかも進めてきたがな。だから少なくとも、俺には自己都合を否定する権利はねぇよ」

そう、別に自己都合で進んだっていい。

時に目指す方向が、同じになるだけだ。


「少し二人で話をしたいのだけれど、いいかしら？」

そう話しかけてきたのは、聖。

セラス、ムニン、樹の三人は俺たちとは少し離れたところで会話している。

俺は樹が桐原に布を被せるのを見ながら、

「話すことはたくさんありそうだ。使い魔越しだと限りがあったからな――〝聖〟でいいんだったか？」

「今さら〝聖さん〟と言われてもね。今のあなたにはきっと、合わないだろうし」

「わかった。で、聖……何を話したい？」

「まず、元の世界のあなたは演技で作られた三森灯河だったの？」

「その話からか」

「こうしていざ会ってみると、やっぱり別人に感じるから。顔の造りはそのままでも、人格の方がそっくり入れ替わっているように見える。それはつまり、かなりの演技力を要することよ」

「元の世界の〝三森灯河〟が演技で作られてたって見立ては、間違っちゃいない」

「つまり、そっちが本来のあなたということ？」

「大まかに言えば、その理解で合ってる」

「何か、本当の自分を隠す理由があったのね」

「ちょっとばかり俺は家庭環境が複雑でな。その関係で、元の世界の俺は存在感を薄くするのに苦心してた。無害な人間を演じて周りに溶け込む必要があった、って感じか」

なるほど、と聖は言った。相変わらずの、淡々とした表情で。

「まあ、社会に内在する限りそもそも誰もが大なり小なりペルソナを被っているものよ。ほとんどの人はペルソナ――つまり仮面を被って、仮初めの自分と本当の自分を使い分けている。あなたの場合は、その仮面の精巧さが他と比べて突出しているのでしょうね」

……そういえば、高雄聖はこういう小難しそうな言い回しをするヤツだったな。

やっぱり、使い魔越しだと制限があったから抑えられてただけか。

「個人的に、今のあなたは嫌いではないけれど」

「あの高雄聖にそう言われる日が来るとはな」

「この世界で生き残るにしても、今の〝あなた〟の方が適していると思う。あと――あなたも含めて……2-Cのクラスメイトは、私を少し絶対視しすぎね」

「十河に対する、2-Cの連中もな」

聖が十河をジッと見つめる。

「十河さんがまだ十代の少女でしかないことを……私も、どこかで忘れていたのかもしれないわ」

「文武共に成績優秀で、容姿端麗……あの十河グループ会長の孫で、クラス委員……それと、古武術だったか。性格は思いやりがあって、真っ直ぐ……正義感が強く――純粋。何もかも揃った、立派な人物ってヤツだ」

「その中に、諸刃の剣が一つ」

「……純粋さか」

「純粋さは邪悪に利用されがち――残念だけれど、それが世の常よ」

「そして不純物が少ないからこそ、他の色にも染まりやすい」

要は、洗脳されやすい。

「私は、純粋さ自体はとても尊いものだと思うわ」

聖は十河に視線を置いたまま、その目にどこか儚げな色を浮かべた。

「ただ、純粋さを保ったまま生きるには周りの誰かが〝ライ麦畑のつかまえ役〟になる必要がある。これは私の自己解釈かつ、持論だけれど」

「ライ麦畑のつかまえ役？」

なんか似たタイトルの小説があった気がするが。

俺は自分なりに聖の言葉の意図を汲み取って、

「つまり……十河みたいな純粋なヤツには、邪悪を知る保護者が必要ってことか？」

「そういうこと」

　聖騎士時代のセラスで言う、姫さまみたいなもんか。

　聖の面差しに、ほんのわずか複雑な感情が走る。

「十河さんが純粋であるがゆえに——正直、私も判断に困る局面があった」

　ヴィシスを暗殺しにいく直前、聖は迷っていたという。

　計画の全貌を十河綾香（あやか）に明かすかどうか。

　元の世界への帰還方法も含めたミラとの繋（つな）がりのこと。

　対ヴィシスのために立ててきた計画のこと。

「ヴィシス暗殺に万が一失敗した場合も考えて、彼女に計画のすべてを託すことも一時は考えたの」

　渡す予定のメモは二種類あった。

「しかし……全貌を記したメモの内容を、十河がヴィシスに隠し通せると思えなかった？」

「純粋すぎるがゆえに、ね」

　言って、聖は続けた。

「それに……私の計画がヴィシスに露見してしまうと、とある人物を危険に晒（さら）すかもしれなかった。その人物はもしかしたら対ヴィシスの中で鍵となるかもしれない。私は、そちらの人物の安全を優先させた。つまり、十河さんをフェイクに使ったの。ヴィシスの目を逸らすために」

「単に十河の身を案じての選択だった、とかもありそうだがな」

「…………」

「仮に十河が聖の反逆を知っていた場合、クソ女神に共犯と見なされかねない」

そうなったら、ヴィシスは十河を〝許さない〟かもしれない。

しかし——何も知らなかったのなら。

引き続き〝利用されるだけ〟で済むのではないか？

連帯責任を持ち出しての理不尽な懲罰は、避けられる。

聖は、そう考えたのではないか？

俺は視線を十河の方へ向けたまま、聖に言った。

「おまえ、十河のこと——嫌いじゃないだろ？」

このやや迂遠な問いに、聖はしばらく黙った。

「思い返しても、私らしくない感情だったと思う。そうね……そこは珍しく、らしくないエゴが出た」

問いへの明確な返答ではないが。今のは、ほぼイエスと言っているようなものだった。

「で——ヴィシス暗殺に失敗した高雄聖は、態勢を整え直してから十河綾香に再接触することにした。機を見て計画の全貌を伝え、十河綾香を改めて反女神勢力に引き込む……そんな次の方針を立てたものの――」

「私がヴィシスの仕込んだ毒で倒れ、意識がなくなってしまった」

「そして十河への伝言を頼んだ樹も、伝言より姉の命の方を優先した結果――」

俺は樹から十河へ視線を移し、

「十河はヴィシスにいいように洗脳され、手遅れな状態になってしまっていた」

壊れて、しまった。

聖はゆるゆると首を振った。

「ヴィシスの暗殺に失敗……失敗時の次善策も私が毒で倒れたせいで手遅れになり、結果、十河さんを最悪な形でヴィシスにいいようにされてしまった。ね？　言ったでしょう？みんな、私を絶対視しすぎだって。結果だけ見れば、私は失敗続きなのよ」

「失敗続きとは言うが……ちゃんと、最悪は回避してると思うがな」

俺が言うと、聖は視線を足の爪先に落とした。

こうして見ると、セラスに負けないくらい睫毛が長い。

「そうかしら」

「姉妹揃って死なずにここへ辿り着いた。十河もひとまず、無事に確保した。俺視点じゃまだ十分カバーできる失敗に思える……ま、結果論だが」

「それは——三森君なりに、励ましてくれてる？」

「一応」

俺はセラスたちをぼんやり眺めながら、

「身の丈以上に期待されて、それに律儀に応え続けようとするってのも……なかなか大変なもんだな」

「身に覚えがある、という言いぶりね」

「蠅王も三森灯河も周りが思うほど万能じゃない。完全じゃないし、完璧でもない。が、そう見せ続けなきゃいけない。そして——俺はそのための努力を惜しむつもりはない。当然、結果も出し続けるべきだ。身の丈以上に、全力で」

フン、と鼻を鳴らす。

「身勝手な復讐の旅に巻き込んだ以上、それを目指すのは義務だろ。十河と違って、俺の場合は経験不足を……十代を言い訳にはできねぇよ」

「あなたはすべて、自分で抱え込むのね」

「抱え込む覚悟がねぇなら、最初から復讐なんて考えるなって話だ」

ふっ、と皮肉っぽく微笑む聖。

「ヴィシスも、とんでもない勇者を廃棄してしまったのかもしれないわね」

「あのまま城に残ってたら、それはそれでいいように使われてたのかもだけどな」

「今回の十河さんや桐原君のように？」

「ああ。つーか……桐原と言えば、今回のあいつに関してのおまえの分析は助かった」

「……三森君、聞いていいかしら？　あの【フリーズ】というスキル――」

　何か、言いかける聖。しかし、

「――やっぱりいいわ。やめておく」

　何を聞こうとしたのか。想像はついた気がした。

　本当に300日後〝生きたまま〟解除されるのか？

　聖は、それを聞こうとした気がする。

　実は――どうなるかは、わからない。

　まだ300日経過したサンプルがないからだ。

　ゆえに本来は断定などできない。

　ただ、十河に説明した時の俺は〝心から〟そう信じていた。

　だがしかし、もし生きたまま解除とならなかったら。

　俺は、十河に嘘をついたことになる。

　そして、俺を信じると言った聖も十河からの信頼を失うかもしれない。

「結果に対するすべての責は俺が被る。すべてが終わったら、だがな」

「……突き進む復讐者は背負うものが多すぎるわね。逃げ道もない」

「復讐ってのはそういうもんだろ。それより……過去の摺り合わせもいいが、そろそろ今後のことを話しておくべきじゃないか？」

切り替えるように、そうね、と聖が濡れた髪を撫でる。

「まずクソ女神だが……今回、桐原に同行はしてなかったみたいだ」

「禁呪の存在を恐れて来なかった。これは、ありうると思うけれど」

「もしくは――桐原を使って無効化の禁呪の有無の確認をしたかった、とかな」

「なるほど」

「あるいは……桐原や十河をぶつけている間に、俺を倒すよりも優先すべき何かをやってたとかもありうる。で、ヴィシスが執着しそうなものと言えば――」

「……大魔帝の心臓？」

「そうなるだろうな」

「桐原君の持ち物に大魔帝の心臓らしきものはなかったわ。ただ、例の首飾りがなかった」

大魔帝を倒した際、首飾りが大魔帝の邪王素――封印部屋の記述によれば根源素と呼ぶのが正式のようだ――を吸収したパターンは考えられる。

で、桐原は首飾りを所持していなかった。

「となると大魔帝の邪王素――根源素が、ヴィシスの手に渡っている可能性は高い」

聖はそこで、暗殺を試みた際にヴィシスが飲み込んだ黒い玉の話をした。

「大魔帝の心臓が秘めているエネルギー……あなたの言う根源素は、その黒玉と関係しているんじゃないかしら？」

「たとえばヴィシスは、神族の能力を高めるために根源素を集めている……しかし、勇者の帰還にそれをたくさん消費するのなら……」

「ヴィシスとしては勇者を帰還させず、根源素をすべて自分で使いたい――こうなるわね」

「となると、召喚された過去の勇者たちも元の世界へ戻れていない可能性が出てくる。ヴィシスに始末されるなり、この世界でその後を過ごすなりさせられた……自分の意思ではなく、な」

「ありえない話ではないわね」

「で……始末する場合は、あの廃棄遺跡を使っていた」

どうも自ら直接手を下すと何か不都合があるらしい。

が、転送先の廃棄遺跡で死ぬならセーフ……。

これが当たっているなら――なるほど、わざわざ廃棄遺跡へ送り込む意味は出てくる。

「…………」

根源素、か。

元の世界への帰還にも使えるなら、神族の能力を高める以外の用途もある気がする。

ヴィシスのことだ。何か、別の真の目的とかもあるのかもしれない。

「ちなみに元の世界に戻る話が出たが……十河や聖たちは、やっぱり元の世界に戻りたいのか？」

「十河さんと私たち姉妹はそのつもり。最終的に十河さんのもとに集まったクラスの子たちも、そう考えているとみていいと思う」

「帰還の禁呪があれば、ヴィシスの存在関係なしに元の世界に戻れる。もちろん、帰還に使用できる根源素がちゃんと残ってるかまでは保証できないが……そこは、残ってるのを祈るしかないな。ただ——どのみちヴィシスを排除しない限り、根源素を得るのは難しいだろう」

帰還の禁呪の話は、先んじて使い魔を通して伝えてある。

「要するに三森君は、これは2-Cの私たちが元の世界へ戻るための戦いでもある——そう言いたいのね？　そして……十河さんにも私からそう伝えてもらいたい、と」

「理解が早くて助かる」

〝ヴィシスを倒さないと元の世界には戻れない〟

現状、2-C連中の思考はそこへ持っていくのが正解だろう。

そして旗振り役は今のところ、高雄聖以上はいまい。

「その十河だが……今後どう扱うか、何か考えはあるか？」

「意識が戻ったあとはしばらく私に任せてもらえるかしら？　まずは、精神的なケアをしてあげないといけないと思う」

「わかった。今それができるのは、おまえだけだろうしな」

今はそれが、最善手だろう。

「表向きの扱いはどうすべきかしらね」

「ひとまず……死亡扱いか、行方不明の線がよさそうだが」

「そうね。現時点では、彼女がミラ側についたと勘ぐられそうな情報は出さない方がいい。特に、今もアライオンにいると思われるクラスメイトたちの存在を考えると」

「だな……目を覚ましたら十河はまずそこを一番気にするはずだ。今のところ……そこが十河の最大のウィークポイントとなる、か」

クラスの連中がヴィシスの手中にある以上、十河は下手に動けないだろう。

つまり——クラスメイトの安全を確保できない限り、戦力として十河綾香は今後の勘定に入れられない。

「アライオンにいるクラスメイトのヤツらを上手く脱出させる手でもあればいいんだが……」

最悪、十河を戦力として取り込むのは諦めるべきかもな。

するとき、

「実は、そのクラスメイトのことだけれど——無事に脱出させるあてがなくはないの」

あて？　ああ、もしかして——

「さっき、対ヴィシスの中で鍵になるかもしれないとか言ってた……」

「ええ——例のとある人物……言うなれば、内部の協力者。その人物なら、タイミングを見てクラスメイトたちを連れ出せるかもしれない」

「そいつの身の安全は、大丈夫なのか？」

「大丈夫だと思うけれど……一応、自分の身の安全を優先してとは伝えてある。ただ、その人物も内心ヴィシスをよく思っていないわ。けれど、ヴィシスからはかなり信用されているはず」

「へぇ……そんなヤツがいるのか」

とある人物の名はまだ明かせない、か。

ヴィシスの近くにいて信頼されている。なのに——裏切るようなヤツ。

「…………」

なんというか。ヴィシスの周りにいるタイプ、というイメージがない。

その時——とんとん、と。聖が、靴の爪先で地面を叩いた。

「そうね、考えてみればここで名を隠す意味もないわ。今後を考えれば、情報は極力あなたと共有すべきでしょうし。その協力者は名を――ニャンタン・キキーパット、というのだけれど」

「――――」

ニャキ。

ここで、繋がってくるのか。

「もしかして、知り合い？」

「いや、会ったことはない。だが……」

そいつは。

「そいつは――是非とも無事に、合流してもらわないとな」

そうか。ニャキの〝ねぇニャ〟が内部協力者候補か。

聖はニャキと俺との関係をまだ知らない。

俺は、かいつまんで事情を説明した。

「なるほど。そのニャキという子の話をどうにか伝えられれば、こちらへの協力を確実なものにできるかもしれないわね」

「恩を着せて利用する形だがな」

「いいんじゃないかしら。情けは人の為ならずというでしょ」

「情け、つうか――」

最初の動機は、ニャキに対する勇の剣の扱いに俺が勝手にぶちギレただけだったが。

ともあれ、内部協力者を得られればでかい。

聖はニャンタンにどういう協力を願い出たかを、俺に話した。

「――スマホの録音機能か」

樹のスキルで充電切れの問題を解決したらしい。

充電切れ続出でほぼ使用不可になっていた以上、ヴィシスが機能を細かく知り得たとは思えない。例の〝別世界のことを知りすぎるとまずい〟ってのもありそうだ。

仮に知り得ても、使用不可と思ってるならスマホへの注意は薄かっただろう。

「通話や広域の通信は使えないけれど、オフラインでも有用な機能は備わってるから」

「画像撮影機能も、証拠を提示する手段としては確実性が高い」

ニャンタンを信用させるまでの過程も、さすがは高雄聖というべきか。

人質になっているニャンタンの他の妹たちの問題も、ひとまず解決の道筋を作れている。

さらにヴィシスの注意――疑念は十河へ向かっていた。

おかげでニャンタンはかなり動きやすい状態になっていた。

これら一連の過程はその時々の状況に合わせ、柔軟に変えていったという。

「俺と違って大局を見据えてるな」

「打てそうな時に、思いついた保険を打っていっただけよ」

謙遜か、本心か。表情と声からはよくわからない。
……そういう時にちゃんと行動に移せる、ってのがすごいんだがな。
「ニャンタン・キキーパット、か」
実を言うと。
クラスの連中をヴィシスのもとから無事脱出させる。
ヴィシスの真意——目的を探る。
俺にとって最悪、その二つはなくてもいい。
切り捨てた場合は、十河綾香というカードを失う確率が高いくらいか。
実のところ、ヴィシスに何か企み(たくら)があろうと今の俺にはあまり関係がない。
あのクソ女神がなんらかの壮大な計画を考えていようと。
どのみち叩き潰す——復讐(ふくしゅう)するのは、変わらない。
今の俺にとって重要なのは、ヴィシスの居場所や動きを知ること。
〝どこにいて、どう動こうとしているのか〟
禁呪関係やミラの協力をクリアした今、準備は整った。
……まあ、決戦前に一つ。
可能ならやっておきたいことが、なくもないが。
いずれにせよ——ヴィシスの居場所や動向を知る必要はある。

向こうの動きに合わせ、こちらも動きや攻め手を決めていかねばならない。

〝ヴィシスの動きを探る〟

やはりこれは、まず当初の予定通りエリカの使い魔に頼ることになる。

これについてはエリカも了承済みだ。

予備として、ミラにも密偵なりなんなりで探ってもらう予定である。

だから、

「対ヴィシス戦に、ニャンタンの存在は絶対条件じゃない」

決戦時の勘定には元々入ってなかった要素。

次の言葉を待つように、聖は、黙って俺に視線を向けている。

「ただ……」

頭に思い浮かぶのは。

ねぇニャ――そう口にする、ニャキの顔で。

「ニャキ……あいつが救われれば、俺も救われる。だったらニャンタンは、救わないといけない」

リズやニャキは――〝俺〟なのだから。

「よく、わかった気がする」

言って、セラスを見る聖。

「三森君が、セラスさんや――エリカさん、イヴさん、リズさんから、これほど好意を寄せられている理由」

「蝿王はどこに行っても大人気でな」

「今の、本心ではそこまで思ってない。そうね？」

「……まあな」

なるほど。今のも固有スキルでわかる、と。

「三森君」

「ん？」

「今もまだ、同姓同名の別人と話している気分よ」

「俺も変な感じだ。あの高雄聖と、こんな風にしゃべってるのは」

このあと俺は、聖と今後の話を詰めていった。

まず使い魔でヴィシスの動きを探る。

ニャンタンには、そのついでとして使い魔による接触を試みる。

場合によっては、発話による伝言という手段も考慮に入れるべきか。

「ニャンタンが側近みたいな扱いなら、そっちからヴィシスの詳細な動向を探れるかもしれないしな」

高雄姉妹、十河綾香、桐原拓斗の扱いは狂美帝にも相談することにした。

今、狂美帝はここから南東の辺りまで出てきているはず。

俺は、偽物の蝿王の首とセラスをここへ運んでいるミラの一団へ向け、前もって用意してあった軍魔鳩を飛ばした。

この一団は、片が付いたあとの移動手段としても考えていた。

狂美帝が、口の堅い信用できる連中を集めてくれている。

「おまえたち姉妹や十河、桐原の現状はおおっぴらにせず今は隠しておく。だから、しばらくどこかに隠れる形になると思う」

「狂美帝は信用できそう？　私、直接会ったことはないから」

聖は元々、狂美帝の誘いを受けてヴィシスへの反逆を計画した。

狂美帝は今〝ヒジリ・タカオから連絡が途絶えた〟という認識で止まっている。

しかしまだ聖を協力者側と捉えてはいるはず。なら、この二人は繋ぎやすい。

狂美帝の印象や分析も含めそう話すと、

「いいわ。あなたの認識と分析も、私が抱いていたものとかなり近いようだし。そういえば……詳しくは聞かなかったけれど、鹿島さんたちもミラ側にいるのよね？」

〝鹿島たちは十河の説得に失敗したと思われる〟ということも含め、聖に伝える。

「――ってわけで、鹿島が説得を失敗した場合は十河対策として高雄聖が必要になると思った。で、直接ここへ呼んだんだ」

「三森君にとっては、説得の失敗も最悪の事態の一つだったわけね」

安や小山田もクソ女神に〝やられてた〟からな。

「洗脳されてて説得が通じないパターンも考慮はしてた。もちろん、説得が成功するに越したことはなかったが」

「――戦場……浅葱さんは、信用できそう？」

俺の返答は、少し遅れた。

「わからない」

「でしょうね。彼女は――異質だから」

「………」

「異物、と言い換えてもいいかもしれない。この世界に来てから観察していたけれど、十河さんや桐原君、三森君のように、目的や意思が明確でない印象があるの。といって、行動を起こさないわけでもない。ヴィシスに操られている風もなければ、他のクラスメイトのように状況に流されている感じもない。そうね、どこか……〝どうなってもいい〟――そう思っているように、見えなくもない。けれど、単なる自暴自棄とも違う。いえ、彼女の場合はそもそも分析すら無意味なのかもしれない……ただ――」

数拍、考え込む聖。

「……鹿島さん」

「鹿島？」

「最初はそうでもなかったのだけど……浅葱さんは鹿島さんにだけ、どこか接し方が他の人とは違う印象があった。鹿島さんに対してだけは特別な何かがある気も――しなくはない」

〝自分のことを浅葱は馬鹿だと思っているから〟

そんな風に、鹿島は言ってたが。

「ちなみに、浅葱には嘘判定があまり意味をなさない。こっちが嘘判定の存在を明かしてないのに、あいつは俺の側に嘘判定の手段があると気づいた」

「私の能力をもってしても、真意を探るのは難しそう？」

「聖が嘘判定できるのを隠してても、そもそも浅葱は真意を話さない。というか……今はもう相手によっては〝もしかしたら嘘を見抜く能力を持ってるかもしれない〟という前提で話を組み立ててる可能性すらある。どうもあいつは、俺にも読めないところが多くてな」

戦場浅葱。

どこか俺に似ていると感じたクラスメイト。

……異物、か。

「彼女、対ヴィシスの妨げになりそう？」

「――、……微妙だな。味方としてなら、優秀なヤツだとは思うんだが」

浅葱に対しては……存外、鹿島が鍵なのか？

戦いの中でヴィシスの意識を逸らす空隙を作る。

これはヴィシスにとって多くの敵がいた方がやりやすくなる。

ならばこちらのフェイク――味方は、多い方がいい。

「ひとまず共闘という形を取りつつ警戒はしておく……この辺りが、妥協ラインかしらね」

「……だな」

さて……十河が目を覚ます気配はない。

精神的なショックによるものだと長引くかもしれない、と聖は言った。

「そういえば……安君については事前に少しだけ聞いているけれど……」

「ミラに人員の余裕があれば、捜査を頼むのも手かもしれないな」

例の通行証をどこかで使っていれば、捜しやすくなりそうだが。

「今の彼なら味方になってくれそう？」

「はっきりイエスとは言えない。別れる前のあいつはまだ不安定に見えた。それにあいつはあいつで、この世界を一人でしっかり見てみたいとか言っててな――なわけで、あんまりこっちから干渉するのも違う気もしたんだよ」

「でも、聞く限り敵に回る心配はなさそうね」

「ヴィシスに捕まって洗脳でもされない限りは、な。そうだな……十河のことを考えると、捜し出して引き合わせるのも手かもしれない。安のことは、俺も考えておく」

クラスメイトと言えば、と思い出したように聖が言った。

「ニャンタンがヴィシスの目を盗んでクラスメイトと柘榴木先生を連れ出す話だけれど……小山田君を連れ出せるかが、不安要素ではあるの。彼は、魔防の白城の戦いで大きな精神的負荷を受けた。そのせいで、今は精神がまともな状態じゃないようなのよ。あの大侵攻のあと、彼と会えた生徒はほぼいないんじゃないかしら？　ヴィシスは治療中と言っていたけれど……まさにそんな状態の彼こそ、洗脳されていいように使われる危険があるのよね……」

聖にはまだ、小山田のことは伝えていなかった。

「小山田翔吾は、行方不明だ」

聖が、不可解を顔に滲ませた。

「……三森君？」

「あいつはアライオンを抜け出して、そのまま行方知れずらしい」

〝わかるだろ？〟――そんな顔を、俺は聖に向ける。

そう、聖は今の俺の言葉が嘘だと気づいている。

「だから――もし小山田の話が出たら、十河にはそう伝えてくれ」

「…………」

「すべてに片がついたら……十河には、すべてを話す」

仮にこの戦いに決着がついて、元の世界へ戻る準備が整ったとしても。

十河綾香は、小山田翔吾を捜し出してからじゃないと戻ろうとはしまい。

だから――これから聖を橋渡し役として、十河の力を利用するのなら。

話す必要は必ず、どこかで出てくる。が、

「今それを伝えても、俺の復讐にとって余計な障害が増えるだけだ。俺は――勝率が下がる選択肢を今、あえて取るつもりはない」

さすが、というべきか。聖は察した顔をする――してくれる。

「……わかったわ。今はまだ、私もそのことには触れないでおく。けれど……すべてが終わったあと十河さんにそれを明かしてどうなるかまでは、責任を持てないわよ」

「ああ」

高雄聖なら、乗ってきてくれると思った。

ややあって聖が緩く腕を組み「あなたは……」と切り出す。

「十河さんを――切り捨てようとは、しないのね」

「まあな」

「やっぱりあの時……廃棄される時、庇ってくれたから？」

「どうかな。あの魔防の白城の戦いで、あの時庇ってくれた借りは返したとも言える。どちらかというと……最強のS級勇者がクソ女神との戦いで思う通りに動いてくれるなら、って感じか」

「…………」

その回答に対し、聖は特に言葉を返さなかった。

代わりに、見定めるような目で俺を静かに見据えている。

そして自分の中で何かに納得したような顔をすると、聖は一つ息をついた。

「使い魔越しだと話せる内容は限られていたから、直接こうして話せてよかったわ。思っていた以上に三森君が心強い味方になりそうなのは、嬉しい誤算と言っていいわね」

「そいつは俺もだがな」

「それから……直接話したことで三森君が——どれほどヴィシスを憎んでいるのかも、わかった」

二人きりの会話の終わりに——ふと、聖が切り出した。

「ねえ、三森君」

「ん？」

「思いやりって――――エゴだと思う？」

「エゴだろ」

さっきも、エゴがどうとか言ってたが。

「おそらく私は、そのエゴによって失敗してしまった」

「思いやりが目的達成の障害となる……そう言いたいのか？」

あるいは十河のこと以外でも。

そう思うに至る何かが、あったのだろうか。

「そういうものが失敗の要因だったのかもしれないと――少し、思ったのよ」

吐き捨てるように、俺は息を吐いた。

「俺から言わせりゃ――思いやりがあって何が悪い、って感じだがな」

「けれどエゴイスティックな感情的判断は時に、成功を担保する合理的判断能力をスポイル――」

「んなもん、成功させりゃあいいだけの話だろ」

「――――」

「おまえが言ってるのは、いわば負の結果論だな」

「負の、結果論……」

「失敗したから、おまえは思いやりが失敗要素だったと判断した。が、成功してたら正しかったと思ったはずだ。つまり思いやりが原因じゃなく、失敗したのは――成功まで持っていけなかった高雄聖の力不足が原因だろ」

ちょっとだけ、不意を打たれたような顔をしてから。

ふっ、と高雄聖は微笑(ほほえ)んだ。

「……ぐぅの音も出ない回答ね」

目を伏せる聖。彼女は視線をゆったりと横へ滑らせ、

「けれど今の言葉……厳しいようで、とても優しい回答だわ」

聖の言う失敗要素(それ)は。

叔父さんたちが、持っていたもので。

そして、俺がそれを持ち得るか否かは――ともかく。

それは俺を、救ってくれたものだから。

だから、

「頭ごなしに、否定されていいもんじゃねぇだろ――思いやりってのは」

聖との会話を終えてセラスたちの方へ行こうとしたら、

「姉貴」

樹が近づいてきた。樹は背後の方に目配せし、親指でそちらを示す。

「桐原の方に変化はなし。委員長は、眠り姫みてーにスースー綺麗な寝息立ててる」

「今は寝かせてあげて」

「委員長、寝顔カワイーんだよなー。てか——この三森、本物？」

下から覗き込むような姿勢で、俺を観察してくる樹。

「しゃべり方のせいか？　声の印象もちげーんだよな。むー……つーか、顔つきもなんかちょっとイメージ違う感じになってねーか？　微妙に髪のびたせい？　アタシらみたいに実は双子で、片割れの方の三森だったり？」

「本人に聞いたところだと、今の三森君の方が本来の彼だそうよ。元の世界では、彼なりの理由があって仮初めの三森灯河を演じていたんですって」

「マジかぁー……これは別人としか思えねーや。つまり、三森はすげぇ演技派ってことだな……、——てか姉貴！　そんなことより！」

「？」

「本っ気で、やばいんだよ！」

くるりんっ、と身を翻す樹。

樹が、こっちに歩いてきているセラスの背後に回り込む。

「やばいって、姉貴！　これ、本物のセラス・アシュレイン！　これはやべーよ、姉貴！」

セラスは、作り笑いと苦笑いの中間の表情をしていた。栗みたいな形の口になった樹が、

「さっきちょっと話したり観察してみてわかったぜ……多分これ、姉貴がよく言ってる本物の美人ってやつ！　本当の美人はほら、見た目だけじゃなくて立ち居振る舞いとか仕草、話し方、性格とか含めて美人なんだよな？　アタシが会ってきた中でも、セラスさんはマジで頭三つくらい抜けてると思う！」

初めて実物のセラスを見たヤツの反応は大体似てる。

にしても――高雄妹は以前の印象より刺々しさが薄れてる。

前はどこか酷薄なイメージがあった。

そう、たとえば……さっきの桐原の処遇に対する意見を口にした時みたいな。

なんつーか。今の高雄樹はまさに、おねえちゃん子な感じで。

そのおねえちゃんはというと、

「そうね。人の美とは、容姿や身体つきにおける均整値だけでは本来〝そこ止まり〟になってしまう概念。これはつまり持続性の問題ね。美人は三日で飽きる、なんて言葉があるでしょう？　ある意味これは、表面的な美しか備えていない対象に使われる言葉とも言えるの。本物の美には、均整値を活かす所作、培われた品性、気高い意志など、様々なものが必要になる。本物の美とはつまり、言い換えるなら持続可能性に富んだ美。これを体

現できて人は初めて本物の美人になれるのでしょうね。もちろん、性別問わず」

聖は補足するように、

「当然これは、美の基準を均整値に置くならば、という前提条件ありきの話だけれど。美の基準は元来、人によって様々なのだから」

樹の目がぐるぐる回っている。

「し、知ってる言語なのに何を言ってるのかさっぱりわかんない……こんがらがってきた……」

俺は、

「要は、性格悪い美人だとけっこうすぐ飽きるって話だろ。で、中身がよけりゃ長続きする」

「まあ——ざっくり言えば、そうなるのかしらね」

「おー、そーゆーことか。三森、要約上手(うま)いじゃん」

聖がセラスをジッと見て、

「まあでも……確かに、セラスさんは私が今言った本物の美の基準を満たす人なのかもしれないわ」

「こんな美人だと国とか滅びそうだよなー。ほら、傾国の美女ってやつ?」

「樹……あまり美しい美しい言われてばかりでも、当人は意外と困ってしまうものよ。本当に美しい人ほどね。今後、その辺りは気をつけて接すること」

「え？　もしかしてセラスさん、嫌だった？　ア、アタシ別にそういうつもりじゃ……」

「あ、いえ——イツキ殿の接し方に、私は不快な思いなど抱いてはおりませんよ？　そこはどうか、ご心配なく。ですがその、私はそんなに面白くはないハイエルフ、ですので……気の利いた反応はあまり、期待なさらないでいただけますと……フフ……」

笑顔のまま青ざめているセラス。

謙遜風味の自虐によって、自らダメージを負っていた。

それでいいのか、セラス……。

「やばい……もしかしなくてもアタシ、なんかセラスさんの地雷踏んだ……？」

「ま、セラスは——」

「あら？　今の流れでいったら、わたしも美人さんの仲間入りかしらっ？」

俺が言いかけたフォローに割り込む形で、救援がかけつけた。

ニコニコ顔で輪に入ってきたのはクロサガの族長。

「どうかしらイツキさん？　わたしも、美人さん？」

「えー？　そうだなー……ムニンさんは——美人で気のいいおねーさん、って感じだよな」

「！　おねー、さん！」

「第一印象はとっつきにくい厳しい修道女みてーな人かと思ったけど、予想外に気安く話せる感じでアタシは好きだなー」

「樹さん──なんていい子！　好き！」

「ちょっ……む、ぐっ……セラスさん以上にアレがでかいのもあって、その抱き締め方は普通に苦しいんだがっ!?　むぐぐー！」

…………。

薄ら醒めた目をした聖が、

「……妹がごめんなさいね、三森君」

「ま、ああいうムードメーカーも必要だろ……ああ、そういや──ほら、ピギ丸」

「ピギーッ！　ポヨーン！」

ポニュンッ、と俺の肩の上に出てくるピギ丸。

「ああ、この子が例のスライム？」

「俺の相棒だ」

「ピギーッ」

興味深げに口もとに手をやり、ピギ丸を見つめる聖。

「〝蝿王〟──なるほど、そういうこと。名前の由来はゴールディングの『蝿の王』の登場人物から？」

「？　いや、鳴き声がピギーなのと……あとは丸っこいから、合わせてピギ丸ってつけたんだが……」

　なんかの作品の登場人物を連想したのか？

「…………」

「──そうだったのね。いい名前だと思うわ。よろしく、ピギ丸──君、でいいのかしら？　ヒジリ・タカオよ」

「ピギー」

　突起をのばすピギ丸。人差し指をのばした姿勢で、ピタッと聖が停止した。

「……触って、いいのよね？」

「もちろん」

「ピニュイ」

「お、触っていいのか？」

　樹も近づいてきて、ぷにっ、と指でピギ丸を押した。

「ピニッ♪」

「おぉ……なんか可愛いな……」

　聖も無表情でツンツンし始める。

「ピ、ピ♪　ピム、ピム♪　ピニュ、ピニュ♪　ピニー♪」

姉妹に指でぷにぷにされるたび、ぷにぷにと鳴くピギ丸。

樹がプルプル肩を震わせ、

「な――なんだよ三森！　アタシたちが暴走特急桐原やら詐欺女神の相手で大変な時、おまえはピムピムスライムにパキューンポニーみたいなカワイイのと一緒に旅してたのかよ!?　さすがにずるくねーか!?」

「さすがにずるくねーか、と言われてもな……」

姉の時も思ったが。

妹の方とこういう風にしゃべってるのも、なんだか不思議な気分だ。


俺の偽の首とセラスの偽者――もとい、輸送部隊が到着した。

今、俺は一応ムニン用の蝿騎士のマスクを被っている。

蝿王のマスクが桐原戦で破損してしまったためだ。

桐原戦後のあれこれについては、先んじて軍魔鳩で輸送部隊に要点を伝えてある。

が、直接話して説明をいくつか足しておいた。

その説明を終えたのち、別の軍魔鳩を新しく狂美帝のもとへ飛ばしてもらった。

全員、馬車に乗り込む。十河と桐原も馬車に運び込んだ。

馬車が、動き出す。

中はけっこう広々としている。スペースも余裕たっぷりだ。

左右側面の片方が適度な高さの段になっており、そこを椅子代わりとして使うことができそうだ。その反対側にあるスペースには、荷物やら何やらをまとめた。

皆、疲れもある。この移動中に休息を取るのがいいだろう。

「移動を急いだのもあって高雄姉妹は疲れてるはずだ。そこで寝ておくといい。寝袋も用意してある」

「特に樹は移動時の固有スキルの連発で疲れてるでしょうから、そこの寝袋でしっかり寝ておきなさい」

「ほーい」

もぞもぞと寝袋に入る樹。

「すぴー」

「……寝付くの早いな」

「昔から寝付きがいいのよ、あの子は」

「聖も少し寝ておくといい。おまえも疲れてるだろ？　声とかでわかる」

「三森君は欺きにくくて、ちょっとやりにくいわね」

冗談っぽく言って、聖も眠りについた。

といっても、椅子に座ったままのうたた寝に近い姿勢だが。

段差の端っこなので、壁に寄りかかるようにして寝ている。

……さて。セラスたちも休ませるべきだが、その前に――

「で……どうだった、二人とも？　高雄姉妹は」

セラスとムニンに尋ねる。まず、セラスが答えた。

「はい、お二人とも信頼できる方たちだと思います。お二人については、トーカ殿もご信頼しているようですし」

「そうね、二人ともとてもいい子だと思うわ。なんだかヒジリさんはわたしより年上疑惑があるくらい、恐ろしくしっかりしてる子だけど……」

なんだかしみじみとなって、遠い目をするムニン。

いやまあ……高雄聖は、ちょっと例外的だとは思うが。

ともかく、二人の印象は悪くないようだ。

セラスの言うように、俺も高雄姉妹は信用できるように思える。

あとは……聖が十河の手綱を上手く握ってくれるのを祈るくらいか。

ムニンもそのあと寝袋に入り、眠りについた。

セラスも【スリープ】(眠性付与)をかけて休ませる。

スレイも今は眠っていて、ピギ丸も深い休息モードに入っている。

俺は一人——桐原の攻撃で裂けた蝿王のマスクを眺めていた。セラスが眠る前に「私が起きたら、どうか蝿王面を私に修繕させてくださいませ」と言ってくれたが。

「この改造マスクもかなり傷んできてる……そろそろ替え時といえば、そうなのかもな」

このあと馬車は、一定の速度で走り続けた。

その間に高雄姉妹も目覚めた。続けて、蝿王ノ戦団の面々も目を覚ましていった。

樹はすっかりスレイに心を奪われたらしく、抱きながらおしゃべりしている。

「パンピィ」

「パンピィ？　んーなんだ？　一般ピープルのことかー？」

「パキューン、パキュリ♪」

「く、くっそ……なんだよ!?　この可愛い生き物～可愛いぞー」

スレイも樹には好意的なようだ。すると樹が、あっ、と何か思い出した反応をした。

「そういや姉貴、あの話も三森にしといた方がいいんかな？　ほら、エリカさんの未完成の魔導具の件……」

俺の問う視線を受けた聖が、

「エリカさん、ずっとあそこで対女神用の魔導具を研究していたらしいの」

それは、まあ——そうだろう。

地下室に堆く積まれた失敗作も俺は見ている。

研究してた魔導具はやはり、対女神を想定したものが多いに違いない。

クソ女神への復讐話に乗ってきたくらいだしな。

「神族の能力を若干だけど阻害できる魔導具を完成させられるかもしれない、と言っていたわ。ただ、私たちが出発する時にはまだ完成していなかったの」

「なんかあの家にいる時、アタシらにその魔導具の説明をしてくれてさ。あの時、姉貴のひと言がヒントになって完成のピースが揃ったみたいな感じだったよなー。エウレカ、ってやつ？」

「推理小説でちょっとしたひと言が解決のヒントになる、みたいなものだったのかしらね。それで──エリカさんは『完成したら使い魔で伝えるけど、ちゃんと届けられるかもわからないし、あまり期待しないでおいて』と」

これは──俺がエリカのとこまで取りに行くのも、考慮に入れるべきか。

ただ、往復する時間的余裕があるかだな……。

それもやはり、ヴィシスの動向次第か。

と、

「あと三森さ……なんつーか、悪かったな。廃棄される時、見捨てる形になっちまって」

樹がそう言って、ぺこりと頭を下げてきた。

「気にしなくていいさ。そこについてはもう、聖と話がついてる」

「けどまー、一応な」

今の〝廃棄される時〟で、ふと思い出したが――

「そういえば、おまえたちのユニークアイテムってなんだったんだ？」

あの時〝チンケなユニークアイテム〟とクソ女神からこき下ろされたのが、俺の魔法の皮袋だった。

ただ、他の勇者のユニークアイテムについてはあまり聞いたことがない。

これには、聖が答えた。

「ステータス補正値にさらに数値を足す装飾品の場合もあれば、武器や防具なんかに装着して武器の性能を底上げするものもあったみたいね。ただ、基本は召喚直後の低レベル状態を補佐する目的と思われるものが多くて、レベルが上がってくると有用性は下がっていく印象だったわ。私や樹のアイテムも、効果は似たようなものだったし」

なるほど。確かにレベルが低い時こそ、ステータスに数値を加算してくれるアイテムの有用性は高い気がする。レベルアップまでの生存率を上げる、という意味でも。

「委員長なんかはイヤリングだったよな、確か」

「飲料タイプのものもあって、飲むとステータスやスキルに恩恵のあるアイテムもあったみたい」

口に入れるタイプのもあったのか。

そのあといくつかのアイテムの特徴を聞き、

「聞いた限りだと、俺のユニークアイテムだけ文字通り妙に〝ユニーク〟なアイテムな気がするな……」

スキルと同じく、ユニークアイテムも通常の枠から外れた効果を持っていたのか。

「へぇ？　三森のやつは、どうユニークなんだ？」

樹が聞いた。……なぜかセラスが、ちょっとわくわくしていた。

「論より証拠だ。まずは、これを見てくれ」

俺は荷物から駄菓子を取り出し、床に広げた。

「な、なんだこれ？　三森……おまえ修学旅行の荷物から、こんな量の駄菓子を廃棄遺跡に持ち込んだのか……？」

いや、そもそも修学旅行の荷物はそっくりそのままあの城に残してきている。

「いいや、そういうわけじゃなくてな――」

俺は、魔法の皮袋の持つ機能を説明した。

「――マ、マジかよ!?　なんだそれ!?　ピギ丸といいスレイといい、やっぱり三森だけずるくねーか!?」

またもや樹から〝ずるくねーか!?〟を喰らってしまった。

「これのおかげで、廃棄遺跡で餓死せずに済んだ」

「面白い能力ね。まあ、衣服や修学旅行の荷物が一緒に転送されている時点で、食料の転送も原理上可能なのでしょうけど」

「他にもランダムだが、飲み物とか日持ちしないものも出てくる。駄菓子は日持ちする上に常温で置いとけるし、スペースも取らないのが多い。だから、けっこう取ってあるんだ」

「これさ、食っていいのか？」

「ああ」

「やりー。お、懐かしーなこれ」

樹がラムネを手に取った。そして口に放り込み、ポリコリと噛む。

噛みながら糸目になり、樹は何やら渋い顔をした。

「うち、母方のばあちゃんが駄菓子好きでなー……〝栄養ねぇんだからおめぇらは食うな〟とか言って、全部自分で食っちまうんだよな。すっげぇ旨そーに。要するに、適当なこと言っていつも自分で独り占めしちまうんだよ。……なんか、懐かしーな」

一方、聖はヨーグルトを模した駄菓子を食べていた。付属の木製スプーンで淡々と口に運んでいる。なんか聖が食べてると、駄菓子なのに高級料理でも食ってるみたいだな……。

セラスはもちろん甘い菓子に的を絞り、ムニンと分け合いながら食べていた。

「あー……なんかこれ食べてると、ここがアタシのいた世界とは違う世界なんだなーって感覚がすごく強くなってくるよなぁ。アタシ、なんだかんだでこっちの世界に馴染んじゃってたんだろうなー……ま、姉貴がいりゃアタシはどこだっていいけど」

聖がミニカルパスの包みを開け、スレイに差し出す。

「あなたも食べる？」

「パキュ〜♪」

差し出されたカルパスを食べさせてもらい「パムピィ♪」と上機嫌なスレイ。

「あ、すげぇ羨ましいぞスレイ！　姉貴、アタシにも食べさせてくれよ〜」

「普段なら断るところだけれど、今回は大分がんばってくれたし——今日は特別。はい」

「やったー」

あーんする樹の口にカルパスを持って行く聖。

樹はカルパスをはむっと口に含み、嬉しそうに嚙み締めた。

と、その高雄姉妹を見て何か思ったらしいセラスが、個装されたカルパスの入った袋にコソコソと手をのばした。しかし俺が見てるのに気づくと、慌ててサッと袋から手を離す。

「どうした？　もしかして……おまえも、ああやって俺に食べさせてくれようとでもしたのか？」

「い、いえ——、……魔が差したと、言いますか」

「ここには他のヤツもいるし、あとでな」

「あ――、……は、はぃ」

　正座したまま、しゅぅぅう、と蒸気でも出そうな勢いで赤くなっていくセラス。

　そのあと――俺とセラスの関係について（主に樹から）聞かれた。

　さっきのやりとりで気になったのもあるんだろう。

　俺たちの関係については特に隠すことでもない。

　なので、正直に話した。

　俺の横に座るセラスは時折、相槌などで反応している。

　照れのせいか、その白い頬がほんのりと桜色になっている。

　が、リアクションの方はかなり抑えていた。一方、樹のリアクションはというと――

「ふ、二人の関係……聞く限り普通にアレじゃね？　いや、雰囲気的にただならぬ関係とは思ってたけど……予想以上だったぞ……」

　うわーマジかー、とオロオロする高雄妹。何やら顔を赤くして、

「うわー姉貴、マジだってー」

　と、オロオロしている。意外と純情なヤツなんだろうか。

　……俺の物言いが率直すぎたのもあるかもしれないが。

　そんな感じの移動を経て――俺たちの乗った馬車は、狂美帝のいるミラ軍の野営地へと

辿(たど)り着いた。

◇【安智弘】◇

時は、少し遡る――

△

大街道を外れた二台の馬車が、北を目指していた。
各馬車には年齢の様々な十数名の男女が乗り合わせている。
そして――安智弘（やすともひろ）は、先頭の馬車の中にいた。
時刻は正午を回っている。
後部の幌（ほろ）の隙間から覗（のぞ）く空は快晴。
ただ、安の対面に座る中年の女の表情は曇っていた。
「あたしらこのまま、無事にヨナトへ辿り着けるのかねぇ？」
長い間、彼らは馬車に揺られていた。
口数も次第に減り、沈黙の時間が増えている。
その沈黙が、誰も口にしなかった不安を喉の奥から押し出したか。
堰（せき）を切ったように、他の者も次々と沈黙を破っていく。

「ミラがアライオンと戦争をおっぱじめちまうなんてなぁ……」

「しかも同じ頃に金眼どもが突然うろつきだした地域もあるって話じゃあねぇか」

「遺跡があった辺りから溢れてきたとか、この前会った商隊の人は言ってたけどねぇ」

「あの不気味な白い人間の群れもなんだったのやら……悪いことの、前触れじゃねぇといいが」

安は顔を伏せがちに、黙って話に耳を傾ける。

「皇帝様も、金眼の魔物やら謎の白人間が国内で発生してる時に戦争なんてなぁ……まずはそいつらから国民を守って欲しい気もするんだが……」

ミラ国民の狂美帝への信頼は厚い。

人によっては信仰と言ってもいいくらい——だそうだ。

けれど全員が全員そうではない。

当然と言えば当然のことか。多様な価値観や見方がある。

だから、こうしてミラにとどまるのを不安に思い、避難しようとする者たちもいる。

「どうなっちまうのかねぇ、ミラは」

彼らの町は、謎の白い人間の群れに襲われた。

町を脱出した者の多くは南の帝都へ逃れようと移動したそうだ。

しかしここにいる者たちは、

「安心しなって。だからこそヨナトに避難することにしたんだ。今のミラよりは安全なはずさ。ヨナトならうちの血縁のツテもあるしな……ほら、この通行証で入国もばっちりさ」

この馬車の持ち主である中年の男が言った。

小麦色の髪をした、青い目の大柄な男である。

「なぁに、このきなくせぇ情勢が終わればまたミラに戻ったっていいんだ。けど今は、避難した方がよさそうだからな」

彼は元傭兵だという。

馬車には元傭兵と現役の傭兵も乗り合わせている。

皆、同じ町の出身者で顔見知りだそうだ。

いや、ここいる者たちの半数以上が同じ町の出身だとか。

安を含む数名が、途中で拾ってもらった者たちである。

『おや？　兄ちゃん、怪我してんのかい？　どこに行くんだ？　へぇ……北に？　これからうちらはヨナトに向かうんだが、乗ってくかい？』

一度、断ろうとした。けれど結局、押し切られた形で安は馬車に乗り込んだ。

でもこれでよかったんだ、とも思った。

（この世界の人たちと直に触れ合ってみたい……そのつもりで僕は旅をしている。大丈夫……いざとなれば、固有スキルだってある……）

野営時の夜は、なかなか寝つけなかった。

第六騎兵隊のことを思い出してしまったからだ。

剝がされた爪、切断された三本の指、腱を切られた腕。

失われた右耳、削ぎ落とされた一部の肉……。

それらを認識するとたまに、あの恐怖がフラッシュバックする。

寝ついても、うなされていたらしい。

ただ、そんな安を彼らはひどく心配してくれた。

『ひでぇ目にあったんだな……でも、大丈夫だ。ここの連中なら信頼していい。安心して眠るといいさ。へへ、金眼どもが襲ってきても心配すんな。おれたちがいるからよ』

最後はそう言って、馬車の持ち主は力こぶを作って見せた。

ちなみに馬車には彼の妻、息子、兄弟も乗っている。

安は馬車内の床の汚れを眺めながら、

（北回りを選んだけど、これでよかったんだろうか？　いや、十河さんたちが大魔帝を倒そうとするなら北へ向かうはずだから……北回りの方が、合流できる可能性は高いはず……）

この世界にはインターネットがない。

ネットどころではない。テレビのニュース番組すらない。

新聞に似たものはあるが、情報の鮮度が古い。

(遠くの情報を得るのが、こんなに難しいだなんて)

SNS検索なんかで遠くの情報をリアルタイムに得るなど、もってのほかだ。

この世界では情報を得るにもタイムラグを覚悟しなくてはならない。

軍魔鳩や伝書鳩。早馬による伝令。手紙……。

それらを駆使しても、ネットの伝達速度にはまるで敵わない。そもそも得られない情報自体多すぎる。しかし、だからこそ情報がより貴重な世界にも思えた。

(ただ、なんだろう……何かに追い立てられるようにスマホを弄らなくていいのって……少し、楽な気もする……)

常に情報を追っていないと、まるで世界に置いて行かれるような感覚。

この世界にいると、あの奇妙な焦燥感がない。

(得たくても、得られないからかな……)

ネットに繋がったスマホがあると〝得られて〟しまう。

だからつい、弄ってしまう。そうしてネットに浸っていると——

自分のことを考える時間が、徐々に消えていって。

他人に振り回される時間が、徐々に増えていった。

その時——つん、と安の腕をつつく者があった。

「？」

顔を上げる安。

女の子が、安の斜め前にちょこんと屈(かが)んでいた。

（確か……）

隣の隣に座っていた女の子だ。

くりっとした目の、小ぶりなツインテールの少女。

ちなみに、安の隣に座るのがその子の母親である。

へらっとした邪気のない笑みを浮かべ、女の子が千切ったパンを差し出している。

「はい、おにーちゃん。どーぞ」

「え？　あ……ぼ、僕は……大丈夫、だから」

「げんき、出してください」

「き、君が食べた方が……いいと思う……よ」

「ん」

女の子はちょっと困った顔をして、母親の方を見た。

母親が安に——やや旅の疲れの色が見えつつも——微笑(ほほえ)みかけた。

「あの……もらってやっていただけませんか？　この子も、その方が嬉(うれ)しいみたいですので」

どうぞどうぞ、と控えめなジェスチャーをする母親。

が、ベルゼギアに持たせてもらった保存食はまだ残っている。

それに、この馬車にいる者たちもまだ食料に困ってはいないはず。

安も馬車に乗っている者たちも、特に食料に窮してはいないのである。

けれど女の子は、千切ったパンを安に与えたがっている。

「おにいちゃん、たぶん、きっと、おけがをしました。いっぱい食べて、なおしてください。ゆーり、手伝います」

にこっと少女が笑った。

ゆーり、というのは名前だろうか？

ああ、と思った。弱った鳥に餌でも与える感覚なのかもしれない。

そんな善意と期待を無下にするのは――気が引けた。

しかもいつの間にか、馬車内の人たちが笑顔でこっちに注目している。

安のことを刺すような視線は、まるでなくて。みんな、にこやかだった。

受け取ってあげな、と正面の中年の女が微笑む。

安は――パンを受け取った。そしてちょっと照れて、

「あ、ありがとう……いただきます」

ここは、すぐに口にすべきだと思った。

ひと口齧り、それからすべて口の中に放り込み、咀嚼する。飲み込んで、

「美味しかった……です」

「おげんき、出ましたか？」

「……う、うん」

「はい、よかったです」

少女は、うきうきした様子で母親の膝の上に座った。

えへへ、と母親を一度見上げてから。

朗らかに、そして無邪気に、少女は安に笑いかけた。

少し、誇らしげに。


興奮した馬のいななき。

直後、馬車の速度が乱れた。外から慌てた声。

「き、金眼だぁ――――ッ！」

馬車が速度を落とし停止する中、馬車の持ち主が舌打ちした。

「ちっ……金眼どもが多めにうろついてる街道を避けても遭遇するかよ」

外の御者台の方から、武装した男が馬車内に顔を覗かせた。

指示を仰ぐような表情をしている。

馬車の持ち主――リンジが、落ち着いた調子でその男に尋ねる。

「オウル、どんな感じだ？」

「ぱっと見……数は十いないくらいですね。今んとこ、大型のやつもいません」

「わかった。ならここでやっちまおう……いくぞ、おまえら」

リンジが真っ先に腰を浮かせ、剣を手に外へ飛び出す。

現役の傭兵や元傭兵たちが四名それに続いた。

安も反射的に続こうとするが、最後に出て行きかけた元傭兵の男が安を制する。

「おっと！　気持ちはありがてぇがよ、兄ちゃんはその怪我なんだ。その、あれだ、悪ぃがそんな戦えるようにも見えねぇからよ――つまり、無茶はしなさんな」

「あ、あの……僕、は――」

異界の勇者です、と口からそう出かけて。引っ込んで、しまった。

（勇者？　僕が……？　人を救う……勇者？　違う……僕は……自分が〝勇者〟なんだと勘違いして、増長した……）

元傭兵が歯を見せ、ニカッと笑いかけた。

「そうだな――じゃあ、いざという時のためにこの馬車ん中を頼む！　ユーリちゃんだって、このお兄ちゃんがいてくれたほうが安心だろ?」

男が声をかけたのは、さっき安にパンをくれた少女。

少女は母親にしがみつく格好で振り向き、こくこく、と頷(うなず)いた。

「よーし、決まりだ! 頼んだぜ兄ちゃん! 外んことはおれらに任せとけ! 特にリンジさんはほんとに強ぇからよ! 魔物なんて、すぐやっつけちまうさ! へへ……それに、こういう時こそ——無駄飯食らいの、おれたちの働きどころだからな!」

言って、男も威勢よく飛び出していった。外ではすでに戦いが始まってるようだ。

安は——浮かせた腰を、下ろした。

(……僕、は)

あんな勢いで、ああ言われてしまっては。

あれ以上、何も言えなくなってしまう。

馬車に乗らないかと誘われた時も結局、流されたのだ。

あの頃から……

(僕は……変わってないのかも、しれない……)

昔からあった虚勢が、消え去って。

この異世界に来て溢(あふ)れた勘違いと、増長と、毒が抜けて。

自分は多分——元に、戻ってしまった。

最初の最初のフリダシまで。

「…………っ」

少女――ユーリが母親の服の布地を握り締め、震えていた。

「大丈夫よ、ユーリ。ほら顔を上げて」

顔を上げ、黙って母親の顔を見るユーリ。

「いつもと同じでいいのよ？　怖い時はずーっと、ほら……おかあさんの顔を見ててね？　おかあさん、笑ってるでしょ？　だから――大丈夫」

気丈な人だ、と安は思った。

母親は笑みを浮かべていたが、肩が小刻みに震えていた。

ユーリが母親の服の布地を摑む力が、ちょっと緩んだ。

「おかーさん……いつもの？」

「そう……いつものよ。笑顔の魔法」

「……えへへー」

ユーリも、笑った。

母親以外のものが、すべてこの世から消えてしまったみたいに。

とても安心した様子が伝わってきて。

なんだか安も、ホッとしてしまった。

そして、思った。

（どうしてこんなにこの人たちは優しいんだろう……いるんだ……こういう人たちが……この世界に……）

襲ってきた魔物は無事、すべて退治された。

こちらは二名ほど、ごく軽い怪我（けが）をしたくらいだった。

全員が無事と言っていい結果である。

二台の馬車は――北を目指す。

2．飛び交う意思

野営地に到着後、俺は馬車を降りた。

輸送部隊の面々も降り立ち、そのまま狂美帝へ報告に向かう。

ひとまず輸送部隊の他に降りたのは俺のみ。

一旦セラスたちは馬車に残しておく。

特に高雄姉妹、十河、桐原は人の目に触れる機会を減らしたい。

蠅王のマスクは、間に合わせ感は残るものの、道中でセラスが修繕してくれた。

俺は今、その蠅王面をつけている。

ほどなくして、俺のもとへ侍従が早足でやってきた。

狂美帝のいる幕舎へ来て欲しいとのこと。了承後、俺は侍従に尋ねた。

「先んじて軍魔鳩でお伝えした、馬車を隠せる場所の件ですが――」

「陛下より仰せつかりました通り……つまり、蠅王様のご指示通りのものを用意いたしました」

「ありがとうございます。では、あの馬車の方はそちらへ」

「かしこまりました。さ、蠅王様はこちらへ」

侍従についていき、狂美帝の幕舎に入る。

贅を尽くした皇帝の幕舎——というより、実務的な雰囲気の内観である。

入るなり、中にいる者たちの視線が一斉に俺を捉えた。

奥の椅子には狂美帝。その周りを近衛騎士らが固めている。

他の顔ぶれはおそらく家臣たち。

狂美帝の横には選帝三家の当主の一人、ヨヨ・オルドの姿もあった。

「よく戻った、蠅王」

狂美帝は俺と二言三言、言葉を交わした。

二人だけの合い言葉。いわば、蠅王の本人証明みたいなものだ。

ヨヨ以外は〝なんの話だ?〟みたいな顔をしている。

そうして短い合い言葉が終わり、

「して、蠅王よ。首尾はどうだ?」

「S級勇者——キリハラの脅威は、消しました」

おぉ、と家臣たちが声を上げる。

「この仮面やローブを見てもわかる通り、なかなかの強敵ではありましたが」

「が、くだしてみせた。さすがだな——そちの策がはまったか」

「どうやら」

「ふっ……成功ばかりも、考えものかもしれぬな」

「と、言いますと？」

「いざという時そちに頼りたくなってしまう。そちは余にとって、魅惑的な毒とも言える」

「至極光栄ではございますが……お戯れとはいえ、さすがに過大評価が過ぎましょう。陛下は偉大かつ聡明なお方なのですから、ワタシなどを頼らずとも問題はないかと」

うむうむ、と頷く家臣たち。……こいつらの皇帝はちゃんと立てとかないとな。

変に俺が持ち上げられて下手な勘ぐりはされたくない。

一方、つまらなそうに頬杖をつく狂美帝。

「ヨヨ、蝿王と二人で話がしたい」

これにヨヨが応じ、人払いをする。周りも慣れっこな反応で、素直に幕舎を出て行った。

ヨヨも狂美帝に一礼し、彼らに続く。

皇帝をここに一人残していくのも、どうかとは思うが。

俺もそれなりの信用は得てるってことか。

ま、狂美帝自身が一筋縄でいかない強者ってのもあるだろうが。

「忠臣が顔を並べていると肩が張っていかぬな。さて、軍魔鳩で大まかには把握したが……いくつか、そち自身の口から聞きたい」

質問に答えつつ、俺は狂美帝に伝えるべき情報を伝えた。

「──承知した。諸々、そちの望む方向で手配しよう」

「感謝いたします。こちらの……ミラ軍の状況はいかがですか？」

破竹の勢いだった混成軍は、ミラの国境を越えてきたらしい。

しかし現在、混成軍は国境をやや越えた辺りで停止している。

両軍は膠着状態とのこと。不気味なほど、混成軍の側に動きがないという。

「アヤカ・ソゴウは自分が戻るまで進軍せぬよう言い残し、単独でミラ領内の奥へ侵入したようだ」

「その情報はアサギ殿から？」

「うむ」

聞けば、浅葱たちも今この野営地にいるという。

「混成軍が微動だにせぬところを見るに、カトレアは言いつけを律儀に守っているらしいな」

「そもそも──アヤカ・ソゴウが不在になった時点で、混成軍は攻勢に出にくくなったと見てよいのかもしれません。ネーアの女王がいくら戦上手とはいえ、戦局を決定づける最大の要因となっていたのはやはりアヤカ・ソゴウだったように思います。単騎戦闘能力という点で見れば、彼女は常軌を逸した力を持つ勇者です。ネーアの女王の戦術も、そんなS級勇者を軸にしていたからこそ、あれほどの効果を発揮したのではないでしょうか？」

「S級勇者は時に一人で戦局を左右するほどの力を持つ――か。確かにどんな奇策も、まず軸となれる駒がなくてはなしえぬからな」

しかしこれで――と、狂美帝があごに手を添える。

「向こうの戦術の要であったアヤカ・ソゴウはこちらの手中にあり、キリハラは戦闘不能、ヒジリ・タカオは味方となった。S級勇者の脅威は、消えたわけだ」

「A級勇者も今や、我々の障害としてはほぼ考えずともよいかと」

「アサギ・イクサバもこちら側にいる。味方としては、頼りになろう」

「はい、ワタシもそう思います」

そう――味方としてなら、な。

狂美帝はそのあと、今後のミラの動きについての考えを示した。

十河綾香（あやか）が戻らない以上、混成軍との戦いはこちらが優位に進められる。

東の国境付近で混成軍と睨（にら）み合っているミラの本軍。この野営地にいる狂美帝率いる援軍がそこに合流すれば、一気に攻勢へ出られるだろう。

「こちらはキリハラをくだした蝿王ノ戦団も合流している。戦力では圧倒できるはずだ――が、できるならネーアの女王との正面衝突は避けたい」

「そちらは改めてセラスにも相談してみましょう。女神を倒す算段がついたと知らせれば、ネーア軍ごとこちらに引き込めるかもしれません」

「アヤカ・ソゴウの参戦で想定に多少の歪みは生じたかと思いますが……アライオンまで攻めのぼる計画は、予定通り？」

「ああ、予定通りアライオンまで攻めのぼる方向で考えている。いささか――戦力に、不安は残るが」

「想定外の――つまり……帝都襲撃に用いられた白き軍勢のような戦力の投入が、ありうると？」

「うむ」

狂美帝が足を組み、薬指をその白い頬に添えた。

「数は力ゆえな……戦争において奇策頼りは、綱渡りでもある」

皇帝は視線を流し、

「……予備戦団の投入だけでは、足りぬかもしれぬ」

それから視線を俺へ戻し、問う。

「銀の軍勢を生成できるというアヤカ・ソゴウ……味方として、頼りにできそうか？」

「現時点で明確な返答はできかねます。その件はまず、ヒジリ・タカオと話してみるのがよろしいかと」

「そうだな……ヒジリとは一度、直接会いたいと思っていた」

「では――今から、お会いになりますか？」

狂美帝はほんの数秒考え、

「そうしよう」

言って、腰を浮かせた。

今の数秒の間……あの狂美帝も、直接会うのに緊張とかするもんか。

いや、さっきの説明で俺が聖関係の話を盛りすぎた説もある。


高雄姉妹のいる幕舎は、すぐ隣の広いスペースが幕で囲まれている。

さらにそのスペースは、上からも天井のように覆いを被せてあった。

幕舎とは別に、隣にもう一つテントが設営してあるみたいな感じだ。

そのスペースの中には馬車が一台収まっている。

こうすることで、馬車からの乗り降りを外から見えなくできる。

いわゆる大人気タレントなんかの〝入り〟の時のやり方を真似てみた。

「ここからは、余一人でよい」

狂美帝は護衛にそう告げ、幕舎に単身足を踏み入れた。俺も続く。

中で座っていた者たちが腰を浮かせる。

樹が小さく「げぇ、あれで実物かよ」と言った。

肖像画以上に美しい――あるいは評判通り、と感じたのだろう。

この世界、肖像画はけっこう〝盛って〟描かせるって話だからな。

「余はミラ帝国皇帝、ファルケンドットツィーネ・ミラディアスオルドシートだ。ヒジリ・タカオに、会いに来た」

皇帝然とした厳格な雰囲気で、幕舎内に視線を巡らせる狂美帝。

聖が拝跪し、一礼した。

「お初にお目にかかります。ヒジリ・タカオです」

「そうか……そちが、ヒジリか。面を上げよ。楽にしてかまわん」

顔を上げる聖。ふっ、と微笑む狂美帝。

「ようやくこうして会うことができたな――ヒジリ。そして、よくぞ我がもとへ辿り着いてくれた。立ってよいぞ」

聖が立ち上がる。狂美帝は声に柔らかさをまぜて、

「S級勇者の中で、そちに声をかけたのは正解だったようだ。アライオンに潜り込ませておいた配下には見る目があったらしい。向こうが、妹のイツキか？」

「あ、イツキ・タカオです」

立ったまま控えめに会釈する樹。

その直後、樹は何か思い出したようにハッとして姉を見た。

樹が慌てて膝をつこうとする。狂美帝は、ゆるりと手を上げた。

「よい、堅苦しいのはなしだ。ここにはミラの臣下もおらぬ。ところで、アヤカ・ソゴウは——」

「馬車の中に」

「そうか。事情は大まかに把握している。目覚めたあとのアヤカ・ソゴウは、ヒジリに任せよう」

「ご期待に応えられるかどうか、確約はできかねますが——」

「言わずともよい。蠅王がそちに任せるべきだと進言したのだ。ならば余は、蠅王の言に従うまで」

信頼されてんなぁ、と口笛まじりに呟く樹。

「それよりも、話をしたい。蠅王ノ戦団の面々もまじえてな。細かな情報のすり合わせもだが、力を持った異界の勇者をどう対女神戦に組み込むかも、そちたちと一定の方針を定めたい」

幕舎の中心に用意された長机。灯りは用意されており、中の明るさは問題ない。

聖と狂美帝は卓の両端に立ち、机越しに向き合う形。

二人を中心として、話が進行していく。

樹は聖の傍についている。

狂美帝はすぐに聖の頭の回転の速さに気づいたようだ。何度か感心する反応を見せた。

俺はというと、聖と狂美帝のちょうど中間の位置についている。

右手側の端に聖、左手側の端に狂美帝、という立ち位置だ。

俺のすぐ左右の位置にはセラスとムニン。

俺は必要に応じて答えを返し、意見を口にしていく。

ただ、当面は聖と狂美帝のやりとりがメインだろう。

チチチ、という鳥のさえずりが聞こえる。

俺は二人を観察しながら、二人の会話に耳を傾けていた。

「――といった方向性で、いかがでしょうか」

聖が会話にひと区切りをつけた。

「よかろう。ひとまずミラも、その方針を取ることとしよう」

方針としては、桐原（きりはら）戦後に聖と話したものとほぼ同じ内容である。

聖が卓上の地図と今の話をまとめた書き込みを見つめながら、

「十河（そごう）さんのことを考えても、やはりニャンタンとのコンタクトは取りたいわね。この大陸における味方を増やす意味でも。もちろん――女神の動きや状況を摑（つか）む意味でも」

狂美帝が頷（うなず）き、

「打てる手はこちらでも打とう。ヴィシスの動向は、先ほど話した通りまず例の使い魔とこちらの密偵の合わせ技で、可能な限り情報を集める」

使い魔の存在は狂美帝に明かした。

エリカ――禁忌の魔女の話までは、まだ伝えていないが。

セラス、と俺は呼びかける。

「はい」

「カトレア姫……いや、今はもう女王か。そっちの方は対処できそうか？」

「姫さ――いえ……女王陛下と私は、互いが衝突しそうになった際に戦いを避ける方法を前もって話し合っておりました。しかしここまで来れば、事情をしっかり説明できれば味方になってくれる気がいたします。国を守ることが優先とはいえ、あの方もヴィシスのやり方を好いてはおりませんから」

「カトレアがなびいた際、バクオスも引きずられてくれるとよいのだがな」

そう期待を口にした狂美帝に俺は、

「ちなみに今、ヴィシスはアライオンに？」

「最後に受けた報告では、今もアライオンにいるようだ」

と、そこで狂美帝が黙考に入った。懸念が拭えない――そんな顔つきで。

俺は、

「何か、ご懸念が？」

視線を卓上に注いだまま狂美帝は、

「うむ。例の白き軍勢……やはり、あれが気にかかってな。先ほど聞いた話……ヴィシスが大魔帝の心臓を手に入れ、それがあの白き軍勢——模造聖体とやらを生み出す原動力となるなら、再び聖体軍が出てくる可能性は高く思える。それも、前回以上の規模で」

この狂美帝の懸念はもっともだろう。

聖の言っていた黒玉の存在……。

たとえばその黒玉でヴィシスが力を得れば得るほど、大量の聖体を作れるとすれば。

数の暴力でこちらが押し潰されるパターンはありうる。

さらに前回の時より強力な聖体を用意することだって、考えられる。

「つまり——今の戦力ではやや不安が残る、ということですね？」

「不安がない、とは言えぬな。ゆえに……勝率を高めるため、少しでも戦力を増強しておきたい。手落ちをなくしておきたいのだ。失敗は許されぬゆえ」

それは俺も理解できる。

先ほどの懸念通りのことが起これば、こちらも数が必要になってくる。

強力な戦闘能力を持った味方も。

狂美帝と高雄聖。

二つの視線が、俺を捉えた。

俺は一拍置き、二人の意図を汲(く)み——言葉にする。

「なるほど——ここで最果ての国、ですか」

確かに戦力として心強い味方と言える。

中でも四(し)戦煌(せんこう)の率いる各兵団は頼りになるだろう。

特に豹煌(ひょうこう)兵団……というかあの男——ジオ・シャドウブレード。

もしヴィシスがまだ隠し球を持っているなら。

この戦いが、激戦と化すのなら。

戦力としてあいつの存在は強みになるはず。

「最果ての国には使者を送り、援軍の要請をするつもりだ」

と、狂美帝。

入国用の鍵は狂美帝も譲り受けている。

また、今いる野営地は最果ての国と近い位置にある。

使者の到着までそれほど日数はかかるまい。

いや、狂美帝はこれも想定して野営地をここにしたのだろう。

「最果ての国との会談時にいたルハイトやホークを、使者として立てられたらよかったのだがな」

「顔の通った使者がいないのですか？」

蝿王ノ戦団の者ならもちろん、顔は通っているが……

「いや、問題ない。あの会談のあと、こういう状況も見越して使者用の顔見知りは何人か作らせておいた」

そこは抜かりない、か。

狂美帝もミラ軍の指揮を執らねばならない。

ま、俺たちが使者として最果ての国を再訪する案も取れなくはない。

ただ短いとはいえ、ここで日数を食うのは──どうだろうか。

ヴィシスの明確な動きが見えてこない以上……。

ここで蝿王ノ戦団はできるだけ東──アライオン方面へ進んでおくべきな気もする。

「時間が許せば、そちたち蝿王ノ戦団が使者として赴いた方がよいのかもしれぬ。決戦前の交流という意味でもな。しかし余としては、今回の進軍で蝿王ノ戦団の不在は避けたいと思っているのだ。こちらの意向ですまぬが……」

いや──

「陛下のおっしゃることは、ごもっともかと。肝心な時にワタシたちが最果ての国へ赴いていたために間に合わなかった……そんな事態はワタシも避けたく思いますゆえ。ああ──それと、陛下」

「？」

俺は蝿王のマスクを――脱いだ。

狂美帝が口をへの字にし、目を軽く見開く。やがて、

「……それがそちの素顔か。想像より若いな……しかし、なぜだ？」

「ワタシが陛下に正体を隠していますと――」

俺は高雄姉妹を見て、

「彼女たちも少々やりにくいようですので。この機会に、陛下にはワタシの素顔と本来の名を明かしてもよいかと。信頼の証としても」

ふっ、と狂美帝が微笑む。

「なるほど――余も、ようやく蝿王から厚い信頼を得たわけか」

ここで俺が正体を明かすのにデメリットは特にない。

このカードを効果的に切るタイミングもここくらいだろう。

なぜなら今は正体を隠すメリットをほぼ失っている。

桐原の件から、ヴィシスにはもう正体がバレているはずで。

十河の件から、浅葱を含む浅葱グループも蝿王の正体を知ったはず。

高雄姉妹も知っている。当然、十河も。

あとは安と――アライオンにいる勇者たちくらいか。

つまり今、蝿王の正体が三森灯河だとバレて困るような相手はこの世界にいない。

そう言っていいに等しい。

まあ、シンボルとしての蝿王ノ戦団——蝿王装はまだ役に立つ。

たとえば士気を上げたり——、……他に、考えていることもある。

ただ、狂美帝相手に隠し続ける意味はなくなった。

「ワタシの本来の名はトーカ・ミモリ……そうです、お察しの通り——高雄姉妹やアヤカ・ソゴウ……タクト・キリハラと同じ、異界の勇者です」

ヴィシスに廃棄遺跡へ落とされたこと。

生存し——復讐(ふくしゅう)を、誓ったこと。

俺はそれを明かした。

「——そうか。呪術の正体も異界の勇者の……すべて、得心がいった」

今後も蝿王ノ戦団はシンボルとして使いたい旨も伝えた。

考えていることがある、とも。

「わかった、そちの言う通りにしよう……、——」

「？」

狂美帝が顔を背け、

「トー、カ」

……微妙に、照れがまじってるのか？

しかし表情がわかる位置に顔を戻した時には、もういつもの平静な皇帝だった。

「今お話しした通り蠅王装はまだ着続けます。ですが呼び名は――もはや、そこまで重要ではないでしょう。陛下のご随意に」

「トーカ、でもよいのか？」

「はい」

「トーカ」

「？　はい」

「うむ……一度、話をまとめよう」

こうして、俺たちは細部の詰めに入った。

一段落すると狂美帝が俺たちをぐるりと見渡し、

「では当面、アヤカ・ソゴウとタカオ姉妹の存在はできるだけ隠すよう取り計らおう」

「特にヒジリはヴィシスから死んだと思われているはずです。ですので、生存は隠しておきたく」

「トーカから頼まれていたタカオ姉妹用の蠅騎士装も用意してある。彼女たちは蠅王ノ戦団の一員として扱い、出自は蠅王派の元アシント……別行動をしていたが最近合流した――で、よいのだな？」

「はい。説明を求められた場合はそのように――二人もいいな？」

「わかったわ」

「おー」

ただし、と聖。

「使うべき局面と判断したら、私は迷わず固有スキルを使用するつもりよ。あまり生存隠しにこだわって目の前の戦局をギリギリまで危うくするのも、よくないと思うから」

「そこの判断は任せる。ま、正体隠しは保険みたいなもんだと考えてくれ。隠し続けないとこの戦いで絶対成立しない策がある、とかじゃない」

言葉を挟むタイミングを計っていた狂美帝が、話を進める。

「キリハラの方も予定通り、こちらで厳重に保管させる」

「お願いいたします、陛下」

狂美帝が卓上の地図を見る。彼は混成軍のいる位置に視線を置き、

「セラス・アシュレイン」

「はい」

「ここで動きを止めている混成軍とぶつかる前に、例のカトレアとの衝突を避ける方法とやらを試してみたいのだが」

「かしこまりました。ではまず、一筆したためさせていただきたく」

「うむ、手配しよう」

その方法については俺も聞いていた。

十河綾香という不確定要素がなくなった今なら、成功率も高いのではないか。

狂美帝は卓に両手をつき、司令官然とした調子で——というか普通に総司令官なのだが——言った。

「いよいよ、ヴィシスとの戦いを本格化させる時が来たようだ。数々の困難を突破してきた、そちたちの活躍に期待する。余も、全力を尽くそう」

と——幕舎の外で鈴が鳴った。

「この鈴の音……それなりに重要な用件のようだが」

目配せすると、聖が小さく頷く。

姉妹は奥の部屋へ行ってカーテンを引き、隠れた。

俺はマスクを被る。

卓上の鈴を鳴らす狂美帝。入っていい、という合図である。

ほどなく、狂美帝の配下が入ってきた。

「陛下、アサギ・イクサバ殿とコバト・カシマ殿が参りました」

狂美帝は配下を外へ戻した。

この幕舎へ来る途中、狂美帝は俺にこう伝えていた。

『ここにアサギが到着した時、蝿王がこの野営地に来るならば会いたいと言っていた。コバトも同様のことを言っているらしい』

十河や高雄(たかお)姉妹はともかく、蝿王が野営地入りしたのを見た者は多い。

近衛(このえ)騎士たちや家臣団にも姿を見せている。

ここで蝿王不在を押し通すのは厳しいだろう。

下手に浅葱や鹿島(かしま)の中に不信感を生むのも望ましくない。

なので二人にはミラの者づてに、こちらも会う意思がある旨を事前に伝えておいた。

「先ほどお話ししました通り、彼女たちはワタシの正体に気づいております」

「会うのは今で問題ないのか？」

「ええ──今、会うべきかと」

いずれ、こうして話しておかねばならないとは思っていた。

戦場(いくさば)浅葱という人間を、見極める意味でも。

「…………」

奥の部屋の床上で布を被っている桐原(きりはら)。こちらは問題ない。

ただ、高雄姉妹と十河綾香の存在をここで浅葱に明かしてよいものか。

「聖……俺が浅葱とやりとりするのを、隠れて観察してみるか？」

カーテンの向こうにいる聖に尋ねる。返答まで数秒を要し、

「そうね。私自身が直接話して彼女を見極めたい気持ちもあるけれど、まずは様子をうかがわせてもらおうかしら。そこのベッドに寝かせてある十河さんは――」

「一応馬車の方に戻して、隠しておいてもらえるか？」

鹿島は十河のことが心配だろう。できれば会わせてやりたい。が、今は十河の状態をあとで鹿島にだけこっそり教えるに留める。

相手は戦場浅葱。一旦、隠せる手の内は引っ込めておきたい。

各々準備が整ったので、浅葱たちを呼んでもらった。やがて、幕舎に入ってきたのは、浅葱と鹿島。鹿島はきょろきょろしたあと、蠅王面の俺を見て目を伏せた。どこか、申し訳なさそうに。

「うぃーっす、蠅王ちんはアタシの古い……ってほど昔でもねーけど、以前からのお知り合い――なんすよね？　暴露ポッポチャンネルによると」

「あんまし騒がしーのもアレかと思いまして、グループ全員ぢゃなく代表二名で馳せ参じやしたー。まー中にはああいう別れ方で気まずい子もいるみたいだしネ。んふふー、ていうわけで……そのかっちょいいマスク、取ってもらってもいいかにゃん？　あ、ツィーネちんの前じゃまずい？」

「いや、まずくはない。ついさっき――本名と異界の勇者だってのを、教えたばかりだか

らな」

「わお、なんだか口調までかっちょいい」

俺は――マスクを、脱いだ。

あっ、という顔をする鹿島。前回正体を明かした時、マスクは取っていなかった。

つまり、素顔を鹿島に晒すのもあの廃棄の時以来になる。

「おー、雰囲気変わってるけどマジに三森君じゃないですかー……へー、てことは生存して脱出したわけ？　廃棄遺跡って、そんな名折れダンジョンだったのかい？」

「名折れダンジョンだったら、よかったんだがな」

てのひらに視線を落とす。

「生き残れたのは呪術――固有スキルのおかげだ」

「はいはい、あの女神ちんに効かなかったあれねー」

浅葱が距離を詰めてくる。そして茶化すみたいに、肘で俺の腕をつついてきた。

「まーボスキャラが状態異常無効持ってるなんて定番っちゃ定番さー。けど状態異常スキルってのは、最近のソシャゲだと敵が使えばマジに厄介&こっちが使う分にも高難度必須スキルだったりもするからねぃ。優遇されてるゲームじゃとことん強ぇシロモンさ。もちろん――効きさえすりゃあ、だがね」

「こっちの世界じゃ基本、使いもんにならないって扱いみたいだがな」

「そりゃあ〝なんのためにこのゲーム状態異常が存在してるんすか？　敵に使われても大したことないし、戦闘終了したら余裕で治るし、こっちが戦うぶんにも普通にバフして殴った方が全然強いっすよね？〟みたいなゲームも、いっぱいあるからね」

「俺の固有スキルはどうやら、おまえの言う厄介＆高難度必須スキルの方だったらしい」

「ふふーん……こうなると案外、お城の食堂で話した説も合ってるのかもよ？　ほら、神族にとって激ヤバスキルだったからガチで状態異常系統がナーフくらった説……女神ちゃんも意外と、無意識のうちに忌避感みたいの感じてたんでね？　で、イラッとしたので廃棄したとか」

「……ま、その辺はどうでもいいがな」

「あ、そっすか」

「あいつは虫けらみたいに俺を廃棄した――死ぬに決まってるとわかって、あそこへ送り込んだ。あいつは俺を殺しにきた……だから俺も、あいつを死ぬよりひどい目に遭わせてやりたい。単にそういう話なんだよ、これは」

浅葱（あさぎ）と目を合わせる。

「それだけのために俺の生存を――正体を隠しながら、ここまで来た」

浅葱は数珠みたいな光沢の瞳で、俺の視線を受けた。

その目の上下の幅が、わずかに狭まる。

「復讐なんて、虚しくならないかい？」

「まったく」

「即答だ——迷いがない。へー……ブレがないね？　迷いとか、葛藤とかないのん？」

「葛藤してほしかったか」

「葛藤が魅力……ってタイプじゃないよね、今の三森君は。復讐の正しさ云々で葛藤するのはそそらんな。個人的に」

視線を外さぬまま肩を竦める浅葱。

「んじゃ、見捨てたクラスの子らにも復讐するんだ？」

「何人かはクソみてぇなとこもあるとは思うが、クラスの連中に関してはそこまで気にしちゃいない。ただ、クソ女神に復讐するために障害となるヤツは潰す——だから桐原は、俺が叩き潰した」

「ほー……殺りましたか」

「ああ、返り討ちにした」

「殺した、とは言わないのね。あ、そうそう……ところで——うちのクラスの大正義委員長サマがそちらのお宅にうかがわなかったかな？　かな？」

鹿島が不安げに「あ……」と反応する。ずっとそれを知りたかった、というみたいに。

浅葱が両手を合わせ、

「ごめんよ〜三森君、残念ながら綾香パイセンの相手はアタシらじゃ役不足だったんだよ〜――あ、もちろん誤用の方の意味でね。んで、ポッポちゃんのコレ賭け説得も失敗に終わっちまってさー……ですので、そちらに綾香パイセンが凸してお邪魔をしちゃったんじゃないかと……思いまして、はい」

鹿島が息を呑み、俺の答えを待っている。

俺は――少し間を置いてから、

「浅葱」

「はい」

「一つ聞きたい」

「なんざんしょ？」

「おまえは、俺たちの味方か？」

「味方だよ？」

「それは――最後までか？」

「……さっすがぁ。そこは逃げ道、しっかり塞いで来ますなぁ」

「以前、鹿島から聞いた。おまえは〝勝ち馬に乗るだけ〟と言っていた、と。その真意を知りたい」

ほほーん、と浅葱は小指で髪の先を絡め取りつつ、

「ちゅまりぃ……浅葱さんに寝返りの可能性があるかを問いたいのね？　これからの戦いで女神ちんが優勢になったらあっさり寝返るんじゃねーかが心配だと……そういうことでしょ？」

「端的に言えばな」

「ストレートなご回答をどうも」

うんとねぇ、と浅葱は続ける。

「あたしのミッションはまず、浅葱グループが全員無事な状態でこの異世界勇者物語を終わらせることなのよ。そして、浅葱グループのみんなを元の世界に帰してあげることなのじゃ。まー、浅葱さん個人としては帰還するかどうかはどっちでもよいんじゃがねぇ」

今のもポッポちゃんからもう聞いてるかもしれんけど、と浅葱は言い足した。

「おまえはそのミッションってのを達成できるなら、どっちの陣営でも構わないってことか？」

「うん。ただねぇ……どうも女神ちん側についたままだとセカンドクリア目標が達成できそうにないのでわ？　と、そう感じ始めまして」

俺は無言で先を促す。

「つまり女神ちん、あたしらを元の世界に帰す気なさそーな感じがしてさ。はてさて、過去の勇者さんたちはちゃんと元の世界に戻れたのでしょーか？　廃棄遺跡に送られた過去の勇者ってのも案外、帰還できずにこっちの世界で処分されたパティーンなんでねーかい？」

頬に指先を当て、ぷぅ、と可愛らしい具合に口を尖らせる浅葱。

「まー……そうする理由として考えられるのは、元の世界に戻す時に使うっていう大ボスの邪王素の存在かな？　かな？　他のオイシイ使い道があるのかもねー、神族的に。ふふふ……元の世界への帰還っていうニンジンぶらさげといてゴールしたら殺処分とか……ガチでそうだとしたら、邪神もいいとこだヨ」

その辺りの推論には、浅葱も辿り着いていたか。

鹿島は、緊張を孕んだ面持ちで浅葱を見ている。

「つまり、おまえはヴィシスを信用できないと思っている」

「うん。ていうか洗脳でもされてねー限り、フツーあの女神ちゃんを全面的に信用しろって方がむつかしーっしょ。あの笑顔からしてもう嘘っぽいしにゃー。にゃはは」

浅葱は上機嫌な調子でそう言って、

「けどほら、女神ちんは異世界の存在だし？　アタシらと違う価値観で動いてるかもしれないじゃん？　信用できないっぽく感じるのも、人間の小さな物差しゆえなのかもしれん。

神とか言ってるし、人間に及びもつかない超高次元な考えがあるのかもしれん。偏見、いくない。んで、三森君が死んだあと——失礼、廃棄されたあとも観察を続けてみた。したら……やっぱこの女神ただの俗物な邪神じゃね、ってオチ」

「俺にはほぼ最初から、クソに見えたがな」

中指立てて呪いの啖呵切っちゃうくらいだもんねぇ、と浅葱がケタケタ笑う。

「んでも、女神ちんの洗脳力と煽り力はけっこう評価してるぞい。過去の成功体験によって培われた前例主義的慢心と、たまに出るストレス性衝動からくるっぽい視野狭窄行動が、ちょっち足引っ張ってる印象ですけど」

浅葱は人差し指を立てて中空でくるくる回し、

「ただ、なんか執念みたいなのはすっげぇ感じるよね。目的は知らんけど。あれが、女神ちんの強さの秘訣なのではなかろーか？」

言い方は違うが、聖の見立ても今の分析に近い。

が、浅葱の方が言語化の解像度は高い印象がある。

「で、浅葱……おまえの口からまだ、はっきり真意を聞いてないが——」

飄々と肩を竦める浅葱。

「別に他意はないよ？　女神ちんがいまいち信用できんからどうしようかしらんって時に、ツィーネちんから勧誘を受けた。女神に頼らなくても元の世界に戻る方法がある、ってね。

んで、あたしはツィーネちんの勧誘に乗った」

浅葱が腰に片手を添えた。そして俯きがちにふぅと息をつき、

「これはそれだけの、実にシンプルな話さ」

言って顔を上げ、

「女神ちんの方は不信感高まりすぎな上に、そもそも元の世界に戻す気がなさそーな時点でミッション達成不可能っぽいからねぇ。となると、ミッション達成できそうなのが消去法的にツィーネちん陣営しかないのよ」

「だから寝返りもありえない、と？」

「うむ、そゆこと」

「…………」

するとと浅葱が、

「もう、ポッポちゃんってば～。チミの伝え方が悪かったせいで話がややこしくなっちゃったじゃないかよ～。ていうか……ポッポちゃんの言い方に浅葱さんが信用できないようってニュアンスが漂ってたから、こんな魔女裁判みたいな展開になっちまったんでないかい？」

「え？　あ……ご、ごめん……」

「小鳩」

「……う、ん」

「信用してもらわないと本気で困るんだが？」

「そ――そういうわけじゃ……ごめん、なさい」

「死ね」

「……えっ？」

「え？」

「あ、えっと……」

俺は、そこで口を挟んだ。

「いや、いくらなんでもそこでいきなり死ねはないだろ」

「ん――そうだね。ごめんなポッポちゃん。ちょっとしたきつめの冗談だったんだよ～ほんとにごめんよ～。まあほら、浅葱さん真意の見えにくいミステリアスキャラだから……誤解されやすいんです、とっても……ぐすん。あ、今のちょっと女神ちんっぽかった？」

さっき鹿島に〝死ね〟と言った時の……浅葱の感じ。

……いや、今そこをつついても何も出ないだろう。

それより今は、

「浅葱……個人的に一つ、気になることがある」

腑に落ちない、というか。

どうにも、見えてこないものがある。
「おう、なんでも聞いてくれたまえよ」
さっき、味方なのかと俺が問いかけ——ミッションがどうこうと、浅葱が話した時。
浅葱は、気になることを口にした。
『まー、浅葱さん個人としては帰還するかどうかはどっちでもよいんじゃがねぇ』
幕舎の壁を背にし、浅葱の背後のやや斜めに立たせてあるセラス。
嘘の合図は、出していなかった。
ゆえに浅葱の〝どっちでもよい〟は——本心。
〝帰還できなくてもいい〟
戦場浅葱は、そう思っている。
つまり……戦場浅葱個人にとって帰還は、目標ではない？
〝浅葱グループを全員生存させる〟
〝浅葱グループを元の世界に帰還させる〟
これを目標にしてるのは、わかった。
が、浅葱自身に限っていえば〝帰還したい〟わけではない。
では、なんだ？
「おまえはどうなんだ、浅葱」

「ほい？」

「今まで聞いた話じゃ、どうにも見えてこなくてな」

「と、おっしゃいますと？」

「おまえ自身の動機だよ」

たとえば俺には個人的な動機がある。

復讐（ふくしゅう）という動機だ。

一方で他のクラスメイトの大半には〝元の世界に戻りたい〟という動機がある。

十河綾香（そごうあやか）にも〝クラスメイトを守りたい〟という、強い動機がある。

そして十河はその先に〝帰還〟もあり——戻りたい、と思っている。

しかし、

「おまえは、元の世界に戻りたいってわけじゃないのか？」

感心した風にあごを撫（な）で、猫のような目つきで俺に笑みを向ける浅葱。

「ははーん……三森（みもり）君、面白いところに気がつきますなぁ？　浅葱さん……そこをつっつかれるとは思ってなかったにゃー」

「こっちの世界が気に入ったから自分だけ残りたい……ってのも違うよな？　おまえはさっきどっちでもいいと言ったんだ。つまり——残ってもいいし、残らなくてもいい。よって、おまえはこちらの世界に残りたいと強く思っているわけでもない」

他のクラスメイトのように、元の世界に戻りたいわけでもなければ。

この世界に残りたいと、強く願っているわけでもない。

もちろん俺のように女神に復讐したいってわけでもあるまい。

そもそも——強い情念のような感情が、浅葱からは見えてこない。

となると……戦場浅葱は一体、何を動機に動いているのか？

それが、わからない。

口にした通り戦場浅葱が味方なのだとしても。

そこがわからないとこっちもいまいち、動きにくい。

いやいや、と浅葱が口を開く。

「これはね、もっと簡単な話なんだよ三森君……ていうか、もう話した通りだよ。別に浅葱さんは、ただ定めたミッションをクリアするだけさ。うーん、しかしにゃー……こういう方面の話は、語らずの方が面白いと思っとったんじゃがのぅ」

セラスを見る。嘘は——言っていない。

はぐらかしの文言も、なさそうに聞こえる。

……………高雄聖がこいつを評して言った——〝異物〟。

俺の脳裏に今、先ほどからよぎっていることが……一つ。

思い当たる動機が一つ、ある。

もっと簡単な話だ、と浅葱は言った。

もしかすると、戦場浅葱は。

「ゲームか?」

戦場浅葱は、黒曜石じみた鈍い光を瞳に湛(たた)え——

「イエス」

回答を、口にした。

□

異世界召喚後——どこかの時点で、戦場浅葱はミッションを設定した。

もしかすると、どんなミッションにするか決める前にはもう駒を——プレイヤーだけは、適当に集めておいたのかもしれない。

そして設定後は、そのミッションを達成するために動いていた。

おそらく戦場浅葱は、浅葱グループの連中を大切に思っているから〝がんばっている〟んじゃない。

浅葱グループの連中の〝無事〟と〝帰還〟をミッションと定めたから、がんばっている。

ならば。

思考の大本は、たった一つに集約されているはず。

ゲームをクリアするためにどう動くべきか——どう、動かすべきか。

すべては、ミッション達成のため。

ひょっとすると浅葱自身が先ほど、そのゲーム名を口にしていたのかもしれない。

さっき〝終わらせる〟と口にした——『異世界勇者物語』。

以前、帝都の城で俺が正体を明かした時、鹿島はこう言っていた。

『浅葱さん……〝あたしは勝ち馬に乗るだけ〟って言ってた。あ、それと……帰還はセカンドクリア目標で、最優先クリア目標はこれ以降浅葱グループが全員無事であること、だったかな？　そんなことも、言ってた』

それを聞いたあと俺が口にした発言は、実はそのまま正解になっていたわけか。

『なんだか、ゲームみたいだな』

いや、だからこそ。

先ほどありうる解の一つとして、思い当たったのか。

しかしだ。これが戦場浅葱にとって本当に、ただのゲームなのであれば。

逆に、懸念材料が一気に消えることになる。なぜならこっちは——さっき浅葱が口にしたミッション内容を軸として、今後の方針を組み立てればいいだけになるからだ。

▽

つーか、浅葱のヤツ。
おそらく今回、逆にこっちの真偽判定を利用しにきやがった。
違和感はあった。
浅葱は今回、比較的明確な回答を提示してきている。
イエスかノーもはっきり返していることが多い。
はぐらかそうと思えばできるはずなのに、だ。
あの城の食堂での会話で、それができるのは証明されている。
しかしいくつかの回答の際、おそらく浅葱は――
証明するためにあえて明確な回答を提示していた。
なんのために？
自分への疑いを、晴らすために。
自らの潔白を、証明するために。
なぜそんなことをしたか？
もちろん、そうした方がミッション達成に有利になると判断したからだろう。
……ゲーム、か。

俺は改めて浅葱を見る。

とぼけた顔で「なんじゃろ?」と首を傾げる浅葱。

こいつは下手をすると……成功も、失敗も。

生も、死も。

さほどこだわりが、ないのかもしれない。

だから軽い——軽く、見える。

ゲームを続けているうち、いつかは死ぬ。

しかしゲームでの死は、同時にリスタートでもある。

そういう考え方もある。ゲ、、、ームなら。

死んでもただリセットがかかるだけ。

プレイするゲームが、変わるだけ。

ひょっとすると戦場浅葱の人生そのものが、ゲーム上のキャラを演じているにすぎないのかもしれず。

つまり戦場浅葱は、ゲームクリアに最適化された自分を演じているだけ。

プレイヤーとして。

たとえば今回のゲームでは〝アサギ・イクサバ〟を、演じている。

演技で、本当の自分を覆い隠している。

俺が〝似てる〟と感じたのも、そういうことだったのかもしれない。

……似て非なる存在、か。

「ところで三森君、こっちも質問してよいかにゃ？」

「……ああ」

「あえて聞くがね――この戦い、勝てそうかい？」

「俺としては、勝利のための道筋は作ってあるつもりだ」

「お、頼もしいね。自信に溢れた男の子は嫌いじゃないよ。ふふふー……にしてもさ、今の君は前の世界にいた時とはまるで別人みたいに見えるよね。わかるよ？　バケモンじみた演技力の賜物だよね？　しかしとなると、なんだか今も化かされてるんじゃないか、とか――」

「浅葱さんっ」

そこで口を開いたのは――鹿島。

「ん？」

「わ、わたしは……三森君のこと、信じていいと思う！」

「急にどした？　えっと……信じていいと思うのは、三森君にラブだから？」

「す、好きかどうかは……判断材料が感情的すぎるよっ」

「ほほー……またビミョーに小賢しいこと言うんだね、ポッポちゃん」

「か、考えてもみてよ浅葱さん……ここへ来る途中で話した通りだよ。全然、上手くいってないよ」

「…………」

「女神さまは色んなことをやろうとしてたみたいだけど……その〝色んなこと〟は、三森君と蝿王ノ戦団の人たちのせいでたくさん失敗に終わってる……全然、女神さまの思惑……上手く、いってないんだよっ……つまりその、だから——」

「三森君の方が女神ちんを上回っている、と——ポッポちゃんはそう言いたいのね？　わかった、わかったから。こっち戻ってくる途中で蝿王さんのご活躍事情は、もういっぱい聞いたから……はー、むかつく」

浅葱は仕切り直すように頭を搔き、

「三森君さぁ……ポッポちゃんをメッセンジャーにしたよね？」

「…………」

「まず、自分が女神ちんの計画をたくさん潰してきたって情報をポッポに伝えておいた。説得力を持たせるために、潰した当人しか知らんような情報をまぜたかな？　そしてポッポからそれを聞いたあたしは〝なら、蝿王の方が勝ち馬かも〟と思う。蝿王が女神を上回ってるという印象をより強く与えられる……要は先回りして、あたしの離反を防ぎたかった」

「ま……大方、そんなとこだ」

「でもま、結果出してんだから偉いと思うよ？　誰かを説得したいならおまえの願望じゃなくて結果で説得しろ、って話。結果出してない時点での願望ってのは、嘘と同義だから」

ただ、と俺は言葉を挟む。

「今話した〝布石〟も、鹿島が俺を信じてくれたからこそできたことだ」

鹿島が「三森君……」と嬉しそうに呟く。浅葱は、

「お涙ちょうだいされて、もうあたしは涙が止まらないよ三森君。やれやれ。小鳩ちゃん……いいように使われてんねぇ？　いいように利用されちゃうとこまでイインチョと仲よしなんだ？　そういうとこだゾ、ポッポちゃん」

「い、いいよ……」

「んー？」

「使われる、ってことは……わたしには利用価値がある——価値がある、ってことだよね？　三森君が……わたしに価値があると思ってくれたって、ことだか——痛ッ!?　いッ……え？　浅葱……さん？」

今、浅葱が鹿島の足——弁慶の泣きどころをつま先で、蹴った。

「——ありゃ？　あはは、ごめんよー小鳩ちゃん。悪気はまったくないのよ」

……なんだ？

一瞬だが、今の浅葱……。

素で——自分のした行動に、自分で驚いたみたいな。

「あとね、小鳩ちゃん？　人の話は最後まで聞こっか？　平成の討論番組じゃないんだからさ。別にあたしはさっき、三森君を味方として信用できないと言おうとしたんじゃないよ？　仮に化かされてたとしても、ミッション達成率が上がるなら喜んで駒になってやるよ——と、そう言おうとしたのでね？　今のは嘘じゃないすよねー、姫騎士さんっ？」

浅葱の呼びかけに、曖昧な表情を浮かべるセラス。

セラスが真偽判定役なのは、やはり看破してきたか。

今はマスクもつけていないから俺の目線も追える。

あれだけ合図を送ってれば、浅葱なら気づくだろう。だから、

「浅葱……おまえ、元からこっちの嘘を見抜く仕掛けを利用するつもりだったんだよな？」

「…………だからいいんだよなぁ、蝿王さんは。やっぱミッションを達成するだけじゃなくプレイ自体も楽しまないとねー。ささ、続きをどーぞ？」

「おまえはセラスの真偽判定を逆に利用し、自分の言葉が真実だと証明させた」

「イエス。ふふふー……やっぱ面白いよ三森君、チミとのこういうやりとりは。やりがいがある。搾取されてもいいと思えるほどに。ふっ……もっと早くに出会っていれば、もし

かしたらあたしたちは友だちになれていたのかもしれないな……」

「………」

「まーほら、ひと言でまとめちゃうとさ、この局面で腹の探り合い続けるのはガチ不毛に思えてならんってハナシ。ここで互いの疑念を解決しとかねーと、いつまで経っても次のチャプターに行けねぇじゃん。あたしが不安要素になってるせいで三森君の脳内メモリが無駄に削れて、パフォーマンス落ちてもらっても困るしさ。ほれあてくし、あんまり信用されてないみたいだから……んま、自業自得か。トリックスター系キャラが好みなあたしの性分、反省ー」

だから自ら、潔白を証明しにきた。

「ツィーネちんも、こんな感じでよい？」

浅葱が問うた。狂美帝とムニンは、しばらく黙って成り行きを見ていた。

「余としては……今のやりとりを聞いても、そちへの評価や捉え方はほぼ変わらぬ。変化と言えば、実はもっと以前からトーカと知り合いだったという点くらいか。やりとりを聞くに、ヴィシスの送り込んだ間者である可能性も完全に否定された……余はそう見ている。疑念は残っていたのでな。そして……安心するがよい。ことが成ったなら、そちたちは約束通り送還の禁呪で元の世界に戻すつもりだ」

どもども、と狂美帝に頭を下げてから、浅葱が俺へ向き直る。

「とゆーわけで、三森君。振り出しに戻るんだけど……十河綾香ちゃんは、果たしてどうなったのかな？　やばかったでしょ、精神状態」

鹿島の緊張と不安が再び、勢いを増したのがわかった。

「説得して、止めた」

「……へぇ？　あの状態の綾香ちゃんを説得か――よくできたね？　絆してたはずのポッポちゃんですら無理だったのに」

「完全に味方にできたとまではいかないがな。ひとまず敵対状態ではなくなった、って感じだ。そして十河は……強すぎるほど強いが、クラスメイトには弱い」

「クラスメイトっつーデバフがあっても、うちらじゃきつかったけどねー。んー……綾香が耳を貸すのはポッポじゃなく三森君……かぁ？…………んま、いいや。三森君なら普通に説得できたのかもしれんし。このからかい上手の浅葱さんも騙されてたくらいだしネ？　過程はどーでもいいよ――で、綾香パイセンは今いずこ？」

息をのむ鹿島。

表向きには行方不明扱いにすると決めたが――十河に関しては、素直に真実を話すべきかもしれない。

さっき浅葱は納得したような言葉を口にした。が、明らかに俺が十河を説得できたという話に疑問を持っている様子だった。ここで下手に嘘を重ねると――その疑問が膨らみ、高雄姉妹の存在にまで辿り着く恐れがある。

「十河は――この奥で寝てる。少し、待っててくれ」

俺は仕切りの布カーテンを引き、奥の幕舎スペースに入った。

高雄姉妹はいない。馬車の方へ身を隠したようだ。

俺は幕を除けて馬車のところへ行き、乗り込む。馬車の中には高雄姉妹がいた。

聖とアイコンタクトを交わしてから、眠る十河を抱き上げる。

俺は隣の幕舎スペースへ再び戻り、設えてあった簡易ベッドに十河を寝かせた。

そして、浅葱と鹿島を招き入れる。

ベッドで眠る十河に、鹿島が駆け寄る。

「あ――綾香ちゃん……！」

「説得後に意識を失ってから、ずっとこの状態だ。疲弊しきってるからだとは思うが、精神的なショックでこうなってる線もありうる」

俺の隣に立つ浅葱が、

「まさかの眠り姫パターンかい。介護大変そう。愛し合うポッポちゃんのキスで起きないかな？」

「あ、浅葱さん何言って――そんなことじゃ……起きないと思うよ！　起きないよ！」

「あれま、お顔真っ赤にしちゃってぇ……冗談なのに～。なんか本気で君ら百合百合してきたな。にゃはは—」

「浅葱さん……！　だ。だから変なこと言わないでって……っ」

俺は鹿島に向けて、十河がどんな精神状態かわからない。鹿島もそれを見てショックを受けるかもしれない。だから、ひとまずこっちに預けてもらってもいいか？　大丈夫そうなら、もちろん面会はさせる」

「う、うん……三森君が、そう言うなら……」

少し間があって——鹿島が背中越しに、謝罪を口にした。

「ごめんね、三森君……わたしがあそこで説得できてれば……十河さんだって、もしかしたらこんな……」

「鹿島が責任を感じる必要はないさ」

俺がそう言うと、鹿島は涙を拭うような動作をした。

「説得が失敗した時のことも、三森君は考えてくれてたんだもんね……でもわたし……すごく自分が、無力に思えて……」

「そうだねぇ。ポッポちゃんはさすがに無力すぎるよ……合掌。ちーん」

「鹿島は、さっき浅葱が言ってたメッセンジャーの役割をしてくれただろ。それだけでも十分な働きだ」

「あたしも三森君のイケメン対応のダシに使われて、ちーん。……あれ？　三森君……あっちの地面んとこで、布かかってるのって……」

「桐原だ」

「し、死んでる……」

「気になるなら見てみろ」

浅葱は布を剝ぎ取ると、

「プッ」

吹き出した。

「わははは」

「…………」

「桐原きゅん、これ氷漬けになってんの？　はえーすごい。固まった樹液ん中の虫みたいっ。わはははは」

浅葱は――ウケていた。

俺は、かいつまんで【凍結性付与】の話をした。

「ふーん、便利だね。けど……そっか。そういうことなら、委員長も落としどころとして受け入れる……か。殺さないが無力化はしたい、って意味じゃベストに近いスキルだね。ふーむふむ。桐ちゃんを生かさず殺さずの氷漬けにして、綾香との敵対も避けた。桐ちゃんが本当に復活するかはともかく、状況としてはかなり上々かもねぇ。そういやさ――」

「ああ」

「ここにいる二人と同等の力を持つS級勇者……もう一人、いるよね？　高雄おねーたま。あれってどうなってるかわかりゅ？　ツィーネちん、スカウト打診してる的なこと言ってなかったっけ？　他の勇者は一旦据え置くにしても、あの人は味方に引き込めればガチ戦力アップだし……逆にあの姉妹が綾香みたいに女神ちんに洗脳されてたら、ガチで厄介でしょ。そこ、今後の方針とか決まってる？」

少し離れて話を聞いていた狂美帝が、近づいてきた。

高雄姉妹については打ち合わせしてある。

二人は存在を隠しつつ蝿騎士装で動いてもらう予定だ。

さっき隠れてもらう直前に交わしたやりとりの中で、聖はこう言っていた。

正体を明かすかどうかの判断は自分に委ねて欲しい、と。

出てこないということは、ここにいるのを隠す方を選んだのだろう。

狂美帝が打ち合わせた内容の説明を始める。

「タカオ姉妹だが――」

ただ、どうにも。

高雄姉妹の存在を浅葱に隠しながらとなると、正直やりにくい。

俺の思考リソースの方もかなり喰われる気がする。

……まあ、仕方あるまい。

隠しつつどう全体を動かしていくか、今後の方針を——

「わお」

浅葱の声に、

「——え？　なん、で——」

鹿島の声が、続く。

「………」

俺の、背後——

「お久しぶりね、浅葱さん」

「あら〜。いたんすか、聖おねーたま」

馬車を隠してある覆いの向こうから姿を現したのは——高雄姉妹。

「妹君もご一緒で」

飄々と笑む戦場浅葱。俺は振り向かず、

「——よかったのか、聖？」

「二人のやりとりを聞いてたけれど――浅葱さんがここまで鋭い思考の人物となると、私たちも今後動きにくくなるだろうと判断したの。浅葱さんに不審に思われないか常に気にしながら動くのは、手間と労力が膨らみ続ける。彼女は私たちの固有スキルも一部知っているから、スキルを使える局面も限定されかねない。それに――さすがの三森(みもり)君も、彼女相手だとやりにくいみたいだから」

姉妹にも俺と浅葱の会話は聞こえていた。

で、聖も真偽判定ができる。その上で、浅葱との会話を聞き――

「私たちの存在を明かすメリットの方がデメリットを上回る、と判断したのよ」

……やりにくそうにしてる俺への気遣いもあっての判断、か。

「うーん改めて見ると……ひじりんもふつくしいのぅ」

「この局面でこれ以上の腹の探り合いは不毛――浅葱さんのその意見には私も賛成ね。ただし、これはセラスさんの真偽判定が機能するからこそ成立した判断状況だけれど」

自分の真偽判定能力の存在までは明かさない、か。

……完全に浅葱を信用してる、ってわけでもないのかもな。

「それから鹿島さんも、お久しぶり」

「おっすー、鹿島ー」

「……聖さん……樹(いつき)、さん……」

聖の声が、かすかに和らいだ。

「あなたも大変だったみたいね。お疲れさま。ひとまず、無事で何より」

樹は浅葱を一瞥(いちべつ)してから、

「鹿島……よかったな。とりあえず委員長、無事で済んで」

「う、うんっ……わたしとしては……失敗、しちゃったけど……へへ……」

鹿島は少し、涙ぐんでいた。

「でも樹さん……十河さん……無事、だったよ……無事に、また会えた……樹さんたちとも――」

鹿島の言葉にやや被(かぶ)せるように、

「だよねぇ」

言ったのは、浅葱。

「てこたぁ――綾香(あやか)サンを説得したのは、ひじりんか」

「そうね、形的にはそうなるかしら」

「うん、うん……演技が上手(うま)すぎて、またも騙されそーになったけど……やっぱ三森君じゃ止まらねーよね、あれは。綾香と絆する時間なんてなかったはずだもん。バスん中の庇(かば)い立てムーブだけじゃ弱い。ましてや三森君、雰囲気とかも別人みてーになってるし。となりゃあ……各グループの師匠決めの時、綾香サンを庇って女神ちんに提言かましたひじりんくらいでないと、納得できねーよねぇ。あ、てか……違うか——三森君、さっき説得して止めたとは言ったけど……自分がとはひと言も言ってないのか。ははー……そーゆーとこを引っかからせないのがすげぇお上手よね、三森君。べんきょーになるます」

それで、と聖。

「あなたは味方——そう受け取っていいのね、浅葱さん？」

「うん、天地神明に誓って」

ふぃ～、と区切りをつけるように浅葱が身体（からだ）を伸ばした。

「とまあ今日はこんなところで、細かい話があればまたあとで詰めよーか。ゆーてもご存じの通り、あたしらそこまでの戦力でもないのよさ。綾香とか高雄ズと比べりゃあ、ちょっと一発芸があるだけのヨワヨワ勇者っすよ～。そんなあたしらはあたしらで基本的には自由にやるけど、協力を持ちかけられればもちろん力をお貸しするからに～」

浅葱が、踵（きびす）を返す。

「あー……三森君、チミの存在はポッポちゃんのせいで浅葱グループの子らにもバレとるんで、お手数じゃけどあとでちょっち顔出してくれる？　過去の件考えると見るのも嫌な顔もあるだろーけど、今後を見越して顔見せはしといた方がいいと思うんだ。高雄ズがいるのは……まー、ひとまずあたしとポッポちゃんだけの秘密にしとくよ」

「わかった」

背を向けたまま手をひらひらさせ、外の方へ歩き出す浅葱。

「姫騎士ちゃんと爆乳銀髪シスターさんも、機会があれば改めて親交を深めましょー。

あー、スマホが使えたらお二人さんとガチで撮影会をお願いしたいのぅ……」

三秒ほど沈黙があって。

直後〝え？　今の姫騎士じゃない方ってわたしのこと？〟みたいな反応をするムニン。

なんつーか。浅葱の言葉のチョイス……時々、咎めた方がいいのか？

と、浅葱が一度足を止めた。

「でかいよ、三森君」

「…………」

「君がひっかき回して、これまで女神の思惑をどんどん踏み潰していった事実と……桐原君と綾香を押しつけられて、こういう決着にした事実……そうだね、変化する戦局への対応もお見事だったと言える。そして何より、ポッポが暴露するまであたしに正体を看破されなかったのは——でかい」

浅葱が一度、背中越しに振り向いた。

そして頬の近くに右手を持ってきて、指を、三本立てる。

「この三つの〝結果〟があったからこそ、今、あたしはこっち陣営を改めて勝ち馬認定している」

再び浅葱が外の方を向き、歩き出す。

「このレース、是非ともこのまま逃げ切ってほしいもんですにゃ〜。期待してるよ——蝿王サマ」

浅葱はそう言い残し、日差し溢れる幕舎の外へと出て行った。


浅葱が幕舎を出て行ったあと、聖が身を寄せてこっそり尋ねてきた。

「どう思う？」

「浅葱は追放帝を殺してる。ヴィシス側の人間だとしたら、狂美帝を殺せるチャンスを自ら潰すとは考えにくい」

「確かに、そうね」

聖は緩く腕を組み、

「彼女は、ヴィシスを信用できないと言っていた。動機についても、自らが設定したミッションを達成するのが目的だと明かした。そして……真偽判定を逆手に取って、それを〝真実〟として提示してきた。その上で——どうかしら？　裏切りはあると思う？」

「土壇場で気が変わった、ってのもなくはないからな。ただ案外……裏切りはない気も……しなくは、ない」

「……少し、意外な回答ね」

「ん？　ああ……実は、俺も上手く言語化できてないんだが……あいつは、女神陣営につくってゲームもできた気がするんだ。ミッション設定前に、な。しかし浅葱はああいうミッションを設定した……なんというか……帰還する方に、傾いてるような気もしてな」

「けれど彼女は、帰還の方についてはどちらでもいいと言ったわ。そして、それは真実だった」

「……そう、なんだよな」

そこで気になるのが……あの、鹿島の足を蹴った時の反応……。

あれは——無意識が起こした行動だったのではないか？

「たとえば、そう……浅葱も自覚していない無意識が、ミッションの設定に働いていたとしたら……」

「本人も自覚していない無意識に真偽判定は働かない……なぜなら〝嘘をついている〟という自覚が本人にないから——という解釈？」

「ああ。もしかしたら、あのセカンドクリア目標ってのも……」

俺はそこで首を振った。

「……いや、これはまだ妄想の域を出ない話だ。根拠の弱い憶測に頼ると、足を掬われる危険もある。浅葱についてはとりあえず戦力として加味はしつつ、今まで通り警戒は続けていく方針でいこう」

聖は「了解」と短く言ってから、

「ただ、去り際に彼女が口にした言葉は本心だったわ。あなたの残した結果を彼女は評価している。今のところ三森君を勝ち馬認定しているのは、確かだと思う」

「勝ち馬認定を続けてもらうためには、こちらが優勢な状況を作り続けるしかない――か」

「私も、協力はさせてもらうわ」

すると、樹が寄ってきた。

「姉貴」

樹は浅葱が出て行った方角を真剣な顔で睨(にら)み据え、

「戦場が言ってたこと……言語はわかるのに、かなりわかんなかったぞ」

「私もいくつかは文脈の摑(つか)めない言い回しがあったわ」

「単語の感じ的にオタクってやつなのか、戦場は」

「他人の人格や嗜好(しこう)に対する安易なラベリングは好ましくないけれど、サブカルチャーへの造詣は深いのかもしれないわね。あと、彼女のことは苗字で呼ばない方がいいわよ。姓名が好きではないみたいだから」

「姉貴がそう言うなら気をつけます……本人がその場にいなくとも」

はぁ、また窘(たしな)められてしまった……」

俺の方はというと、

「三森君……ひ、久しぶり……？」

そう話しかけてきたのは、鹿島（かしま）。まだ涙の跡が目尻に残っている。

「鹿島と素顔で会うのは、廃棄遺跡送りの時以来か」

「そう、だね……」

鹿島はモジモジしてから、

「あの……ありがと、ね？　さっきフォローしてくれたのと……そして、十河（そごう）さんのこと」

「さっき聞いた通り十河のことは聖あっての結果だ。俺は道筋を描いただけさ。まあでも、礼は受け取っておく」

「……うん」

えへへ、と鹿島は弱々しく笑った。見ていた樹が眉根を寄せ、

「鹿島って元の世界で三森と接点あったっけ？　なんか、けっこう前から接点あったみたいな感じじゃねーか？」

「教室で話しかけてきた三森君を鹿島さんが無視したり、逃げるように教室から出て行ったりは数回あったけれど――」

「わぁああ！」

宙に浮かんだ聖の言葉をかき消すように、鹿島が手をばたつかせる。

「なな、なんでそんなところ聖さん知ってるの!? 教室にいる時のわたしになんて、誰も興味ないと思ってたのに……！」

詰め寄って、聖の両肩をガシッと掴む鹿島。

「なんで!?」

「いえ……単純に見ていたから、だけれど」

鹿島は耳まで真っ赤になって面を伏せ、

「わ、忘れてっ……ください！ あと……三森(みもり)君も本当にごめんね！ あの時のこと！」

「いや、そのことはもういいって話になっただろ？」

「でもっ……ぁ――」

鹿島は皆の視線が一身に集まっているのに気づき、

「ごめんなさいっ――ごめんなさいっ、ごめんなさいっ……」

しゃがみ込み、顔を両手で覆ってしまった。樹が感心顔で、

「おぉー……鹿島も、元の世界ん時からこういうとこもっと出してけばモテただろうに。もったいない」

「あら、元の世界にいた時から男子からそれなりに好意は向けられていたわよ？」

「え？ そうなん？」

「視線とか表情でわかるもの。ただ、あくまで間接的にだけれど。直接アプローチをかける人はいなかったから」

鹿島は照れすぎているせいか、この会話が耳に入っていないようだ。

「わかんねーなー。アタシは学外とか年上の人に知り合いが多いけど……みんな、知り合ったあとは気軽にR@IN（レイン）のID教えてーって感じから始めて、そっから通話したり遊び行ったり、ごはん行ったりして、そのまま自然と流れで付き合うみたいな感じだぜ？　好きならそうやってアクションかけてみればいいだけじゃね？」

「世の中、あなたの言う人たちみたいに行動に移せる人間ばかりでもないのよ。というか樹（いつき）……そもそもあなた自身、そういう付き合い方をまるでしていないじゃないの。誘いはたくさんあるんでしょう？」

「いや、あるけど……アタシは姉貴といるのが一番楽しいから……。男にしてもほら、うちって母さん筋の親戚連中があんなじゃん……？」

「あの人たちに比べると、他はどんぐりの背比べにしか見えない？」

「んー……それもあるのかー？　いや……でも今んとこ、やっぱ姉貴より好きな人がどこにもいない……」

「性別はともかく、私は実の双子の姉なのよ？」

「うー……それはそうだけどさー……でもさー……」

「三森君――、……はセラスさんの前だからやめておくけれど、たとえばあの皇帝陛下を見ても何も感じない？」

「？　美少年なのはわかるけど……綺麗な風景が好きでも別にその風景に恋はしなくね？　どんな土地でもさ、住んだことのない土地より住んでた土地の方が絶対気持ち入るし……」

そうね、と聖は薄く微笑んだ。わずかだが、どことなく嬉しそうに。

「あなたは、そういう子だったわね」

俺は一度、三森灯河として浅葱グループの連中と会った。

元の世界にいた頃のモブ感の再現はせずに。

浅葱が前もって色々伝えていたらしい。

そのおかげか俺の変貌ぶりへの反応も想定よりは薄かった。

浅葱のもたらした事前情報との合致には驚いていたようだが。

何人かは謝罪をしてきた。主に、廃棄前の態度や罵声に関するものだった。

戦力として動かすならわだかまりは排除しておいた方がいい。

俺は、素直に謝罪を受け入れる対応をした。

紹介したピギ丸も空気を和らげるいい緩衝材になってくれた。

鹿島は、浅葱グループに残った――本人の意思で。

幕舎から浅葱が去ったあと、俺は鹿島にその辺りについて聞いていた。

鹿島は、

『ずっといたグループからわたし一人抜けるっていうのも、なんだか気まずいし……それに、なんだろう？　わたしね、あんまり浅葱さんからああいう扱いをされても意外と響いてないっていうか……あはは、変な話だよね？　自分でも不思議で……ど、どう言ったらいいのかな？　なんだか放っておけない、って言えばいいのかな？　あはは……』

そう答えた。

いくつか忠告はしつつ、俺は鹿島の意思を尊重することにした。

……やはり鹿島の存在は、浅葱にとって何かの鍵な気もする。その違和感の正体を見極める意味で言えば、あの二人はしばらくセットの方がいいのかもしれない。

浅葱グループへの顔出しを終えたあと、俺たちは引き続き今後の準備を進めていった。

出発前、俺たちは幕舎内に集まっていた。改めての基本方針などの確認を進める。

「余たちはこのあと東のミラ本軍に合流し、そのままアライオンを目指し進軍する。それと……」

卓に広げた地図の上を狂美帝（きょうびてい）の指が滑り、

「混成軍の問題を解決したのち、我々はこの大街道を進むのだが……ウルザ領に入ると、大街道の北や南にウルザの砦が点在している。進軍する途中、我らの軍はこれらの砦も落としていくつもりだ。ただし、この砦攻めは振り分けた別軍を使う」

俺は狂美帝の言葉を受けて、

「大した数ではないものの、敵戦力を健在な状態で背後に残しておくのは好ましくない。そういうことですね？」

本軍の一部を再編制し、分けた第二軍、第三軍などの戦力で敵の砦を落とす。

一方、狂美帝率いる本軍は足を止めず、そのまま東へ進む。

「今、最果ての国に使者が向かっている。あとから追いかけてくる形になる最果ての国の援軍が、この砦の方へ振り分けた戦力と合流し……そして、先に東へと進んだ我々に追いつく。こうなるのが、理想ではあるな」

敵の軍勢とぶつかり足止めを食らっても、後ろから援軍が追ってきているのは心強い。

「陛下、例のネーアの女王の方はいかがですか？」

「セラス・アシュレインのしたためた書状を持たせ、使者を早馬で向かわせた。軍魔鳩は、向こうの野営地にいるカトレアへ届けるための〝巣〟がないのでな」

これを聞いたセラスが、

「姫さ――カトレア様の件は、ひとまずその使者から結果を伝える軍魔鳩が戻ってくるのを待つしかありませんね」

「そちの策が成功すれば混成軍は弱体化する。ことによっては全軍撤退も望めるかもしれぬ。トーカ、使い魔からヴィシスの動きについて何か新しい情報はあったか？」

「今のところ、まだ大きな動きはないようですが――」

城でのんびり過ごしているように見える――とのこと。

朗報としてはニャンタンの存在を確認できたことか。

可能なら接触を試みてみる、とエリカは伝えてきた。

ちなみに、洗脳されてる様子があるかも尋ねてみた。

これは、観察者がエリカだからこそ尋ねる意味のある質問といえる。

〝大丈夫だと思う〟

これが、エリカの見解だった。

洗脳は廃人化の危険を孕(はら)む。最悪、壊れてもいい相手に使う手法と言える。

てことは――ニャンタンは、それなりに重用されてるってことか。

ともあれ洗脳はなさそうとのこと。

可能ならやはり、ニャンタンにこちらの状況は伝えておきたい。ニャキのことも含めて。

俺は〝好機があればいいが、ニャンタンとの接触は十分安全を確保してからにしろ〟と返しておいた。接触によってこちらの動きも露見しかねないから無理はするな、とも。

「――といった状況のようです」

要点をかいつまんで報告を終えると、

「ふむ、そうか……ちなみに、我がミラの間者の方からはまだ新しい情報は入ってきていない。こちらもニャンタンとの接触は難しいと見える。逃亡を手助けする手配は進めさせているが……あの城の中や付近でヴィシスに気取られぬよう動くとなると、動きもかなり制限されてしまうようだ」

危険を冒した結果、捕まったり殺されたりするケースはありうる。

そうなると、以後は情報自体が手に入らなくなる。

優秀なスパイは早々替えも利かないだろうしな。

「ヴィシスの思惑がいまいち見えぬ以上、我々はとりあえずアライオンを引き続き目指す他あるまい。ところでトーカ、キリハラは前に話した通り帝都へ送ってしまってよいのだな？」

「帝都でなくともかまいませんが……場所を把握できて、あの氷を厳重に保管できるところさえありましたら」

最初に実験のため【フリーズ(凍結性付与)】で凍らせた虫。

以前、カトレアを助けるため魔防(まぼう)の白城(はくじょう)を目指した時のことだ。

俺は荷物の一部をエリカの家に置いていった。その荷物の中には、あの虫もいた。

エリカの家を離れても虫はそのままだった。

つまり――スキル使用者から距離が空くと解除される、ってことはない。

「あれはヴィシスから遠ざけて隠しておきたいのです。万が一にもないとは思いますが……ヴィシスならば【フリーズ】を解除するなんらかの方法を持っているかもしれません。ヴィシスと決着をつける際、状況の偶然が重なるなどして【フリーズ】を解除された桐原がその場をかき乱す――そのような事態は避けたいのです」

十河が味方になった場合も然り。

桐原を奪われ十河対策に利用される――こんなパターンも、避けたい。

ああそれから、ヴィシスとの戦いと言えば……

「陛下、お願いをしておりました蠅王装と蠅騎士装ですが……」

「うむ、問題なく用意してある」

「ありがとうございます」

「そちの策の下準備に必要なのだったな？」

「ヴィシスの動向や目的が見えない状況でも、いくつか布石は打っておきたいのです。もちろん、状況によっては無用になるかもしれませんが」

蠅王の正体はヴィシスに露見している。

しかし蠅王＝三森灯河と認識しているなら。

蝿王装の人物＝三森灯河という認識を、成立させやすくなる。

用意してもらったのは、蝿王装を模したレプリカをいくつか。

そして、蝿騎士装をそれなりの数用意してもらった。

この布石が活きるかはわからないが、リスクなく打てるものは打っておきたい。

そんな話をしていると、

「お待たせ」

幕舎の奥のカーテンが開かれ、高雄姉妹が出てきた。

二人は先ほど話題に出た蝿騎士装を纏っている。

樹が両手を広げ気味にし、面を伏せて自分の首から下を確認する。

「サイズは問題なさそーだぜ？　こういうのも、コスプレっていうんかな？」

「多少狭くなるけれど、視界もあまり問題なさそうね。重量もそれほどではないわ」

くるりん、と回る樹。

「どうよスレイ？　ピギ丸？　似合ってるかー？」

「パキューーン」

「ピギッ」

「おぉ!?　今のはどうなんだ、三森？」

「似合ってるとさ」

「そうか～おまえらが言うなら安心だな～。うりうり～」

樹がしゃがみ、寄ってきたスレイを両手でわしゃわしゃする。

そのまま頬ずりされてスレイが「パンピィ♪」と鳴いた。

聖は蝿騎士装で腰の剣を抜く感覚を確認しながら、

「これで私たちも蝿王ノ戦団の仲間入り、かしらね」

「王として、働きに期待する」

聖は執事みたいに、いかにも演技っぽく緩く一礼をする。

「我が王のご期待にそえるよう、努力いたしましょう」

「………………」

「何かしら、その顔は」

「いや――高雄姉もこういう冗談の通じるヤツだったんだな、と思って」

マスクを脱ぎ、髪を軽く振る聖。

「別に、お堅いつもりはないのだけれどね」

その時、鈴が鳴った。

狂美帝が音を返すと、ヨヨ・オルドが入ってきた。

「陛下、出発の準備が整いました」

「ご苦労。他のことは、東へ進みながら機会を見て話し合うとしよう」

こうして――狂美帝率いる援軍はミラ本軍との合流へ向け、野営地を発った。

野営地を発って、五日が経過した。
蝿王装の俺は、第二形態のスレイの上で周りを見渡す。
なだらかな坂の上にいるため、背後に続くミラ軍のかたまりが見えた。
大街道を進むミラ兵たち。
最果ての国勢もこういう軍列っぽい移動はしていたが……規模感が違うよな。
ここは行軍の列の先頭寄りにあたる位置。
近衛騎士に囲まれた狂美帝は、俺の視界の届く辺りにいる。
ちなみに狂美帝は常に騎乗状態で軍列に加わっているわけではない。
皇帝用の馬車に戻ったりもしている。
それから俺だが、昨日まではミラから借りた馬に乗っていた。
スレイの疲労や俺のMP消費を考えてだ。
が、今日はスレイが俺を乗せて移動したいと望んだ。気分転換でもしたいのだろう。
ま……俺もスレイの乗り心地が一番いいわけだが。
「無事、最果ての国の方々は要請に応えてくださったようですね」

俺の横で白馬に乗るセラスが、前を向いたまま言った。

「あいつらも、かなりやる気になってくれてるみたいだな」

先日、最果ての国へ赴いた使者から軍魔鳩が届いた。

最果ての国側は問題なく要請を受け入れたとのこと。

早速、最果ての国は三兵団と魔物部隊を出立させたという。

ゼクト王は、残った国内の者たちのまとめ役として居残ることになった。

また、万が一の備えとして少し戦力を残すようにも指示しておいた。

残ったのはココロニコ・ドラン率いる竜煌(りゅうこう)兵団。

先のアライオン十三騎兵隊との戦いで、竜煌兵団は最も大きな被害を受けた兵団でもある。そういう意味でも、妥当な判断と言えるだろう。

ではあるのだが――七煌(しちこう)のうち、五人も出してきたか。

兵団も半分以上出している。かなり協力的だ。

土地譲渡の件も意外と効いたのだろうか。

外の世界に土地を持てるのは、最果ての国としてはでかい。

といっても最初は仮貸与という形にしておいた。

この土地の件は、俺が狂美帝(きょうびてい)に持ちかけた案だった。

土地を持てれば自前で作物を育てたりできる。

何より、外の世界との交流もしやすくなるはずだ。

あいつらには世話になったからな。

それから、予備戦団の話は伝えていない。

現状、最果ての国側の真情が不明なためだ。

過去に悪い因縁のある部族とかがいる可能性だってある。

同盟を切り出す会談の場でも、狂美帝は予備戦団の話題は出さなかった。

出さなかったのは、そういった懸念もあったようだ。

「ムニンは、馬車の中か？」

セラスが振り返る。

「ええ。ムニン殿でしたら、あちらの馬車の中でイツキ殿と」

樹は最近、ムニンのいる馬車を訪ねることが多いようだ。

「あの二人、けっこう仲よくなったよな」

「気が合うようですね。イツキ殿は気さくで、話しやすいお方でございますし」

「時々デリカシーがないのが、玉に瑕だが」

苦笑するセラス。

「イツキ殿の場合、悪気がございませんから。私も、悪い印象はありません」

まずい発言だったかもしれないと思えば素直に謝罪もする。

やはり前の世界にいた時と印象は変わった。

いや、周りから見たら俺こそ——か。

ちなみに浅葱グループはもう少し後ろの列にいる。

狂美帝に言って、行軍の列ではやや離したところに置いてもらった。

「ムニンも昨日、おまえと一緒に浅葱に絡まれてたが……浅葱の印象はどうだ？」

一応、俺も輪の端に入ってやりとりを聞いてはいたが。

微苦笑を浮かべるセラス。明らかに樹の時より苦手意識を持ってる笑みだった。

「しっかりお話ししたのは初めてでしたが、なかなか個性の豊かなお方だと思いますよ？」

「柔らかく言い換えるのが得意だよな、おまえは」

「悪い印象を持っているわけではないのですが……」

少し、セラスの表情に緊張感が差す。

「出立前……あの幕舎でのやりとりを見ていた時、彼女がコバト殿に攻撃的な言葉を口にしたことがあったのを……覚えておりますか？」

「ああ」

「それからコバト殿の足を蹴った直後、謝っていたのも」

「おまえの合図は、本心を示してたが」

セラスは俯きがちになって、

「はい。アサギ殿は、心からあの言葉を口にしていたのです。しかも……その後の謝罪も、嘘（うそ）ではありませんでした」

「……奇妙なヤツだ」

「恥ずかしながら、私は混乱してしまいました……」

「真実だとわかるだけに、か。で……それが原因で苦手意識があると」

「私に好意的であるのは事実のようです。それは嬉（うれ）しくあるのですが——どうしてもまだ、彼女という人間が理解できず……、——」

「？」

その時、セラスの耳がピンッと立った。まるで何かに気づいたみたいに。

「あ、そのですね——大丈夫でございますので、トーカ殿っ」

背筋をのばし、セラスは毅然（きぜん）とした顔つきで胸を張る。

「相手を理解しようとするのは私のよいところですが、同時に悪いところでもある——ご安心ください。肝に、銘じておりますのでっ」

「フン……ちゃんと学んでるようで、何よりだ」

「はい。私には勝ちすぎると判断した荷は、降ろしていこうと思っております」

「荷が重いと思ったらいつでも俺を頼ればいいさ。俺だからこそ担いでやれるものもきっと、たくさんある」

「……は、はい」

「自分一人で、背負い込む必要はない」

すべてを背負い込むべきは、復讐者だけだ。

「無理に背負い込んでしまえば……、――」

俺は言葉を途中で切り、振り返って後方の馬車を見た。

それは、ムニンと樹がいるのとはまた別の馬車。

つられるようにセラスも振り向き、心配そうな顔でその馬車を見る。

「……アヤカ殿は、大丈夫でしょうか」

十河綾香はまだ目覚めていない。

ちなみに長く眠るとちょっとした現実的問題も出てくる。

しかしそこは、狂美帝がそういう時用の変わった魔導具を用意してくれた。

『年老いた歴代皇帝が昏睡状態になった際にも使われるものだ。念のため、皇帝が長らく帝都を離れる際は持ってきているのでな。こういう形で役立つとは思わなかったが』

言ってしまえば、意識のない人間を生きながらえさせる魔導具だった。

主に栄養面の補助に使うもののようだ。

俺たちのいた世界で言う延命治療の装置みたいなものだろうか。

高雄姉妹は野営する時、十河と同じ馬車で寝起きしている。

聖は、日中もその馬車の中にいることが多い。

あれやこれやの十河の世話は主に聖がやってくれていた。姉妹は、

『アタシら、寝たきり老人の介護を母さんの方のばあちゃんでやってたしな。任せろっての』

『おばあさまの場合は少し、特殊だったけれどね』

そういや前も恋愛話っぽいやりとりで親戚がどうこう言ってたな。

けっこう親戚との繋がりが強い家なんだろうか。

「味方にできるなら、戦力補強としては逸材も逸材なんだがな……」

「あの時の、アヤカ殿の一撃……防ぐのがやっとでした」

「セラスは桐原と戦って疲れてただろ」

「いえ……おそらくアヤカ殿も、心身共に疲弊し切っていました」

あれを防げただけで、俺からするとセラスもおかしいんだが。

「どうだ十河は？　セラスから見て」

「戦才に関しては、並外れたものがあるかと」

「たとえば……もし戦うことになったら、勝てそうか？」

馬上で真剣に考え込むセラス。

「そう、ですね……負けないための戦い、でしたら——あるいは。ですが勝つための戦い

となると……ご期待に応えられず申し訳ございませんが、自信があるかと問われたら……

いいえ、と答えます」

「守りに徹すれば時間稼ぎはできるが、ねじ伏せるとなると難しい……か」

「はい。ただ、あくまで今のは一瞬の攻防の際に得た感覚からの推察です。いざ戦ってみたら時間稼ぎすら難しかった、ということもありえますので……」

あの一瞬の攻防から今の推察を弾き出せる時点で、やはりセラスも並外れた戦才の持ち主なのだろう。

もう一度、俺たちは十河の眠る馬車を見やる。

「どのみち、目覚めてからじゃないとどうしようもないがな」

「まずは……ご無事に目覚められることを祈りましょう」

「…………」

クラスメイトという枷さえなくなれば。

十河綾香はおそらく、純粋な戦士としては味方の中で最上位の戦力となる。

ただ……今目覚めるのは――どうだろうか。

もし今目覚めたら、

〝自分一人でもクラスメイトたちを迎えに行く〟

そんな風に、言いかねない。

こうなるとまたひと騒ぎ起こるかもしれず。

聖の残したメッセージに従い、ニャンタンがクラスの連中を連れ出してくれる。

これがやはり、理想的ではある。

「私は……二人で話をしてみたいと思っております」

「十河とか？」

「はい。とても真面目で、真っ直ぐな方なのだと思うのです。その……」

セラスはどこか申し訳なさそうに、俺に向けて苦笑した。

「私も生真面目ゆえ――苦しむことが、ありましたので」

「ま……二人とも、本質は似てるのかもな……」

ヴィシスは当時、セラスを手中に収めようとしていたらしい。

もしセラスがヴィシスの〝道具〟となっていたなら。

十河のように――壊れてしまっていたのかもしれない。

「私はきっと守ってもらっていただけなのだと思います……運が、よかったのです。今はあなたに、守っていただいていて……そしてかつては……」

セラスは顎を少し上げ、遠くへ思いを馳せる顔をした。

彼女が顔を向けているその方角はおそらく、

「姫さま――カトレア様に」

◇【カトレア・シュトラミウス】◇

カトレア・シュトラミウスは、幕舎で書状を開いた。

先ほどミラからの使者が持参したものである。

カトレアは書状を見ながら、くすくす微笑(ほほえ)んでいた。

今、幕舎内は人払いしている。

カトレアの他にいるのは、聖騎士団長のマキア・ルノーフィアのみ。

幕舎の出入り口辺りで報告を受けていた彼女が戻ってきて、

「女王陛下、ご報告が」

「ですから二人の時はカトレアでいいと言っているでしょうに。女王陛下呼びは堅苦しくて血の巡りが悪くなりそうですわ。地位が変わろうと、わたくしという人間の中身はこれといって変わりませんのよ」

「あ、はい……カトレア様」

「よろしい。さて、何か新たな動きが？」

「いえ……アヤカ・ソゴウが戻ってくる様子は、まだないようです」

「ふむ。期限が迫っておりますわね」

アヤカの指定した期限。

この期限までは進軍を停止せよ、となっている。

「アヤカさんを抜いたこの混成軍がどこまでやれるかは頭を悩ませるところですが——まあ、いいですわ」

「と、言いますと？」

「マキア、近くにお寄りなさい」

カトレアが手招きし、書状を指差す。

マキアは「失礼いたします」と断り、文面を覗き込んだ。

「何が書いてあるか、貴方の口からお聞かせていただいても？」

「？　切々と降伏を促す文章……のように、読めますが」

あっ、とマキア。

「セラス様の、筆跡」

ほほほ、と微笑するカトレア。

「そうですわ。ところでこの文字……セラスの筆跡なのは間違いないですけれど、文字に妙な癖があると思いませんこと？」

「言われてみれば……」

そう。

文字の線が一部、膨らんでいたり。

妙な〝ハネ〟があったり。

「これは〝文字拾い〟と言いますの」

「文字拾い？」

「この特徴のついた文字を拾っていくと、別の文章が浮かび上がってくるというちょっとした暗号的なお遊戯ですわ。セラスも、よく覚えていたこと」

筆跡のみならずこれを使っているということは、セラスが書いたものでまず間違いない。

「つまり……カトレア様に降伏を促す文章ではない、と？」

「ええ、その通りですわ――何か書くものを」

別の紙に〝拾った文字〟を記載していく。

次第にカトレアの表情から、遊び心が消えていった。

ペン先を紙上で止めたまま、

「わたくしが向こうに捕まってネーア軍が撤退するという案は……破棄、かもしれませんわね」

「カトレア様が――捕まる、ですかっ？」

マキアが驚く。

その案を知るのはカトレアとセラスの二人のみ。

いや、セラスならあの蝿王(はえおう)には明かしたかもしれない。

カトレアはペンを置き、椅子の背もたれに座り直した。

「ふふ……セラスにも、信用されたものですわねぇ」

「…………」

「あの子はわたくしが裏切るなどとは、夢にも思っていないようです」

カトレアは自分の揃えた膝に視線を落とし、

「セラスは、どこまでも根が純粋ですわ。そしてわたくしは――」

姉妹のように共に育ったハイエルフの元姫君。

あの極めて優れた美貌に人の目は向きがちだ。

しかし彼女の最大の美点は、あの純粋さにこそある。

出会った頃からセラスは純粋で、とても真面目だった。

逆に。

自分は純粋さを失い、卑劣さを獲得していった。

けれどそれこそが自分の武器である。

カトレアは、そう思っている。

ネーアの聖王の娘として必要な資質だろう、とも。

事実、宮廷内が不穏であった時も役立った。

セラスにも裏世界の作法などは教えた。

それでもセラスの核の部分は、ちゃんと純粋なままだった。

「そんなセラスの純粋さに、救われていた部分があるのでしょう」

微苦笑するカトレア。

「とはいえ、あの子の純粋さは諸刃の剣ですけれど。でも、だからこそわたくしはセラスを守りたいと思ったのですわ。あの子のような純粋さを持った者がこの世界に存在する事実が、わたくしにとってはかけがえのない希望となってくれた」

いささか過保護がすぎたきらいはありますけれど、とカトレアは言い添えた。

「私たちも……セラス様には救われていた気がします」

マキアはそう言って苦笑し、

「私たち聖騎士は外から見るほど清廉潔白ではありません。もちろん険悪ではありませんが、癖のある人間が一定数集まれば、人間の嫌な部分も時には出てきますから。カトレア様は、互いにそういった嫌な部分を隠さず出していくのも時には大事だとおっしゃっていましたけど……」

カトレアは微笑みを湛え、無言で先を促す。

マキアの苦笑が、過去へ思いを馳せる微笑みに変わる。

「セラス様がいらっしゃると皆、その場だけ態度が違うのですね。この人の前では悪い態度は見せたくない――そんな風になるのです。いえ……私もそうでした。なんなのでしょうね……カトレア様がおっしゃったように、そう……セラス様と一緒にいると救われているような、そんな気分になるのです」

カトレアは目もとを和らげ、深い笑みを浮かべた。

マキアがドキッとした表情をする。サッ、と彼女の頬に熱が差した。

「純粋さ——あるいは高潔さとは、そういう力を持つものなのですわ。浄化作用をもたらすもの、といってもいいでしょう」

だからこそ穢したくなるという不届き者がいるのも、また事実ではある。

カトレアは笑みをいつもの微笑に戻すと、背もたれに寄りかかった。

脚を組み、膝上で両手を絡め合わせる。

「あの子がそこまで言うのなら……賭けてみても、よいのかもしれませんわね」

カトレアの目的はネーアという国を守ることであり、ネーアの民を守ることだ。

この手に——民の手に、国は取り戻した。

今もカトレアは取り戻した国を守るため、戦っている。

ネーアのために。

先のバクオスのネーア侵攻は元々ヴィシスが抑えていた。

しかしヴィシスの機嫌を損ねたため、その抑えが消えた。

セラスからもそう聞いている。

女神に媚びへつらって機嫌を取り続ければ、国は守れるだろう。

しかしこの先、あの気まぐれな女神の顔色をずっとうかがい続けなければならないのも

いささか、癪に障る。

——

「ですが、セラスだけではこの賭けには乗れませんわね……」

「？」

「ただ……今も、セラスの隣にいるであろう——」

あの男。

「あの男が勝算を見出していると言っているのなら……乗ってみても、よいのかもしれません」

「確証まで、あるのでしょうか」

「賭けというのは、確実でないから賭けなのですわ」

カトレアはしばし黙り込み、

「マキア」

「は、はいっ」

「混成軍は少しずつ東へ後退させます」

「他国の軍の代表者が納得してくれるでしょうか？」

マキアの問いに、微笑みを返すカトレア。

今度は頬を染めるのではなく――マキアは、ぞくりとした表情を浮かべた。

「アヤカさんが不在であるこの混成軍……全体の形勢を変えたもう一つの要素と認識されているのは、誰だと思います？」

「も――もちろん皆、カトレア様と認識しているかと」

「ふふ、ありがとう。そう……わたくしがあれほど血眼になってわたくしの〝有能さ〟を示したがっていたのは、この混成軍はわたくしありきで機能していると、そう認識させるためなのですわ」

アヤカ・ソゴウが消えた今。

カトレアを失えば、混成軍は戦線を維持できない。

否――事実、この混成軍には自分以上に全体を見通し、全体を動かせる者がいない。

大多数の者が〝カトレアがいるからこそ〟と認識してしまっている。

元々の案――敵の人質になる案にしても。

この環境を整えれば整えるほど、効果は増大する。

「皆、わたくしの撤退指示も何か策あってのこと……と、そう思い込んでくださるのではなくて？」

「確かに……今の混成軍は、カトレア様が掌握していると言ってもいい……」

ポラリー公爵の率いる軍は女神のアライオン勢力である。

しかし援軍として駆けつけ、そしてミラ軍を押し返したもう一人の功労者であるカトレアを、彼は信用し切っている。

「ウルザ軍は少々不安が残りますが……いざ反発しても、ネーア、バクオス、アライオンの三国相手ではまず対抗できないでしょう」

混成軍内のウルザ軍はミラ軍から相当やり込められた状態だ。消耗具合は激しい。

不敵に微笑む(ほほえ)カトレア。

「女王という立場は確かに堅苦しく肩の凝る地位ではありますが……一国の代表であるという立場はそれだけ、発言力も上がります。一国の姫君とは違うのですわ。さて、この混成軍で国の代表がまじっている軍は？」

「我が、ネーアのみ……」

「女王という地位が持つ威光も、こういう状況では便利極まりないですわね」

アヤカ・ソゴウは味方として戻ってこない。

セラスの伝えた情報でこれが確定しているのも大きい。

カトレアはマキアをちょいと指で呼び寄せ、

「まず、わたくしが何かと理由をつけて混成軍を後退させ続けます……いずれミラ軍に追いつかれるよう、露骨でない程度に速度を調整しますわ。そして状況が整い次第——我がネーア軍は、そのままミラ軍につきます」

後退に疑問を持ったヴィシスが出張ってくるかもしれない。

それはそれでよしとする。

わざわざ自陣営の堅牢な本拠地から出てきてくれるのだから。

マキアが、

「我が軍がミラ側に寝返った際、他国の軍はいかがされるのですか？」

カトレアはにっこりと、太陽のような温かい笑みを浮かべる。

「もちろん、味方になってくださるよう交渉はいたしますわ？　特にガス殿や黒竜騎士団、ポラリー公とは、個人的感情としては対立したくありませんから。ただ、悪くすれば混成軍の敵として戦うはめになるのかもしれません——ただし混成軍は、あの狂美帝率いるミラ軍相手にわたくし抜きで、ですが」

3．最強へと至る道

俺たちは東へ移動を続け、ついに国境近くにいたミラの本軍と合流した。

そして——その本軍と睨み合っていた混成軍は今、後退を始めている。

先日、カトレアに送った使者の軍魔鳩が返事を運んできた。

内容は降伏の意思はないことを示す宣言文。が、

『これは私とカトレア様だけがわかる暗号を使って書かれております。私も、まったく同じ手法を用いて真意を伝えました。念のためか、あちらも暗号を用いて返事を作ったようですね』

結果から言えばカトレアの説得は成功。

混成軍の後退はカトレアの指示によるものとのことだ。

このまま俺たちは東へ進んでウルザを経由し、アライオンを目指す。

「嬉しそうだな。女王さまが説得に応じてくれて、ホッとしたか？」

横で白馬に乗るセラスにそう声をかけると、

「はい……、——いえ、カトレア様ならば応じてくださると信じておりました。ですがやはり、私を信じてくださったことは嬉しく思います」

「女王さまはこっちに賭けてくれたんだ。この戦い、意地でも勝ちに持ってかないとな」

馬上で手綱を握って微笑み、小さく頷くセラス。

「はい」

「こっちとしても、俺の復讐に巻き込んじまって悪い気もするが――戦力が増えるってのは、やっぱり助かる」

「………………」

気遣わしげな表情で、セラスが後方の馬車を振り返る。

「起きたら起きたで、気になるか」

「あ、すみません……その――そう、ですね」

三日前、十河綾香が意識を取り戻した。

目を覚ました時、傍には聖がいた。

さて、目を覚ました十河だが――精神状態はあまりよくないようだ。

目覚めて以降はほぼ聖がつきっきりで〝治療〟にあたっている。

意識が戻った瞬間、十河は錯乱気味だったそうだ。

自分を責める言葉を、自分に叩きつけていたという。

追い詰められていた自分。

自分を追い込み、壊れてしまった自分。

暴走していた自分。

戦争に参加した自分。
大切なクラスメイトの言葉が、届かなくなっていた自分。
時おり馬車の外にも、十河の感情的な声が聞こえてきていた。
聖に縋りついて泣いているのだろう、とわかる時もあった。
鹿島にも目覚めたのは伝えてある。
しかし、やはり会うのはもう少し待って欲しいと言っておいた。
やはり、アライオンに残してきたクラスメイトのことをひどく心配しているようだ。
周防カヤ子にみんなを頼むと言い残しては来たものの。
女神のもとにいては、何をされるかわからない。
今すぐ自分だけでもアライオンに行きたい、と願い出たそうだ。
そこはどうにか聖がなだめてくれた。
まず、十河は行方不明扱いになっている。
ならば今、クラスメイトには人質としての価値がないに等しい。
もちろん不要になって始末される危険はあるが……逆に、始末する意味もなく思える。
何より、アライオンの王都を脱出できるようミラの間者が手はずを整えている。
が、下手に十河が動くと失敗してしまうかもしれない。
こう言われてしまっては、十河も堪えるしかない様子だったという。

馬車から聖が出てきた。

ミラ兵が引いていた自分の馬に乗り、こっちに近づいてくる。俺の隣に馬をつけ、

「身体を拭いてあげたあと、さっき寝ついたわ」

「悪いな……任せきりで」

「気にしないで。私にとっては、贖罪みたいなものだもの」

長い間、聖は十河と二人きりで会話している様子だった。

精神が不安定な相手との長時間の会話。

が、疲れた様子は見えない。……見せてないだけかもしれないが。

「状態は？」

「意識が戻った日と比べれば、よくなってきているとは思うわ。起きたばかりの頃は色んな感情や情報が洪水のようにいっぺんに押し寄せてきて、混乱してしまったんでしょうね」

「そうか……鹿島辺りとは、もう会わせても大丈夫そうか？」

「どうかしらね。鹿島さんや浅葱さんたちには合わせる顔がない、みたいな調子だったから」

「今も？」

「そうね……鹿島さんくらいならむしろ、会った方が十河さんにはよい影響を及ぼすかも

しれないけれど」

聖は馬車を一度振り返り、

「昨日の夜くらいにはそれなりに冷静に話ができるようになったから、気は配りつつ話を聞いていたのだけれど」

ふぅ、とため息をつく聖。

「女神のやり口は典型的なマインドコントロールの手法に似ているわね。たとえば大魔帝討伐のために向かった北から引き返してきたあと、他の勇者との接触をほとんどさせてもらえなかったそうよ。身近な第三者との接触を断たせて孤立させる――これも、典型的なやり口の一つ」

それは俺もどっかで聞いたことがある。

「他にも、十河さんの感情を激しく揺さぶるような情報を連続で浴びせかける……とかね。これはゆっくり考えさせる暇を与えず思考力を奪うやり口。セールスや詐欺でも使われる手法よ。それと……不安状態に突き落として不眠を誘い、睡眠不足によって判断力を鈍化させるやり口。それから……ヴィシスが実は誘導しているにもかかわらず、すべての行動を十河さん自ら決断し、選択したように思わせるやり方。こうすると十河さんは、自分の選択なのだからと自分を精神的に追い詰めていく――そこに救いやそれに類する目標を与えれば――洗脳完了。逆に与えなければ、そこで壊れてしまう。挙げればきりがないけれど、そういう手法が使われていた形跡はうかがえたわ」

「なんつーか……詳しいな」

「あそこまで自分を追い詰め暴走してしまったのは、十河さん自身の性質も原因の一つだったと思う。あと、多少詳しいのは個人的な興味もあるけれど、母方の家系がそういう方面に精通しているのよ」

ここでも——例の母方の家系か。

もしかしたらその家系が、高雄姉妹のパーソナリティにも大きく影響してるのかもな。

「あと……あなたにも、謝りたいと言っていたわ」

「謝ることで気持ちの整理をつけられるなら、もちろん受け入れるさ。けど、あいつが俺を信用できなかったのも当然だからな……」

三森灯河を守ろうとしてくれた十河に、俺は、生きてることを隠し続けていたのだから。

一度、再会しているにもかかわらず。

「信用される資格の有無で言えば、今の私だって微妙なところよ。見ようによっては、十河さんを再洗脳しようとしてる風にも見えかねない」

「おまえは十河を大事に思ってるだろ？　ヴィシスはそうじゃなかった。どう考えても、おまえとヴィシスじゃ違う」

そうね、と聖。

「そこは確かに、違うところでしょうけど」

「だろ」

「ともあれ、十河さんが少しずつ快方に向かっているのは事実よ。ただ……彼女を本当の意味で元気づけられる人物としては、私だと厳しいのかもしれない。私はほら──あまり感情表現が、得意ではないから」

「十分だと思うが……ま、そこんところは──狂美帝に、ちょっと確認してみるか」

「？」

近衛騎士を通し、俺は狂美帝にとある件について尋ねてみた。

そろそろ到着してもよさそうなものだが、と答えが返ってきた。

いずれにせよ、手配は進んでるようだ。

そして──その日の夕刻、

「到着したようだ」

狂美帝が自ら、報告に来てくれた。

一度、周囲の移動が停止する。

人払いをする狂美帝。

念のためさらに幕で周りを囲み、人の目から隠してもらう。

俺は樹を呼び、十河のいる馬車へ向かってもらった。

蠅騎士面はつけなくていい、と言い添えて。

ほどなくして、十河が馬車から顔を出した。付き添う聖に身体を支えられている。

十河は顔色が悪く、少し痩せた印象だった。

浅葱グループはいない。セラスやムニンは、この場にいる。

俺の姿を認め、あっ、と申し訳なさそうに面を伏せる十河。

と——小型の馬車が幕の中に入ってきた。

馬車が、停止。

「よっ、と」

そう言って馬車からゆっくりと降り立った人物。それを認めた十河の目が、

「…………、——ぁ」

見開いて、いく。そして——十河の目から、涙が溢れ出した。

十河は必死に声を振り絞るように、

「ベイ、ン——さん……ッ!?」

「おう、久しぶりだなソゴウちゃん……なんだよ、あん時と比べたらひどく元気がねぇじゃねーか？ったく……せっかくの美人が台無しだぜ？」

まだ包帯の残る姿をした赤髪の男。

十河は、緩慢な足取りで前に踏み出した。

徐々にその足取りが、力を取り戻していく。

ベインウルフ――通称〝竜殺し〟と呼ばれるウルザの戦士。

ヴィシスが集めた勇者たちの師の一人で、また、魔防の白城の戦いでは竜人化し、十河たちを助けたという。

十河綾香が厚い恩義を覚える人物という情報は知っていた。

俺は狂美帝に言って、以前からベインウルフとの接触を提案していた。

高雄聖と同じく、いずれ必要になりそうな十河対策の予備として。

狂美帝も狂美帝で、可能なら味方に引き込もうと考えてはいたそうだ。

ベインウルフは大侵攻で重い傷を負ったあと、モンロイに戻った。

しかし彼は静かな場所で療養したいと、すぐ王都の西の方に移動していた。

その時、一度ヴィシスからお呼びがかかったという。

だがアライオン行きはもう少し回復したらと、やんわり断った。

以降、お呼びはかかっていないそうだ。

彼の弱みは病に伏せる父親の薬だった。この薬は稀少だが、出回っていないレベルではない。狂美帝が確保を配下に命じ、数を揃えた。

そう——ベインウルフはひっそりと王都を離れ、父親のところで療養していたのだ。

「ベインさん……き、傷の方は大丈夫なんですか!?」

手前で立ち止まって見上げる十河に、

「まだまだ竜人化は無理そうだし、大剣を振るうのもきついんだが……ま、歩けるくらいには回復してる」

十河は溢れた安堵で喉が詰まったような声で、

「よか、った……」

「おれも正直、この期間でここまで回復するのは予想外だった。竜の血の力なのかもな……おれはほら、ウルザ最強の竜殺し様だから。あんなボロボロになった経験なんて、なかったんだよなぁ……」

んで、と得意げに笑うベインウルフ。

「その竜殺し様より強くなったんじゃねぇのか、ソゴウちゃん？」

「あ——そ、の……私……」

一転して面を伏せ、気まずそうに視線をそらす十河。

「た……大魔帝を倒すことも、できなくて……どころか私、ベインさんみたいに……みんなを守れたわけでも……勝手に暴走して、迷惑……ばっかり——、……？」

ベインウルフが十河の頭に、そっと手を置いた。

「必死だったんだろ――他の勇者たちを、守りたくて」

「――――」

「ただな……やっぱ、背負い込みすぎだったんじゃねぇか？　ほら、魔防の白城に向かってる途中で言っただろ？　もっと誰かに頼ることを覚えた方がいい――自分で抱え込まずに、って」

「……はい」

「他にも言ったかな……結果はどうあれ、何かを一生懸命やったならそれは褒められていいと思う、とかも」

「それ、は……色んな人にただ、迷惑をかけただけで……どころか私、に、人間相手に武器を――」

「悪いのは、その一生懸命さを利用した女神だ」

「で、でも……女神を信じてしまったのは私自身の弱さが、原因でっ……」

「騙された方が悪いって見方もわかる。けど、騙す方が悪いってのは大前提としてあるべきだぜ」

ベインウルフは口端にドト棒を咥えてから、

「でないと……単純に荒んじまうだろ、気持ちがさ」

鼻声で十河は、

「……前向き、すぎますよ……ベイン、さんは」

声に、芯が戻ってきている。

「これも言ったはずだぜ？　前向きなのはいいことだ、ってな」

「……そうでした、ね……ぐすっ……ふ、ふふ……」

「ま、あの女神さまはおれも苦手だったからな……最大の目の上のたんこぶがなくなるのは、おれとしても好ましい」

ベインウルフは目もとを和らげ、

「ソゴウちゃんの班の子たちのことも聞いた……もし、あのニャンタン・キキーパットが動いてくれるなら、上手く脱出できるかもしれねぇ」

「私……」

ベインウルフが、十河の髪を少し強く撫でた。くしゃり、とかすかに髪が形を変える。

「時には信じて祈るのも大事だと思うぜ？　すべてを単独で動いて解決しようとしちゃだめだ。ソゴウちゃんの腹心のスオウちゃんだっている。きっと、大丈夫さ。少なくとも……おれはニャンタンとあの子たちを信じたい。信じて、やりたい」

ハッ、となる十河。

「あの子たちじゃ心配だ——それもわかる。けど、信じてやれるってのが大事な時もあるんじゃねぇのか？」

　ややあって、

「……ベインさんの、言う通りかもしれません」

「ソゴウちゃんが動くべき時は、必ず来る——聞けば、もう万全のおれでも歯も立たないくらい強くなったって話なんだろ？」

　ベインウルフは十河の頭から手を離し、自分のあごひげを撫でた。

「ふん……弟子が師を越えるってのも、なかなかいいもんだな」

　なんとなく、だが。

　ベインウルフのその仕草や雰囲気は、子を想う父のようにも見える。

「つーか、ソゴウちゃん」

「はい？」

「魔防の白城の戦いが終わったら、お酌をしてもらう約束だったよな？」

　目を丸くする十河。次いで十河は、ちょっと意地悪そうな目をした。

「……………………竜人化すると、記憶が失われるんじゃありませんでしたっけ？」

　笑った、と——俺の隣で様子をうかがっていた聖が、そう呟いた。

「そりゃあ、自分に都合のいい約束はしっかり覚えてるさ」

「ベインさんったらっ……もう……っ！」

「ま、お酌はこの戦いが終わったら改めてしてもらうとするさ。おれもこの戦い、可能な範囲で協力はする。そこのど美人な皇帝様の誘いに、乗っちまったからな」

十河とベインウルフの視線が狂美帝を捉える。

「余としては、竜人に変身する能力は是非とも欲しかったのでな。まあ、仮に戦えずともウルザ兵たちには重圧をかけられる。あの竜殺しが味方にいるとなれば、全体の士気にもよい影響を与えるだろう」

ベインウルフが十河に視線を戻し、

「って、ことらしい」

会話を続ける再会した二人を見ながら、聖が尋ねてきた。

「あれ、あなたの計らい？」

「一応、竜殺しと十河の関係は知ってたからな」

「二人のこの再会は狂美帝の思惑の副産物、となっているようだけれど」

相変わらず聡（さと）いな、この姉は。

「俺が指示してこの場を整えたと知れば、十河はまた俺の手の内で踊らされてると思うかもしれない。信用できない三森灯河（みもりとうか）の、な。極力リスクを排除するなら、さっき狂美帝が言った流れの方が自然なんだよ」

「――損な性分ね」

「逆だよ。得させてもらってる側だ、俺は」

仕組まれていた、ってのは。

やったのが味方であっても、面白いもんじゃない。

そう、真実だけがすべてじゃない。手品は——魔法は、必要だ。

「セラスの時もそうだったが——やっぱ、こっちの方が届くんだよな……」

「………」

「善人には、善人の言葉の方が」

想いが。

と——聖が、珍しく何やら微妙な目つきをしていた。

なんだ？

「それ、私にもけっこう刺さるのだけれど」

俺は皮肉っぽく鼻で笑い、聖に背を向ける形でその場を離れた。

「甘ぇよ」

「？」

「俺から見ればおまえなんて、まだまだ——善人の側だ」

十河は今、ベインウルフと馬車の中で話している。

高雄姉妹も紹介を兼ねて一緒にいるようだ。というか、十河が望んだらしい。

馬車からは時折、笑い声も聞こえるくらいだ。

十河もこれですっかり回復してくれるといいんだが。

幕も取り払われ、俺たちは移動を再開している。

俺がセラスと話していると、

「……そちは大抵、セラスと何か話しておるな。話題が尽きないのか？」

やって来たのは、狂美帝。

「いえいえ、ずっと喋っているわけでもございません。陛下が来られる時が、たまたま会話している時なのでしょう。まあ……会話がなくとも、ワタシにとってセラスは傍にいるだけで居心地のよい相手ですから」

「私も、その……はい」

面映ゆそうに、顔を伏せ気味に同意するセラス。狂美帝は優雅に薄く微笑み、

「まったく、妬ける関係だな」

そう言ったあと、表情を皇帝然としたものに戻した。ここへ来たのは多分、

「陛下の方に何か新しい情報が？」

「さすがの読みだな。褒めてつかわそう」

「朗報だと、よいのですが」

「残念だが朗報とは言い難いな。ヴィシスがいよいよ出してきたようだ……白き軍勢――聖体軍を」

セラスが息を呑む。

アライオンの王都に潜入している間者から、軍魔鳩が届いた。

〝王都エノーの王城付近に、先日から多数の聖体が姿を現し始めた〟

どこから湧いているかは、まだ正確に摑めていないという。

狂美帝はあごに手をやり、

「やはりヴィシスはキリハラやアヤカを使い、例の模造聖体とやらを増やすための時間を稼いでいた……そう見てよさそうか。王都からヴィシスが動かぬのは、聖体を生み出す際にその場所である必要があるからかもしれぬな」

「数はさらに増える見込みで動くべきでしょう。それから、追放帝が生み出した聖体より強力な個体が追加されることも、やはり想定すべきかと」

聖体軍は城をぐるりと囲むように展開しているという。

ここから数を増やし、王都の外まで溢れてくるのは考えられる。

狂美帝は最果ての国の方角を見やり、

「しかしこうなると……こちらもいよいよ数が必要になってくる。最果ての国に援軍を頼んでおいたのは、正解だったようだ」

いずれ来る大きな戦いの予感を纏いながら、ミラ軍は、アライオンを目指し移動を続けた。


ウルザの王都モンロイ――陥落。

大半のウルザ兵が王都とその近辺から逃亡、あるいは白旗を揚げた。

決定的だったのは、やはりウルザの魔戦王が早々に王都から逃亡したことだろう。

こういう時こそ士気を鼓舞するのが、本来の王の役目と言える。

その王があっさり自分とその周りの家臣だけ連れて逃げ出したのだ。

ウルザの者としては戦う気もなくなるというものだろう。

そうして大した戦いもなく、対ウルザ戦は完全勝利に終わった。

一方、混成軍はさらに後退を続けている。見ようによってはモンロイを見捨てた形になるが、ここで衝突しても戦力的に見てミラ軍には勝てまい。

なので、モンロイにこだわらずの後退はそうおかしな判断ではない。

しかし実情は、ネーアの女王さまが上手く言いくるめたのだろう。

〝魔戦王が民を見捨てて逃亡した〟

俺は、このおふれを徹底的に広めるよう狂美帝に頼んだ。

王都からウルザ全土へ波及させる勢いでだ。いくらかの悪意的な脚色も加えた。

これでウルザの民は魔戦王に悪感情を持つだろう。

ただ、そうでなくとも王都モンロイのウルザ人は〝自分たちが戦火に巻き込まれないなら〟という感じで、敵対的な空気はかなり薄い。王不在の城もあっさり明け渡された。

それから――途中で戦力を割り振ってきたウルザ領内の砦攻略だが、そちらも順調に進んでいるようだ。

さらに、最果ての国の援軍もそれなりに近くまで来ている。

最果ての国の援軍は、軍を移動の早い軍と遅い軍の二つに分けたそうだ。

移動の早い戦力を先にこちらへ合流させる算段らしい。

リィゼたちに随伴しているミラの使者が、軍魔鳩でそう知らせてきた。

こうしてミラ本軍は、占領の維持に必要な兵力だけをモンロイに残し――他は休息と補給が済み次第、明朝、再びアライオンを目指すこととなった。

◇【セラス・アシュレイン】◇

モンロイ入りする前に、激しい雨が降った。

今はもう止んでいるものの、行軍中のミラ軍は雨に打たれることとなった。

雨の中の移動は晴れた日の移動より多くの体力を奪っていく。

しかし、アライオンまでの道のりはまだ長い。

モンロイ陥落後、狂美帝は明日の朝まで軍を休ませる判断をくだした。

雨に濡れたのはセラス・アシュレインも例外ではなく、服はすっかり雨水を吸い、馬上でひどく濡れそぼってしまった。といっても、かつての逃亡生活や魔群帯の中を進んだ時の経験のおかげか、荒れた天候の日に屋外で過ごすのは、もう慣れっこでもある。

これはトーカにしてもそうで、彼もそこまで気にしている様子はなかった。

けれどもそれとは別に、身につけている衣類などを洗って清潔にしたい気持ちはある。できるなら湯浴みしたいという欲求が、ないわけでもない。身を清潔に保つことは昔から好きであるし、精霊も清潔さを好む。

ただし何より、セラス個人の気持ちが今は大きかった。

(特にトーカ殿のお傍にいる時は、可能なら極力身を清めておきたい……のですが)

もちろんトーカは旅や行軍中、我を通す形で清潔さを求めてきたりはしない。

むしろ彼自身が、セラスにそういう面で気を遣ってくれる。

たとえば何日かまともに身体を洗えない日が続けば、

『俺がにおうとかあれば、もうちょっと距離を取ってもいいぞ』

などと言ってくれる。

あまり不潔なのは確かに好ましいとは言いがたいけれど、

（トーカ殿のニオイでしたら……私は、どんなニオイでも――）

がくっ、と自責の念に駆られて項垂れるセラス。

（また私は、何を考えて……ああ、いけません……）

それこそ以前、まさにこのモンロイにある宿でトーカの洗濯物のニオイを嗅ぎ、何やらよからぬ気分になってしまった、なんてことがあった。

とまあ、そんな風に湯浴みのことで軽く苦悩していたセラスの思いが届いたのか、狂美帝が今晩、モンロイの城の浴場をセラスたちに使わせてくれることになった。

兵たちすべてが使用できるわけではないので申し訳ない気分もあったが、

「兵たちもモンロイの王都民たちのおかげで、それなりに休息を楽しんでいるようだ。それに、そちたちは来る女神との決戦で大役を果たす者たちだ。ここでしっかり英気を養ってもらわなくては、皇帝として困る。まあ、先日のキリハラの件で活躍したそちに対する褒美、とでも思っておけばよい」

この軍における最高権力者である狂美帝にそう言われてしまっては、断るのも礼を失していると言えるであろう。トーカも、

「おまえらもここんとこ大変だったしな。いいんじゃないか？」

こう言って送り出してくれた。

ちなみに狂美帝は〝そちたち〟と言っていた。

つまりそれは、もちろんセラスだけを指していたわけではなく――

「うおー、この城の風呂もすげーな！　なあ、姉貴!?」

「そうね」

城内の浴場には、タカオ姉妹も一緒に来ていた。

「うーん……普段も馬車で移動させてもらってるわたしまで、こんな広い浴場でのんびりさせてもらっていいのかしら……？」

先ほど身体を洗い終えたムニンが、罪悪感でも覚えているような様子で、湯の表面にそっと綺麗(きれい)な足先を入れた。そして湯加減を確認するように足先で軽く表面をかき回してから、ゆっくりと湯に身を沈めた。

「んん～……き、気持ちいい……はふぅぅ……♪」

浴場にはセラス、ムニン、タカオ姉妹の四人が来ていた。

「あれ？　そういや、鹿島(かしま)たちは来ねーのか？」

イツキが湯に身を沈めながら、疑問を呈した。

「鹿島さんたちは、別の時間に入るらしいわよ。あんまり大人数でもくつろげないだろうから、というツィーネ陛下の配慮のようね」

ヒジリは浴槽の縁にしゃがみ込み、手を湯につけて温度を確認している。

「そうなのか～残念だな――てか、姉貴よぉ……」

「何かしら」

「セラスさんとムニンさん、やばくねーか……」

「何がどう〝やばい〟のか、あなたの言いたいことはなんとなくわかるけど……本人たちのいる前で言うのは、二人に少し失礼よ」

「う……気遣いの精神がなく、すみません」

ぶくぶくぶく、と顔を半分湯につけて口から泡を出すイツキ。

手の甲で笑いを防ぐようにして、くすりとセラスは微笑んだ。

なんというか――かわいい。

これは、ピギ丸やスレイに感じるかわいさに似ているかもしれない。

彼女の存在は場の空気を明るくしてくれる。

そのイツキが水面にさざ波を立てながら、すいぃ～、とムニンの方へ近寄っていく。

ヒジリがアヤカ・ソゴウの看病につきっきりなことも多いせいか、イツキは最近ムニンの方の馬車にいる頻度が高くなっている。

それもあってか、二人の距離は日に日に近くなっているようだ。

さっきは、二人で身体を洗いっこしていた。ちなみにこのあともコバトたちが使うことを考えてか、今、ムニンは翼を収納している。

「うおぉ……ムニンさん、これ……触っていい？」

「あら？　いいわよ？　どうぞ」

「うん……おぉぉ……マジか、これ……すごいな……」

はは……、とセラスはその光景を苦笑顔で見ていた。

「あの子にも困ったものね」

セラスのすぐ隣にヒジリがやってきて、肩まで湯に浸かった。

「ヒジリ殿」

「セラスさんも、うちのイツキが何かご迷惑をかけたら遠慮なく言ってください。遠慮なく」

念押しするように、そう言われた。

ヒジリが湯を手で掬う。湯が、白いヒジリの手から滑り落ちていく。

「十河さんに、なんだか悪いわね」

アヤカはまだ外の馬車の中にいるようだ。

今はそこが、一番落ち着く場所なのだという。

「ただ、こうして十河さんのもとを一時的に離れられるのも、やはりベインウルフさんがいるおかげね。あの人になら、十河さんを任せられるから」

こうして間近で見ると――美しい少女だ、と改めて思う。

アヤカも美しいし、イツキも綺麗な子である。

しかしセラスの目に、ヒジリは特に輝いて映る。

その理由は、わかる気もする。

「ヒジリ殿は、すごいですね」

ヒジリがセラスの方を向き、微笑した。

「すごいところもあれば、すごくないところもたくさんありますよ」

「いえ……あなたはとても理知的で、どんな時も感情を抑制できていて……すごい、と思います」

トーカと彼女の会話を聞いていれば、わかる。

ヒジリこそトーカの側近として――そう、たとえば軍師のような役目がふさわしい人物なのだろう。

常に落ち着いているし、頭の回転も速い。

自分にはないものをこの人はたくさん持っている、と最近セラスは強く感じている。

だから、

「あの、ヒジリ殿」

セラスは、湯の中で姿勢を正した。

「トーカ殿のことを、どうかよろしくお願いいたします」

「？」

湯の表面ギリギリまで、頭を下げる。

「え、ええ」

いつも冷静なヒジリにしては、その声に珍しくやや困惑の色があった。

「あ――申し訳、ありません」

かぁあ、と赤くなって、セラスは頭を上げた。身を小さくし、

「急にこんな、かしこまって……突然、お願いしますなどと言われてもっ……困ってしまいます――よね？」

くすり、とヒジリが微笑んだ。

「セラスさんはどこか――十河さんに似ているわね」

「アヤカ殿に、ですか？」

「もちろん、いい意味で受け取ってほしいのだけれど。私は――あなたのような人は、好きよ」

「……ヒジリ殿」

やはり魅力的な人だ、と素直に思った。

「ところで、私に三森君の何をお願いしたかったのかしら？　改めて聞いてもよければ、だけれど」

「あ、いえ……私としては、相談役としてはヒジリ殿の方が私より優れていると感じております。ですので……」

また改めて――今度はかしこまりすぎぬよう気をつけて――頭を下げる。

「私が至らぬ部分は、どうか……トーカ殿を支えていただけましたら――と」

三度、ヒジリが微笑んだのがわかった。

「セラスさん」

「は、はい」

セラスは顔を上げる。

「では……この戦いが終わるまで、一緒に三森君を支えていきましょう。あなたにはあなたにしかできないことがあるし、私だからできることもある――きっとね」

「は――はいっ……ありがとうございます、ヒジリ殿……」

浴場から出たセラスたちは脱衣場で身体を拭き、そして、洗われて清潔になった衣類を身につけていく。

ムニンとイツキも、談笑しながら服に袖を通している。

「それとね、セラスさん」

そう話しかけてきた聖は、上だけ身につけ終えており、今ちょうど下に取りかかろうとしているところだった。

「あ、はい」

「これははっきり言っておきますけど……あなたの代わりは、私には絶対にできませんから」

「私の代わり、ですか？」

「見ていてわかります。三森君にとって、あなたは本当にかけがえのない特別な人なのだということが」

「ト、トーカ殿の……あの……」

祝福するように、薄く微笑むヒジリ。

「あなたは嘘がわかるのだから――わかるでしょう？　私が、本心で言っているということが。あなたの代わりだけは誰にも務まらない。そして、あなたは今の三森君にとって絶対に失われてはならない人。だから――」

憧れたくなるほどの凜々しい表情で、ヒジリは続けた。

「あなたのことも可能な限り、全力で守ります」

「ヒジリ殿……」

「まあ——起源霊装というあの力を使えるあなたの方が、私よりもよっぽど強いとは思いますけど。いえ、剣の腕からしてセラスさんには遠く及ばないでしょうし。もし機会を作れるなら、あなたから剣を習ってみたいところですね」

「ヒジリ殿でしたらいつでも歓迎いたします——お任せください」

「それと一つ、気になることがありまして」

「はい？」

「精霊、というものに興味があるんです。こうして二人で話せる時間も珍しいですし……このあと少し時間があれば、ご教授願えませんか？」

「はいっ、かしこまりました。あの、ところでヒジリ殿……」

「なんでしょう」

「そろそろ、その……下を穿いてしまっても、よ、よろしいかと……」

ヒジリはちょっと目を丸くしたあと、平然とした顔で言った。

「これは——失礼を。ありがとうございます」

自分だったら絶対にあたふたして照れてしまっているだろうな、とセラスは思った。

こういうところも、憧れてしまう要因の一つかもしれない。

◇【三森灯河】◇

朝。

モンロイの外壁近くで、俺たちは出立の準備を整えていた。

占領後に休憩と補給を終えたミラ本軍は、そろそろモンロイを離れる。

俺は、朝日を浴びる外壁を見上げた。

「にしても、こんな形でモンロイにまた訪れるなんてな」

外壁から視線を外し、後ろを振り向く。

「で、ここから北東にあるネーア聖国を抜ければ……いよいよあのクソ女神のいるアライオン、か」

少しずつ近づいてきている——この物語の、始まりの場所へと。

「ん？」

近づいてくるのは狂美帝（きょうびてい）。……俺が一人でいる時、よく来る気がする。

「少し、話せるか」

「もちろんでございます」

最近はもう周りも慣れてきてるのか、自然と人払いがなされる。

「ウルザの戦力はこれで、ほぼ問題外になったと考えてよいだろう」

「さすがの手腕でございました、陛下」

実際、占領までの流れは実に鮮やかだった。

「ミラの狂美帝として、このくらいはな。ところでどうだ？　使い魔から新しい情報は？」

「実は……前回の報告以降、報告自体が止まっておりまして」

そう、このところ使い魔にエリカが浮上してこない。

最近は使い魔が連日頻繁に稼働していた。負荷が溜まって休息が必要になっていてもおかしくはない。発声による言語伝達をしなくても、負荷は積み重なるからな。

……ただ、そうでないとすれば。

狂美帝が、気がかりそうにアライオンの方角を見やる。

「実を言うとこちらも、エノーに潜入させている間者の報告が途絶えていてな。何かあったのでなければよいが……」

そういえば、と狂美帝。

「例の使い魔だが、ヴィシスが用いることはないのか？」

「ええ、それはないかと」

エリカ曰く、ヴィシスは使い魔を用いない——正確には〝使えない〟という。

かつてアライオンにいた頃、それは確認済みだそうだ。

思い返してみても、使えるのなら使うべき局面はいくらでもあった。

が、一度も使われていない。

なので、実は使えましたパターンはないと見ていいはずだ。

遥か昔に失われた古代の力――使い魔。

エリカはその力を魔群帯のあの家で復活させたと言っていた。

そういやミラの迎賓館で情報交換をしてた時……ヴィシスでは使えない仕掛けがある、
とも聞いたが。

「とすると、警戒すべきはヴィシス側の間者だが……ミラの帝都ではその間者らしき者を
何人か捕らえたようだ。この軍では、今のところそういった者は見つかっていないようだ
が」

そっちも警戒してはいる。

当然、こっちの軍内に紛れている想定はしておくべきだろう。

外に出る時に高雄姉妹が蠅騎士装なのもスパイを意識してだ。

また、それは俺が今も蠅王装をあえて着用しているのとも少し関係している。

俺をトーカと呼ぶのをよしとしているのも、その一環にある。

それから、浅葱に妙なヤツが接触しないかもミラの者に監視させてある。が、

「…………」

「どうしたトーカ、何か気がかりでも？」

「あるいは……ヴィシスは、実はワタシたちにあまり注意を払っていないのかもしれない——ふと、そんな気もしまして。いえ、あくまで直感的なものなのですが……」

狂美帝の、言うように。

強力な聖体軍を生成する時間を稼いでいた——これはある、と思う。

……ただ、なんと言えばいいのか。

現状、ヴィシスに目障りな存在があるとすれば。

それは、俺たちを含むこのミラの勢力くらいに思える。

しかし……全力で叩き潰しにきているという感じが、いまいち——

「陛下！　急報にございます！」

血相を変えた伝令が、駆けつけた。

「何ごとか」

「魔防の戦城のやや西に位置するパヌバ砦が——多数の金眼、及びっ……じ、人面種に襲われたとのことです！　そ、それと……金眼が襲来する直前に砦の方で何か異様に大きな音と、不可思議な紫色の光も、確認されており——」

魔防の戦城？　ああ、確か……

魔群帯をマグナル方面に北へ抜けた先にあるのが、魔防の白城。

魔群帯をウルザ方面に南へ抜けた先にあるのが、魔防の戦城——だったか。

いや、それよりも……

「紫色の光に、異様に大きな音……？」

思い当たる節が、ある。

魔防の白城の戦いの時、大魔帝軍が用いた魔帝器とかいう名の——

「魔群帯の魔物を呼び寄せる力を持った、大魔帝軍の用いた道具……それも確か、そのような光と音を発していたはずですが……」

「だとすれば、なぜそこにそのようなものがあった？」

と、疑問を呈する狂美帝。

「ヴィシスがこっそり回収し運ばせていたか……あるいは、ずっと以前からそこに眠らせてあったのかもしれません。追い詰められた際の、共倒れ用に」

他の砦は降伏、もしくは陥落している。

が、ミラ軍に追い詰められたとある砦の一つがどうもそれを使用したらしいのだ。

もし効果を知っていたなら……普通に考えれば、正気の沙汰ではない。

しかも、下手をすれば——

「北方、魔群帯」

そう呟いた俺に狂美帝が気づき、

「北方魔群帯？　それが、どうしたのだ？」

桐原との戦いが始まる前……桐原は、人面種をミラへ侵攻させようとしていた。

中には、北方魔群帯の深部を棲み家としていた人面種もいるようだった。

念のため、桐原が引き連れてきた人面種の動向は、あの戦いのあと使い魔で軽く調べてもらっていた。

桐原戦後、人面種は魔群帯の南西エリアにいた。

おそらく桐原の支配が解け、自由になったためだ。

使い魔によれば、このところその人面種が散っているとのことだった。

しかし――棲み家だった北方魔群帯からは遠く離れてしまった。

つまりそいつらは今、魔群帯の南方付近をうろついている……。

けれどもエリカは〝魔群帯の外まで出てくる気配はなさそうよ〟と、そう見ていた。

魔群帯を棲み家と思っているのか。

けれども、あの魔帝器が使われたのなら。

出てくる――魔群帯の外まで。

俺は、その見立てを狂美帝に話した。

「人面種は嗜虐的かつ残忍な性格を持ちます。人間を痛めつけたり、殺したり……そうした行為を楽しむ傾向が強い。少なくとも今まで遭遇してきた人面種は、総じてそうでした」

「人の集まる場所を感知し、襲ってくる危険があります。今の報告を聞くに、魔防の戦城に近い砦の近辺をうろついているとのことでしたが……」

「つまり……」

パヌバ砦で起きた状況を誰かが軍魔鳩（ぐんまきゅう）で伝えている。

なら、現地にいるミラ兵らは……まだ全滅していない可能性がある。

撤退が成功していれば、今も生きているだろう。いや、それよりも——

「うろついている地域が、問題なのです」

狂美帝も、同じ危惧へ辿（たど）り着いたようだ。

「……そうか」

そう、ルート的に——

「我々と合流すべく向かっている最果ての国の軍を、襲いかねません」

「……ッ」

しかも突出して危険と言われる北方魔群帯深部の人面種。

今回の件、ヴィシスの指示かまでは不明だが……。

「すまぬ。余は、そこまで想定していなかった」

「いえ、陛下にこれといった手落ちはないかと存じます。何より……他国の砦の中に隠すように眠っていた魔帝器となれば、想定は困難だったかと」

最近運び込まれたものならともかく、元からその砦にあったのなら、情報を得る機会はないに等しい。

また、先の魔防の白城で用いられたものとも限らない。ヴィシスの手製のものが元々眠っていたってのもありうる。もしくは過去の根源なる邪悪の未使用品を回収した、とか。

存外、効果すらわからず埃を被ってたのかもしれず。

で、なんらかの手違いで発動してしまったパターンもありうる。

想定は、難しかっただろう。

……ともあれ、このままでは。

最果ての国の援軍が人面種に襲われる危険がある。

狂美帝は、

「軍魔鳩で最果ての国の援軍に危険を知らせ……一度、南下させる。そこから危険な地帯を避けさせた上で、我々のいるところを目指す方針はどうだ？　その場合、合流はかなり遅くなってしまうが……」

「魔群帯から出てきた人面種を放置した場合どうなるか……そこはいささか、気にかかります。もしその人面種たちによって大街道が使えなくなれば、今後の兵站にも大きく影響が出ましょう」

魔防の白城の時は出てきた金眼どもをすべて殺している。

　ゆえに、今回は未知の状況になっている。

「う、む……帝都を追放帝が襲撃してきたのと同時期に、多数の金眼が地下遺跡から溢れ出たのが確認されている。溢れてきた金眼どもは駆逐するよう命じてあるが……今もミラ領内をさまよっており、被害も出ている」

　そう、

「南下した最果ての国の援軍を人面種が追ってくる可能性も、なくはないかと」

背後に金眼の魔物や人面種がうろついてるってのも、あまりよい状態とは言えまい。

というか、これは……

「ワタシが、対処いたしましょう」

口を開きかけた狂美帝を手で制し、

「幸い、話にあった砦とここの距離はそこまで離れていません。陛下たちとの再合流も、しやすいかと」

　そして、と俺は続ける。

「この軍で人面種を倒した経験があるのは二名。対処できるのはワタシかアヤカ・ソゴウでしょう。倒した経験はなくとも他に倒せそうな者を挙げるなら、ヒジリ・タカオも入るかもしれませんが」

「アヤカ・ソゴウはどうだ？」

「無理とも言い切れませんが……実はワタシにとってもこれは、上手くすれば〝最後の仕上げ〟になるかもしれないのです」

「仕上げ……？」

もし機会が作れたなら――決戦前にやっておきたかったこと。

それを、思わぬ形でやれる可能性が出てきた。

「ですので陛下、この件はどうかワタシにお任せくださいませんか？　後方の砦を落としたミラの兵たちも、その一部は最果ての国の者たちと共に陛下との再合流を目指す方針だったはず。ですが、その後方を脅かす人面種らの対処をしなければ、数を増やしている例の聖体軍と戦う際の戦力を減らすことになります」

「……そう、だな。その通りだ」

俺は、セラスを呼んだ。

もし【女神の解呪】が絡んできた場合、必要になる。

セラスは状況の説明を聞き終えると、

「――事情は承知しました。私の力が必要でしたら、いくらでもお使いください。何より……最果ての国の方々を救うことに繋がるのなら、この力が役立つのは嬉しく思います」

俺が発ったあとのことを任せるため、高雄姉妹も呼んでおいた。

馬車が来て、中から蠅騎士装の姉妹が出てくる。

手早く事情を説明する。

「――ってわけで、一時的に俺とセラスはここを離脱する。ただ、ムニンは連れていけない」

三人乗りは、速度がかなり落ちる。

また、今回の戦いが俺の思い描くものとなれば、ムニンを守り切るのは難しくなる。

連れて行っても、ムニンは俺たちから離れなくてはならない。

なら、

「そこで、おまえたちにムニンを頼みたい。あいつは決戦の鍵だからな」

高雄(たかお)聖(ひじり)に預けた方が、安全なはずだ。

「わかったわ」

「適宜、状況判断もおまえに任せたい。狂美帝とのやりとりも、おまえなら俺の代わりになるだろう」

「ご期待に沿えるよう、全力は尽くすわ」

「あれこれ任せて悪いな。十河(そごう)の方もあるのに」

あと、浅葱(あさぎ)もか。

「三森(みもり)君が私に任せると判断した。なら、きっと正しい判断なのよ」

「そこまで信用されちまうと若干プレッシャーもあるがな」

「客観的事実に基づく見解だから、安心して」

俺は樹に、

「おまえも、あとを頼む」

「それはいいけどさ。そっちもちゃんと無事に戻ってこいよ？　スレイと、ピギ丸も」

「ピギッ」

「パキュッ」

「セラスさんもなっ」

「はい、ありがとうございます」

「——あのっ」

来たか。

「ムニン……事情は聞いたな？」

「ええ。みんなが無事ここへ辿り着けるように……どうか、お願いします」

放っておけば、最果ての国のヤツらが危険になる。

相手は北方魔群帯の人面種。

同郷のムニンが人並み以上に心配になるのは、当然だろう。

「安心しろ」

俺は、スレイへの魔素注入を開始する。

「そのための、蝿王（はえおう）自らの出陣だ」


俺たちはミラの本軍を離れ、目的の砦（とりで）を目指し西へ駆けた。

砦に向かうルートの途中、俺たちはミラの兵たちと出会った。

時刻は深夜。

近づくにつれ、その集団の様子がおかしいことに気づく。

足取りがひどく重い。頭を垂れている者も多く……。

負傷している者もたくさんいる。もしかすると、あの兵士たちは——

「あれは……蝿王殿、か……？」

向こうもこちらが蝿王だと気づいたようだ。

すぐに、この大隊の指揮官だという伯爵がやって来た。

「蝿王殿……それから、セラス殿……この隊を率いるロウムでございます」

「お聞きしますが、あなた方は……」

「はい、我々は第四軍の分隊でして……」

俺の問いに答えていくロウム。

彼らはやはり、例のパヌバ砦を攻めていた兵たちだった。

「――そうして、もう砦を落とせると確信を得た頃……あの耳障りで不快な巨大な音と……砦の中から漏れる紫の光が……直後、巨大な津波の前触れとして一斉に波が引いたような静けさがあり……そして、砦目がけて襲来したのです――金眼の群れが」

砦は魔防の戦城をほぼそのまま西に行ったところにあった。

パヌバ砦は魔群帯監視用の砦の一つ。

つまり比較的、魔群帯に近い。

「砦には、人面種までも集まってきまして……このままでは全滅しかねぬと無我夢中で撤退し、ここまでどうにか逃げのびましたが……500ほどいた兵も、今は半分に満たぬ程度となってしまい……」

松明に照らされる兵たちの顔からは生気が失われている。

絶望が塗り込められた表情。拘束されているが、よく見るとウルザ兵もまじっている。

聞けば、金眼の襲来後は敵味方がどうこう言える状況ではなかったそうだ。

「人面種……相当な脅威だったと見えます」

俺が言うとロウムは、

「はい、あれはもはや……人の手に負えるものとは、思えませぬ……不気味で……残忍で……あれらの前では人間など、実にちっぽけな存在だと思えました。我々は……ただ蹂躙されるだけの、無力な生き物なのだと……ッ」

ロウムは、悔しげに面を伏せた。きつく握り込んだその手は、震えていた。

「伯爵」

「……はい」

「よくぞ折れずに兵たちをまとめ、ここまで撤退なされました」

「え？」

「あなたは今、悔しげな顔を見せました。それは、恐怖に完全に支配され切った人間にできる感情表現ではありません。心が折れきっていてもおかしくない中、指揮官としての役割をまっとうしたあなたはご立派だと思います」

俺がそう言うと、後ろに座るセラスも続いた。

「私も同意見です。兵がここまで不安定な状態にありながら、部隊としてそれなりに統率がとれているのは……あなたが気丈さを失わなかったからだと思います」

ロウムは感極まったように、目尻に涙を滲ませた。

「……敗残の将にそのようなお言葉……ありがとう、ございます」

ロウムがハッと顔を上げ、

「と、ところで……蝿王殿とセラス殿はなぜここへ――」

俺は目的と、今後の動きを説明した。

「あの砦近辺に集まった人面種を、い、一掃するですと……ッ!?」

ロウムの声に兵たちも反応し、こちらを注視する。

「経路的に、こちらへ向かっている最果ての国の援軍が人面種の脅威に晒される危険があるのです。今は砦近辺をうろついているかもしれませんが、人面種たちがさらに外へ出てこないとも限りません」

北方魔群帯の人面種どもも、ほぼ古巣に戻る気配がない。

魔帝器で魔群帯の外まで出てきたそいつらがどう行動するか。

楽観は、できない。……ま、俺は俺で目的があるわけだが。

「で、では我々も共に――」

「いえ、ワタシたち蝿王ノ戦団だけで行きます」

「そ――そのようなっ……相手はあの人面種なのですぞ!?」

「ワタシはかつてこの黒馬らと共に、魔群帯にて複数の人面種と戦い――そのすべてをくだした過去がございます」

「！　な、なんと……」

「今回、だからこその蝿王ノ戦団なのです……ですが複数の味方を守りながらでは、ワタシも気がかりが増えてしまい、全力で戦うことができません」

「う、む……おっしゃる、通りですな……わかりました……いえ、我々も蝿王殿の足手まといとなるのは、望みませぬゆえ……」

「何より……あなた方は最果ての国の援軍と合流し、彼らを連れて陛下の待つ東の戦場へ向かっていただく必要がございます」

力になれぬと忸怩たる様子だったロウムが、顔を上げた。

「人面種と相対し生き残った経験を持つ者などそう多くはありませぬ。人面種に襲われながらも隊の半分をまとめ上げ、統率し、気丈さを保ちながら兵たちをここまで避難させたロウム殿……圧倒的な死の予感を味わいながらもこうして生き残った兵たち……決戦で共に戦う仲間として、期待したく思っております」

「――――蝿王、殿……」

落雷に打たれたように、目を開くロウム。

今のやりとりは周囲の兵にも届く声量で言った。

兵たちも少しだけ、顔に生気が戻ってきている。

「ロウム殿……砦とその近辺の地形などの情報を、手早くいただけますか？」

「か、かしこまりましたっ……ただ今っ」

最果ての国の援軍の方にはもう軍魔鳩を飛ばしてある。一旦、移動は止めているはず。

しかし俺が人面種どもを排除しないと、あいつらもずっと足止めだ。

……にしても。

実は、エリカの使い魔を持ってきていた。

上空からの偵察なんかを頼めればと思ったが。

一向にエリカが浮上してこない。いまだに。

何かあったのか。

貴重な使い魔だ。ここから先、守り切れるかは難しい。

ここまで連絡が取れない以上、他の荷物と共に預けて行くべきだろう。

得るべき情報を得てやりとりも終えた俺は、

「それでは、ワタシたちは砦へ向かいます」

「蝿王殿、セラス殿……どうかご無事で。それから……ありがとうございます」

一つ頷き、俺はスレイを翻して駆ける。

再び、目的地を目指して。


「…………」

傾斜のさほどきつくない丘――そこを駆け上った先。

丘の上から見通せる場所に、パヌバ砦はあった。

砦を北へ行った先には魔群帯が広がっている。

遠目にもわかる。

人面種とおぼしき個体は三つ。
ナメクジのような動きでうろうろしているのが一匹。
二足歩行で腕を大きく振りながら歩いてるのが一匹。
ブリッジみたいな姿勢で虫みたいにコソコソ動いてるのが一匹。
で、人面種ではなさそうな金眼があの数――か。
けっこう東西に散らばってはいるが……。
「………」
見たところ……用事が済んだから魔群帯に帰る、って感じじゃない。
むしろ新たな獲物を求めて外へ出てきている――そんな印象の方が強い。
実際ここへ来る途中でも何匹か金眼の魔物と遭遇している。
それにしても――想定以上に、数が多い。
軍魔鳩での報告にあった規模は明らかに超えている。
さらに、魔群帯や砦の中にもまだまだ金眼がひしめいているに違いない。
人面種も、全部でどのくらい数がいるかは未知数である。
そして……戦闘が始まれば、それら全部を相手にする覚悟が必要となる。
セラスの悲痛そうな声が、後ろから届いた。
「トーカ、殿……」

まるで、歯噛みでもしているような言い方だった。

「……あの伯爵に教えてもらった通りここから左手側に林がある。このまま丘から突撃ってわけにもいかねぇからな……少し迂回して、林を通って回り込む」

一度、丘の切れ目から後ろへ戻る。

そこから移動し、俺たちは先ほど言った林に入った。

人面種ではないが、林の中にも金眼がいる。

「ぎギぇエ――」

「【麻痺性付与(パラライズ)】」

俺が麻痺させ、通り過ぎざまにセラスが叩き斬る。

こうして魔物を処理しつつ、俺たちは林の出口を目指した。

木々の隙間から覗く砦近辺の人面種がこちらに気づいた様子はない。

「………クソどもが」

丘の上からでも小さく見えてはいたが。

砦付近には、殺された兵士たちの死体が散らばっている。

時折、悲鳴が聞こえてきた。少しだがまだ生きている者がいるのだ。

否、生かされている――おそらくオモチャとして。

近づくにつれ、その光景は解像度を増していった。

酸鼻極める、筆舌に尽くしがたい光景。
この世に地獄というものが、あるのなら。
今目にしている光景はきっと、その一例と言っていい。
悪意とは。
邪悪とは。
こうも心に、吐き気を催すものか。
死体に蠅がたかっているのが見える……。
ここまで死臭が、漂ってくるかのようで。
人の死骸の上で飛び回る蠅たちは、死者の怨嗟のようでもあった。
先ほどセラスが丘の上で声に悲痛さを滲ませていたのも。
丘の上からでもなんとなく、わかったからだろう。
ここで起きている——地獄が。
「……フン」
「トーカ、殿？」
ああ、そうだ。
「そう、だった……そうだったよな、あいつらは——」
勇の剣、アライオン十三騎兵隊、ジョンドゥ、小山田、桐原……。

このところ、人間の邪悪さに触れる機会の方が多くて。

なんとなく感覚が、ぼやけていたのかもしれない。

感覚の解像度が、下がっていた。

廃棄遺跡の魔物どもや、魂喰い。

そして、魔群帯で遭遇した人面種どものあのドス黒い嗜虐心……。

金眼の魔物は——人面種は。

「そういう、ヤツらだった」

人間を遊び殺す連中。

「セラス」

「はい」

応じるセラスの声も、冷たさを帯びていた。

氷めいた凍結性——限りなくそれが拡張された、冷ややかなる怒り。

「遠慮はなしだ」

「承知です」

「すべて、殺す」

この状況は、イヴやリズとエリカのところを目指していた時と似ている。

口寄せで集まった人面種どもと、やり合った時だ。

敵の違いは、あの時より強いヤツらだってことか。

だが、あの頃より強くなったのは向こうだけじゃない。

やることは――あの時と、同じ。

「すべて、蹂躙し……あいつらを――」

セラスが起源霊装を身に纏うと同時に、宣する。

「蝿王の、エサとする」


林を抜けた先に一匹、人面種が待ち構えていた。

起源霊装を発動させた時の光に気づいたのだろう。

否――こちらから、気づかせた。

あいつは、ナメクジみたいな動きをしてたヤツか。

よく見ると平らな身体の底部に無数の小さな足がある。臀部の数本の尻尾らしきものは昆虫の足と似ていた。腕は何本もあったが、すべて背から天へ伸びている。

腕の先にある手の指が、蜘蛛の糸を掴もうとするようにワシワシ動いている。

一部の腕の手中には……首のない人間の死体が、収まっていた。

「うェぇエんエんエんオんギャアあア――――ッ！」

前方の顔面――人面種の口から、腸と刃が合体したような器官が吐き出された。

まるで吐瀉物（としゃぶつ）ように吐き出された刃が、襲い来る。

俺は身を低くし、背後でセラスが片膝立ちになった。

セラスがタイミングを見計らい、馬上で白い光の剣――精霊剣を振るう。

薙（な）ぐようにして振るわれた光のかたまり。

その巨大な光刃が、人面種の口内から放たれた刃をごっそり消滅させた。

そして、がら空きになる――敵の正面が。

初撃をあっさり防がれ意表をつかれたゆえか、人面種が〝ん？〟みたいな顔をした。

直後、天へ向けられていた何本もの腕が射出される。まるで、ミサイルのように。

上空に放たれた腕が、キュィイン、と発光を始める。

今までの人間と違うと判断して奥の手でも出してきたか。

が、もう遅い。

他の人面種やら魔物がこちらに近づいてくるのを横目に、俺は素早く【パラライズ】と【バーサク（暴性付与）】とのコンボで正面の人面種を始末――


〜〜〜〜〜〜〜〜〜〜〜〜〜〜〜〜〜〜〜〜〜〜〜〜〜〜〜〜〜〜

【レベルが上がりました】

～～～～～～～～～～～～～～～～～～～～～～～～～～～～～～～～～～～～～～～

そして、久々のレベルアップ。

「……上々だ」

青い血が降り注ぐ。

射出された腕は本体が死んだためか、光を失い、ボトボトと地面に落ちた。

そのまま魔群帯の方へスレイを走らせる。

障害物の少ない平地は囲まれると安全域が減る。

小賢(こざか)しい戦い方をするなら地形を活(い)かしやすい魔群帯に限る。

皮肉なもんだ。

誰もが恐れて踏み入りたがらない危険領域。

けれど俺にとってそこは――今や狩り場に等しい。

二足歩行の人面種が早歩きの動作で近づいてくる。

身長は五メートルくらい。人面は、両肩にあった。

顔があるべき頭部は梅干しみたいな形をしている。

その人面種は速度が上がるにつれ、腕の振りが大きくなっていく。

「ペッペッペッペッペッペッペッぇエぇ！」

両肩の顔面の口から唾と一緒に、人間の腕や足が宙へ吐き出されている。
リスみたいに両頬が膨らんでるかと思いきや。
人間の死体を口いっぱいに、頬張ってやがったか。その人面種が、
「イぃヤっホぉォおオおオおオおオウ」
爽快そうに、叫ぶ。そして宙に吐き出した死体を掴み、こっちへ投げつけてきた。
「気味悪ぃだけで、爽快感もクソもねぇんだよ」
あいつはさっきセラスの刃を見ていた。セラスを警戒している。
そのため、セラスの斬撃の射程距離にギリギリ入ってこない。
が——俺の射程圏内には、入っている。
起源霊装のセラスの存在はやはり大きい、と確信する。
今までは戦闘能力が劣るがために、無茶な策を要する場面も多かった。
しかし今のセラスがいることで、大層な〝それら〟が必要のない局面が増えている。
「【バーサク】」
再びの確殺コンボで人面種を始末——レベルが、上がる。
こいつらが、北方魔群帯の人面種だとすれば。
なるほど——旨いのか。
周りに集まってきていた普通の金眼には、こっちをお見舞いする。

「――【毒性付与（ポイズン）】――」
やや大型の金眼には【バーサク】。
大型の金眼が、他の周りの金眼たちを襲い始め――グシャア！
「うホほホほホーん！　ホーん！」
ブリッジみたいな姿勢をしていた人面種が、襲ってきた大型の金眼を握り潰した。
握り潰したまま、こっちへ迫ってくる。
そいつはおそらく元から頭部がない。首の付け根がそのまま顔面になっていた。
身体はブリッジ姿勢だが、顔面の向きは上下逆さではない。
気になったのはその人面種の、ひどく品のない笑み。
鼻息が荒く、その鼻から緑の鼻水――あるいは鼻血が細く流れている。
鼻血が目に合流し、涙のように見えなくもない。
恍惚（こうこつ）に近い表情。照れて赤面している、とも見える。
その目はただ一点を凝視していた。
………セラスか？
ずっと注意が、セラスに向いている。
つーかあの人面種……ひょっとして。セラス以外……眼中に、ないのか？
そうとすら思えるほど、俺へ注意を払っていない。

——そういうことか。

「トーカ殿」

「ん？」

「あの人面種は、どうやら私しか見えていないようです」

「おまえも、わかったか」

「はい、観察していて気づきました。そして、私に注意を向けさせての勝利への組み立ては——あなたの得意とされる戦術の一つ、だったかと」

フン、と鼻を鳴らす。

「よく、わかってるじゃねぇか」

セラスが馬上で姿勢を変え、スレイの背で再び片膝立ちになる。

そのまま、精霊剣を構える。

スレイの特性により馬上で立っても振り落とされない。スレイが身体を変形させ、それで下半身を固定——あるいは補助してくれる。伸縮性も、確保できる。

ゆえに馬上で動いても振り落とされず、多少オーバーなアクションも可能となる。

「セラス」

「はい」

「俺は、正しかった」

あの時。

ミルズ遺跡で護衛として共に潜り、そして、黒竜騎士団から救う選択をした。

「セラス・アシュレインを選んだ判断はやはり、間違っていなかった」

ややあってセラスは、ありがとうございます、と。

俺の耳にギリギリ届く程度の声量で、そう呟いた。

40メートルほどに迫る人面種とセラスが、相対する。

「私も、よかったです。あなたに選ばれて。あなたと……出会うことが、できて――」

人面種との距離……約、30メートル――

「本当に、よかった」


三匹目の人面種をくだし、そのまま俺たちは魔群帯の中に入った。

さらに俺のレベルは上がっている――が、ここからだ。

後ろから、金眼の群れが追ってきている。

さっきの戦闘に気づいて追いかけてきた金眼どもに、他の金眼も引きずられてついてきているようだ。けっこうな数が、遅れて魔群帯に雪崩れ込んできているのがわかった。

前方――魔群帯の中からも、こちら目がけて集まってきている気配がある。

ここから進路を定め、俺たちは進む。

魔防の戦城の近くにある砦(とりで)なら。

――アシント、ズアン公爵との戦い――

ずっと前、あの戦いを抜けて入った先の魔群帯ならば。

多少の土地勘が、ある。

いや、あそこに辿(たど)り着けなくてもいい。

あの辺りと似た地形なら、戦いやすさも格段に変わる。

流れる景色に視線を飛ばしつつ、駆ける。

使えそうな地形や遺跡建造物を把握していく。先行して襲ってきた金眼(きんがん)どもを蹴散らし、

「ピギ丸、おまえの本格的な出番はまだ先だ。おまえとの合体技はセラスが離脱するまで温存しておく。ただ、警戒だけはいつも通り頼む」

「ピギッ！」

「セラス、今言った通り起源霊装の持続限界が見えたらおまえとスレイは離脱させる。もちろん、安全を極力確保してからだがな」

「かしこまりました」

その声にはもう、かつてのような迷いは微塵(みじん)もない。

「トーカ殿」

飛びかかってきた中型の金眼を、セラスが斬り伏せる。

「スキル枠を取られすぎる危険もあるからな。ここから、小型や中型は任せる」

「承知いたしました。トーカ殿は、ここでレベルをお上げになりたかったのでしたね？」

「ああ」

イヴたちとエリカの家を目指していたあの時とは、目的が違う。

これは、レベルアップによるＭＰ回復を目的とした戦闘ではない。

――人面種、シビト、アイングランツ――

――勇の剣、ジョンドゥ、剣虎団、桐原――

くぐり抜けてきたいくつもの戦い。

勝てたのは、ステータス補正の影響もあるだろう。

特に【速さ】のステータス補正。

気配察知や反射神経にも補正が入っている――気がする。

これがなければ針に糸を通すような賭けも、負けていたかもしれず。

ステータスの恩恵は、最近だと桐原戦で特に顕著に感じた。

起源霊装のセラスと組む戦い方は、俺の方がついていけていない。

端的に、セラスの足を引っ張っている。

「頼む」

あの時は俺が動きやすいようにセラスが動いてくれていた。

が、俺がもっと動ければ——セラスがもっと、動きやすくなるはず。

初めて魔群帯に入る時に思ったことと同じだ。

他のステータスにしてもやはり、底上げに意味はある。

「聖によると、あいつらS級でもレベルは100くらいから伸びが鈍くなっていたらしい」

側近級を倒した十河でも、500に届かないくらいと聞いた。

「が、俺は2500まで伸びている」

どころか——さっき北方魔群帯の人面種三匹を殺って、予感は確信に変わりつつある。

アイングランツほどではないが、今のところ経験値の保有量はかなり多い。

言うなれば——人面種の大ボス軍団。

「——ステータス、オープン」

〜〜〜
LV3121
〜〜〜

伸びた。

レベルが、さらに。

レベルの上昇曲線の詳細はよくわからない。

が、聖から聞いたほど伸びは鈍化していない――気がする。

頭打ちの気配もまだない。

他のＳ級は、レベルが上がっていくとステータスの伸びも鈍化したという。

しかし俺のステータスは、今も固定値で伸び続けている。

なら――もっと経験値を注ぎ込んでやれば。

まだまだ〝上〟を、目指せるのではないか。

もちろん数値でＳ級に匹敵するかは不明だ。

けれどまだ伸びるなら……迫れる、かもしれない。

他の勇者の枠に収まらない伸び方――枠から外れた、上昇率。

「相手はあのクソ女神だ。あいつとの決戦前に、どこかでレベルの底上げができればとは思ってたんだよ。たとえば、どこか地下遺跡にでも潜って人面種を探すとかな。ただ……

そんな暇も機会も、作れそうになくてな」

「今回がその機会、だったのですね」

「ああ。この先、レベルの底上げが活きる時が来るんじゃないかと――いや……おそらく、これはやっておくべきことだ」

最悪を想定し、最善を尽くす。

ステータスの上昇は、結果として俺を救ってきた。

その底上げのエサとしての――人面種。

結果によっちゃあ……連れてきてくれた桐原に、感謝かもな。

「では予定通り、私はあなたが経験値を得られるよう――人面種にとどめを刺せるよう動きます」

「……なあ、セラス。シビトと対峙した時のこと、覚えてるか？」

「シビトと対峙した時のこと、ですか？」

「ああ。あの時――シビトが〝完成品〟の俺を要求した時のことだ」

シビトの言葉。

『ふむ……その女が金眼の魔物を弱らせて、とどめは貴様がさす算段か』

セラスはその記憶に至ったようで、

「私が……トーカ殿のレベルアップのため協力者として魔群帯に同行し……〝完成〟したあなたをシビトのもとへ届ける……それは――」

奇しくも、

「形的には……あの時に話したような状況になってるな、と思ってな」

「ふっ……確かに」

「俺の〝完成〟のために――遠慮なく力を借りるぜ、副長殿」

木々がなぎ倒される音が、近づいてきて。

「ギィヨォオおおオおオお――――ッ！」

「お任せを。今こそ――」

セラス・アシュレインが精霊剣の出力を、さらに高める。

「我が全霊をもって、この刃、そのすべて――あなたのために振るいます」

□

襲い来る金眼――人面種。

俺たちは……、――殺して、殺し、殺した。

今のところ、苦戦らしい苦戦はしていない。

まず、やはり起源霊装を纏ったセラスの存在が大きい。

策をそこまで巡らせずとも倒せる局面がいくつもあった。

純粋な戦闘能力でセラスが上回っているケースがあったのだ。

こうすると、俺にとどめを渡しやすくなる。

ただ、セラスだけで厳しそうな相手でもまだ苦戦はない。
状態異常スキルとセラスの近～中距離の攻防による連係。
これが、見事に嵌まる。
敵の攻撃をまったく寄せつけない。
時には、地形や遺跡の建造物を利用する。
来てるのが北方魔群帯のヤツらなら、この辺りの土地勘はないはず。
つまり、向こうのホームじゃない。その点も味方したのだろう。
地形や建造物に潜み、引き込み――殺す。
対多数の戦いの経験も、役に立っている。
欺き、嵌め殺すのも。
以前より、容易にできているように思える。
相手は豊富な経験値を持つ、あの北方魔群帯の人面種だというのに。
俺が人面種をそれなりに〝識った〟のも大きいのか。
もっと言えば、今まで遭遇してきた邪悪の存在もでかい。
わかる。
邪悪の性質――思考が。
それをある程度、なぞれている気がする。

邪悪をドロドロに煮詰めたような連中と、戦ってきた。
人間、魔族、人面種は、それぞれ違う。
が、邪悪という指向性においては共通項も多い。
獲物をいたぶろうとするヤツの思考——行動。
思考のトレースに近いことができている……気がする。
これは、何匹かと戦ったあとで得た感覚だった。
セラスは出遭ってきた凄絶な邪悪を理解できなかった。
一方の俺は……セラスと違い、理解できた。
理解、できてしまった。
ゆえに——邪悪の思考をなぞり、それを利用できる。
そう、ある部分では確実に俺たちは強くなっていて。
成長、している。
が、だからこそ——こういう、時こそ。
相手が自分の想定を上回ってくる可能性を、模索し続けるべきで。
自分の中に浮かび上がってくる〝最悪〟を、想定し続けるべきだ。
限界まで敵を——侮るな。
魂喰いと戦った時……俺が心中にて叩きつけた、あの言葉。

相手よりも格上だと思い込んだ、その瞬間。
もう勝利が確定だと思い込んだ、その瞬間。

生じるは、大敵――名を、油断。

自らが最強へと、至ろうとするならば。
あれは、驕（おご）った敵に叩きつける言葉ではなくなる。
あの言葉は――自らの戒めへと変わる。
そして、この自戒さえ忘れなければ――

▽

「セラス」

「はい」

「俺たちはきっと、最強になれる」

4. 白き女神と叛逆者

三森灯河の出立後――現在、ミラ本軍はモンロイからやや東へと進んでいた。

今は足を止め、短い休息を取っている。

高雄聖はまず灯河の代理として動いた。

といっても、特に大きな動きはしていない。

主に狂美帝から報告や相談を受け、意見を言うくらいである。

その狂美帝が蝿騎士装の聖に、

「あの者は、ヴィシスの動きを探れるほどの情報は持っていなかったようだな」

「ええ、そのようです」

ミラ軍は、モンロイでアライオン側の間者を何人か捕らえていた。

その尋問の場に聖が立ち会ったのである。間者は適当なことを言っていたが、

「セラスがいない今、そちの嘘を見破る能力があるのは助かる」

聖の真偽判定により、間者の攪乱用の情報は意味をなさなかった。

むしろ嘘とわかるからこそ逆に答え合わせとなった。

王都に入ったあと、軍魔鳩でヴィシスに情報を送ったようである。

「蝿王ノ戦団がモンロイ入りした情報は届けられているようです。こちらの想定通りの情

報を運んでくれている、と見ていいでしょう。他の隠すべき情報は、漏れていないかと」

隠す情報は隠し、明かす情報は明かす。

「今のところは蠅王の――彼の目論み通り、と見てよいかと」

狂美帝が、無言で微笑した。

「何か？」

「いや、そちは蠅王の代理として申し分ない人物だと思ってな。トーカがそちに後を任せたのも、よくわかる」

聖は淡々と、

「お褒めいただき、光栄にございます」

「……あの者はどうだ？」

言って、狂美帝が視線をやったのは――十河綾香のいる馬車。

今、綾香は眠っている。寝付く時間が不規則だし、睡眠時間もまだまだ長い。

ただ、このところ確実に快方へは向かっている。

「竜殺しさんのおかげでしょうか。一応、戦いには復帰できるかと――個人的には、あまり彼女に出番は与えたくないですが」

「心配か」

「完璧な状態、とは言えません」

綾香はやはり、残してきたクラスメイトが心配で仕方ないのだ。

口には出さなくなったが、見ていればわかる。

また、日中は落ち着いているが、夜になるとまだ精神が不安定な時がある。

そういった時はできるだけ聖が同衾し、寝かしつけるようにしていた。

「特に夜は、私がまだ一緒にいた方がよさそうです。さすがに、竜殺しさんを同衾させるわけにはいきませんし」

「もし仮にアヤカが受け入れようとも、ベインウルフが断るであろう」

ふっ、と薄く微笑む聖。

「そうでしょうね」

あれは〝できた〟大人だ。そういう意味では、安心して今の綾香を預けられる。

ただ、予想より回復しているとのことだが……今のベインウルフは、やはり戦力としては微妙と言える。決戦へ本格的に参加すれば、死もありうるかもしれない。

「それから……アサギたちだが、ひとまず輝煌戦団の中から選りすぐりの者をつけることにした」

ちなみに先日、浅葱グループの面々は綾香と顔を合わせている。

最初はまず、小鳩とだけ会わせた。

当初は後ろ暗さゆえか綾香も不安そうだった。

小鳩はそんな綾香をひたすら気遣い——謝っていた。

わたしが重荷を分かち合ってあげられなくてごめんね、と。

さらに翌日、綾香は他の浅葱グループの勇者たちとも顔を合わせた。

もちろん、浅葱とも。

聖は隠れて監視していたが、変なことにはならなかった。

浅葱グループも明るい雰囲気で綾香を受け入れていた。

灯河の時と同じく、事前に浅葱が色々言っておいたのだろう。

〝あの時、十河綾香は女神のせいでおかしくなっていただけ〟

そんな感じの情報を与えたに違いない。

浅葱の話術でそれを補強すれば浅葱グループの女子たちも、

〝じゃあ仕方ない〟

〝委員長が悪いわけじゃない〟

となるのだろう。扇動的なメディアやインフルエンサーのひと言でコロコロ向きを変える風見鶏（かざみどり）的大衆、とも言えるが。

けれどそういう生き方は楽だし、幸せとも言えるだろう。

ある種類の人間にとっては、そういう単純さも必要である。

むしろ自分たちが元いた世界は、様々なものが複雑になりすぎた感すらあった。

だから単純さも、そう悪いことばかりではない。

「……………」

会わせても大丈夫だろう、と判断しての顔合わせではあったが。

結果として、綾香もわだかまりが少し解けた様子だった。

聖は胸を撫で下ろした。

絶対に大丈夫である、とまでは言い切れなかったからだ。

「浅葱グループ――浅葱隊ですが……彼女たちは以後、基本的にはあなたの管理下で蝿王ノ戦団や私たち姉妹とは別に動く……これで、よろしいのですね？」

つまり、別働隊に近い扱いになる。

これも灯河の一案だったが、狂美帝次第な案でもあった。

「元々アサギらをこちらへ誘い入れたのは余だ。蝿王ノ戦団と手を結ぶ前はそもそも、余の選んだミラの精鋭とアサギらでヴィシスに仕掛けるつもりだったのだからな。別働隊も何も、当初の予定通りの動きなのだ」

〝遊撃隊としてそこに蝿王ノ戦団が加わり、自由に動く〟

蝿王とも元々そういう話になっていた、と狂美帝は言い足した。

「かしこまりました。では、彼女たちのことはお願いいたします。ですが、何かあれば遠慮せず私にご相談を」

「うむ、頼りにしている」

「彼もです」

「？」

「そのご手腕も含め、トーカ・ミモリも陛下のことをとても頼りにしております。私の見立てでは、ですが」

実際、狂美帝は見事に軍をまとめ上げている。数拍あって、

「そう、見えるか？」

「はい」

「ふむ――、……そうか。ならばあの者の期待には……応えねば、ならぬな」

「…………」

なるほど、と思った。これがどうやら灯河の言っていた狂美帝の〝年相応〟らしい。

聖は空を眺めた。

別の使い魔が報告に来るかもしれない、と灯河は言っていた。

しかし、使い魔らしき動物は接触してきていない。

エリカ・アナオロバエルの使い魔とは連絡が途絶えている。

こうなると、王都のヴィシスの動向はミラの間者頼りになる。

「陛下、ヴィシスのいる王都エノーの状況について何か――」

「悪いが、少し待ってもらってよいか」

聖は察し、言葉を切った。

人払いをしたあと、少し離れて聖たちの周囲を守っていた近衛騎士。

その壁を顔パスのごとく抜け、早足で近づいてきたのは――ヨヨ・オルド。

狂美帝はただならぬ空気を察した顔で、

「そちが来たということは、エノーからの？」

「おっしゃる通りです。アライオンの王都に潜入していた我が方の間者より――軍魔鳩が」

こちらも使い魔と同じく、しばらく連絡がなかった。

何かあったのではと危惧されていたミラの間者。

狂美帝は安堵を灯した小さな息をつき、

「無事だったか。して、どのような報告だった？」

蠅騎士装の聖を見るヨヨ。

他にこの近くにあるのは綾香やムニンのいる馬車くらい。ムニンのいる馬車には妹の樹がいる。綾香は寝ているので、今、ベインウルフは食事に行ってここを離れている。

この場で話してよいか判断を仰がれ、頷く狂美帝。

「気にせずともよい」

「報告いたします」

ヨヨは一礼ののち、声量をやや落とした。

「蝿王殿のお仲間の操る使い魔が、ニャンタン・キキーパットと接触――」

「!」

狂美帝が反応し、聖に鋭い一瞥をくれた。

「現在、ニャンタン・キキーパットはアライオンの王都エノーを離れ、我がミラの間者が用意していた馬と、三台の馬車にて移動中――」

脱出したのか――アライオンの王都から。問題は……

「王城に居残っていた勇者たち……及び、タモツ・ザクロギ――さらに……ヴィシスが人質として利用していたニャンタン・キキーパットの妹たちが、馬車に同乗しているようです」

聖はいささかの感情を表に出し、

「やってくれたのね、ニャンタン」

そうか、と聖は理解した。

使い魔の性質。

ある方法を使うと、その負荷によって意識を失う場合がある。

負荷の程度によっては数日その状態になると聞いた。

つまり連絡が途絶えていたのは、エリカが使い魔を通してニャンタンに——

文字盤ではなく、発話によって状況を伝えたから、だったのだ。

と、ヨヨがそこで奇妙な顔つきをした。

まるで自分が口にすることが、何か非現実的なものとでもいうような——

「どうした？」

促すように尋ねる狂美帝に、

「いえ……この先の報告は個人的にも……いささか、戸惑うものでして。実は————」

ヨヨがその情報を伝え終えると、

「なんだと……？」

片眉を上げる狂美帝。

この反応も頷ける、と聖は思った。

そう——ヨヨが口にしたのは確かに、想定の埒外にある情報と言えるものであったのである。

◇【ニャンタン・キキーパット】◇

時は遡る――

△

「たまには玉座も、悪くはないですねぇ♪」
アライオン王城――王の間。
玉座に腰を据え、上機嫌な女神ヴィシス。
その玉座の横には金や銀をあしらった卓。
卓上には半分手つかずの報告書が載っている。
本来その卓はアライオンの王の公式行事に用いられる。
が、玉座にいるべきアライオンの堅王(けんおう)の姿はここにない。
彼は今、自室でゆりかごに揺られているのだろう。
部屋にも侍従が数名ついているのみ。
大した護衛もつけていない。
王妃が座るべき場所は、もうずっと前に撤廃されている。

「報告によると、大魔帝の生み出した金眼たちは統制を失っているようですね……なら、キリハラさんは倒されたとみていいでしょう。彼が倒されたということは、おそらく彼らは無効化の禁呪を使用可能な状態にある……まあ、もうどうでもいいですけど♪」

ニャンタン・キキーパットは、卓と逆側の玉座の横に控えていた。

広々とした王の間にはヴィシスとニャンタン以外、誰もいない。

がらんとしている。

カーテンは閉じられ、室内の明かりは燭台のみ。

王の間は暗く、どこか寂寥とした雰囲気があった。

「いよいよですよ、ニャンタン」

「いよいよ……と、おっしゃいますと？」

ふふふ、とヴィシスが肘掛けに両腕をかける。

「私が本当の意味でようやく神になる、ということです」

「……あなたは元より、神族なのでは？」

「主神ではないので」

主神。

初めて耳にする単語である。

「んー……つまり〝上〟の世界がクソなのですよ、ニャンタン」

「ヴィシス様は、その上の世界に何かご不満があるのですか？」

「ふふふ……あなたはこれから私の右腕になっていただくので、知っておいてもいいでしょう。あ、半神化の下準備も整いましたのでどうぞお楽しみに。乞うご期待です」

「ヴィシス様の右腕としてお役に立てるかはわかりませんが……自分なりに、自分にできることを精一杯やる所存です」

「素晴らしい心がけですね！　うぅ……妹さんたちもきっと喜びますよ。素敵なおねえさん。感動で……ふぁ……涙が、止まら——ふぁぁ——ない、です」

最後はあくびをしながら、ヴィシスは言った。

ヴィシスは肘をつき、握りこぶしに頬を乗せている。

やがて、

「私が何をしたいのか……知りたがっていましたね？」

ごくり、と飲み込みかけた唾。

ニャンタンは音を立てず、ゆっくりと唾を飲み込んだ。語調を平静に保ち、答える。

「はい」

「まずは邪魔くさい上の——神族の世界を一度、徹底的に叩き潰してやろうかと思っています」

「神族の世界、を……？　あの……その世界の者たちは私たち人間にとって……脅威、なのですか？」

「ん？　何をわけのわからないことを言っているんです？」

真意を、探らねばならない。

「で、では……一体……」

「え？　人間を遊び殺すのに邪魔でむかつくから——それ以外に、理由がありますか？」

言葉を失いかけたニャンタンだったが、どうにか次の問いを喉から絞り出す。

「なぜ……そのような、ことを……？」

「はい？　単に私がそうしたいからですが？　主神を筆頭に他の神族はそれをよしとしないので、邪魔くさいことこの上ないのです。ですので、クソみたいな縛りの中で根源なる邪悪と戦いながら、この時のために、私はコツコツと血の滲むような努力と準備をしてきたのですよ」

ヴィシスはさらに頬を握りこぶしに強く密着させ、

「それにしても……あともう四、五回は必要かと思いましたが……今回の大魔帝——根源なる邪悪が、計画を一気に前倒しにできるほどの逸材だったのは僥倖でした。側近級に自らの特殊能力を分け与える、なんて神族みたいな真似までしてきましたし。金眼を生み出す規模も明らかにおかしかったですから。過去の例からしても異常な個体でした。今回異常だったのは勇者もだったんですが……むかつくそっちも多分ほぼ片付いたので、よしとしましょうっ。どのみち、こちらの本命の計画さえ成功してしまえば、当面こっちの世界なんてどうでもいいですので♪　私が天界を掌握してしまえば、人間なんてどうせいつでも滅ぼせるようになりますし？」

その時、ニャンタンは視線を滑らせてヴィシスの表情を見た。

ヴィシスの笑みは〝笑み〟としての機能を、完全に失っていた。

「次元の均衡とかの話も本当にアホくさいです。次元の均衡を保たないと次元に歪み(ひず)が生じるだとか……そのために神族の干渉値の増加を抑制するとか、せっかくの貴重な根源素を用いて歪みを矯正するとか……神のくせに不自由すぎてバカみたいじゃありません？　神ですよ？　神なのに何をおっしゃってるのか私、一割もわからなかったんです。何より神が被造物たるヒトを苦しめて……玩具にして、一体何が悪いのかさっぱりわからないです。それで干渉値が上がってまずい、とか言われても……私知りませんよ～。困ります。なんで次元とか世界に忖度(そんたく)せねばならないのでしょう？　それ、本当に楽しいんですか？」

「あなたは……人が、憎いのですか？」

「そんなわけないです！　ひどい！　憎いんじゃなくて、ただ玩具にしたいだけなんです！　私の気分で、遊び殺したいだけなんです……ッ！　侮辱にぷんぷんですよ～？」

ただまあ、とヴィシスがカーテンの閉じた窓の方を眺める。

「やっぱり、苛つく時もありますからねぇ。ん～……平和に暮らしてる短命種の方々を見るとなんだかイライラするんです。どうせ100年そこらで死ぬのに、なんで楽しく平和に生きたいとか思うんでしょうね？　もっと苦しむ姿とか、互いに憎しみ合う姿をたくさん見せてくださらないと、うぅ……全然、面白くないですよ……ひどすぎる……身の丈を考えて欲しいです」

ぱん、とヴィシスが両手を打ち鳴らす。

「そんな不幸な私は――被造物をひたすら苦しめてもっとスッキリしたいなぁ～、と、ずぅ～っと思っていたのですねっ」

あっ、と慌ててもう一度両手を打ち鳴らすヴィシス。

「も、もちろんニャンタンみたいな例外はありますからね？　生きるに値する人間は私がしっかり選別して存続させますので、どうぞご心配なく～！　神界のあの方々を消したあとも、異界の勇者さんたちはやっぱり必要になるでしょうし～。ただ……ちょっと人類は調子に乗りすぎだと思うんです♪　あんまりそういうのが増えると、目障りです～ひたすら湧く虫みたいです～」

神族、とは。

神とは、なんなのだろうか。

ニャンタンは顔にこそ出さなかったが、眩暈がする思いだった。

「私、もしこの計画がしっかり成就したら……手始めにこの世界に戻ってきて、この大陸の人間を一割まで減らそうと思うんです」

「！」

「だってこの私に反逆なんてしたんですよ？　もちろん、他の無関係な人間や亜人たちも連帯責任です！　慈悲深い女神も今回ばかりはぷんぷん、ですよ～」

「…………ッ」

「ああ～ですからニャンタンや妹さんたちは大丈夫ですってば♪　他に救いたい人たちがいたら言ってくださいね？　できるだけ前向きに検討しますので」

そう言い挟んでヴィシスは、

「で、減らしていくのは一割ずつで……九割、八割、七割……と、減らす時期を決めて、なるべく苦しませながら殺していきます。そして――なんとなんと！　最後に残った一割をそこからひたすら放置です！　そうすると〝最期の時はいつだろう？〟って、その人たちは怯えながら暮らしていくと思うんですね！　そうなった時、被造物の大規模集団がどんな精神状態になって、どんな行動を取るのか、とっても楽しみなんです！　ただほら、上の神族の世界がある以上、そんな大規模での観察遊戯は当然できませんので……うーん、個人的に人間は苦しんでこそ〝生きてる〟って感じだと思うんですけどねぇ。老衰で安らかに死にたいとか、もうアホかと……短命種は、最期まで長く長く苦しみ抜いてこそ、価値を得られるはずですのに……」

ニャンタンは思わず、反論したくなった。

単純に、

（あまりにも……）

あまりにも――ひどい考えと、思った。

「んー、ニャンタンはあまりしっくりきませんか？　うーん、こういう話はジョンドゥがよい話し相手だったのですが。ああ、そうそう――でも彼の嗜好である〝最期は自殺させたい〟っていうのは、私まるで賛同できなくて……ひどいと思いません？」

「私も――ひどいと、思いますが……」

「ですよねー？　人間は最後まで争って、互いに憎しみ合って――どちらかが絶滅するまで殺し合うべきだと思うんですよね～」

「………………」

「あら？　思ってた回答と違いました？　ふふふっ……でも、だって苦しみの果てに自殺とかつまらないにもほどがありませんか？　もう～最後までちゃんと踊ってくださいよ～！　ふふふ！　じ、自殺……自殺って……ぷぷっ……ちょっと、なに勝手に神から逃げようとしてるんですか！　困ります♪　私、永遠に苦しみを背負うのが人間の義務だと思うんですよね。とにかく人間で遊び倒したいだけなんです……私、そんな無茶なこと要求していますか？　いえいえ、ここまでほどよい知性を持った短命種なんて、その大半は神の玩具に使う道以外ないですって。普通に考えて。でも、上の頭が固いせいでやれないんです……うぅ……不当だと思いませんか？　ですから、本当に！　今の世界は本当に、つまらない！　もう嫌です！　も～我慢の限界です！　これ以上我慢が続けば私、そのうちきっと死んでしまいます！」

ヴィシスは実に——上機嫌に、見えた。

初めて見るほどに。

「そういえばほら、故S級勇者の……ん～、名前が出てこない。あの、クソみたいな名前の……あ～そうそう、ヒジリ・タカオ！　人の善意とか、善性とか、とても気持ち悪いことをおっしゃっていて……すごいな、って思ったんですよね。人はここまでアホなのかと。でもあんなスカしていたのに——ぷぷっ！　ど、毒で苦しんで死んだんじゃないでしょうか？　お、おも——面白すぎです！　妹さんも悲しみすぎて、あ、後追い自殺してしまった説浮上なのでは!?　あ—スッキリです！　るんるん♪　あとあれも……ソゴウとかいう——まあ壊してやったので今はスッキリですけど——くすくすっ！　や、やっぱり典型的なアホでしたね！　ああでも、あれも最後は壊れたから面白かったです。よかった！　本当に、いい気味でした♪　もう、壊してる過程で——笑いを堪えるのに必死でして！　機会があればトーカ・ミモリも狂美帝も、同じ目に遭わせてあげたいです～！　そう、そうなんですよ！　膨れ上がった被造物どもの多くがああして哀れに壊れていく世界になっていけば、絶対に世界って楽しくなると思うんです！　そう……ですから、始めましょう

――始めましょうか」

ヴィシスが玉座から腰を浮かせた。

「すべてを、ここからっ」

（城の地下に、こんなものが……）

ニャンタンはヴィシスに連れられ、城の地下に降りた。

通常の地下室ではない。

隠し扉を抜け、長い螺旋階段を降りる。

階段を降りきると、しばらく歩き続けた。

その先にあった部屋。

否、部屋というより――空間。

空間は、闇に包まれていた。

手もとのランタンを深い闇に向けるも、闇は地底の底のように深く。

闇の先の先までは、光が届かない。
が、わかる。
広い……広すぎる。
肌に感じる空気は、ひんやりとしている。
気泡が立つような音が聞こえる。
存在を、感じる。奇妙な圧迫感を伴って。
いる――この空間には〝何か〟が……
（ひしめいて、いる？）
ヴィシスは、勝手知ったる我が家といった足取りで暗闇の中を進む。
見えているのか、あるいは覚えているのか。
と、光が発生した。
見ると、ヴィシスが壁に埋まった平たい石に触れている。
その石から光が線となって上下左右へと駆け巡る。
線はランタン以上の白色を放ち、光度が高まっていく。
たちまち、空間が光に照らし出された。
「これ、は――」
ニャンタンは瞠目（どうもく）し、立ちすくんだ。

白い巨人。

巨人は立ったまま目を閉じている。

また、埋葬される者のように胸の前で手を交差させていた。

ずらりと立ち並ぶ巨人たち。

空間がひどく広いと感じたのは――天井が異様に高いのは、この巨人がいるためか。

それにしても一体、どれだけの数がいるのか。

数は少ないが、中には形状の違う巨人もいた。

見ると、空間のずっと奥にも大きさの違う白い人型のそれが確認できた。

ひしめいている――ぴくりとも動かず。皆、同じ直立姿勢で。

（おそらくこれも……ヴィシスの言っていた、模造聖体……）

ミラへ送り込んだ追放帝が金眼たちから生み出したという、人ならざる白き神の徒。

ヴィシスは以前からいくつかの地下遺跡を管理している。

それは、この聖体を生成する素材を得るためだったのだろうか。

「あなたがこのところ、たまに姿が見えなかったのは……」

「はい、ここへ通っていたのですね～」

城の者が〝ヴィシス様の姿がお見えにならない〟と居場所を尋ねてくることが何度かあった。ヴィシスの言いつけで、彼らの用事はニャンタンが代理で処理したが。

「ここへ私以外の誰かが立ち入るのはニャンタンが初めてですよ。第一号、おめでとうございます」

「……一体ここは……なんなの、ですか？」

「元を辿(たど)れば地下遺跡に広がる地下建造物と同じです～。古代文明時代の地下巨大建造物がそのまま残っていたわけですねぇ。位置的にはちょうど、王城とヴィシス教団の神殿との中間くらいの場所でしょうか？」

ヴィシスが頭上を指差す。

「この上には、勇者たちの訓練用地区の一つがあります。林が広がっているところですね。あ、こちらへどうぞ？」

軽やかに進むヴィシス。ニャンタンはやや呆然(ぼうぜん)としながらも、その背を追った。

扉に埋め込まれた球体状の水晶。それに触れ、魔素を流し込むヴィシス。

ヴィシスは、一つの大きな扉の前で止まった。

そうして開かれた扉の中に、入る。

先ほどと同じように、ヴィシスが空間を明るくした。

そこそこ大きな部屋である。

しかし、さっきの空間と比べれば常識的な広さと言える。

長方形の部屋で、天井は大分高い。

中二階部分くらいの高さに手すりがある。
手すりは部屋の扉側以外をコの字に囲んでいた。
その手すりの向こうはどうやら足場になっているらしい。
足場はそこそこ広さがあるようだ。城にも若干、似た構造を持つ広間がある。
壁はつるつるとしていて硬そうに見える。
そして部屋の奥に——管のようなものが入り組んだ何かが、鎮座していた。
古代の巨大魔導具……そんな表現くらいしか、思いつけなかった。
「あれは私手製の装置です。造るのが本当に大変でした。忍耐の勝利ですね～」
どうやらあれは〝装置〟というものらしい。
ヴィシスが装置の前に立ち、ニャンタンもその後ろにつく。
管や凹凸のある水晶をヴィシスが弄り始めた。あれらは何かを操作するものらしい。
「とにかく、ですね」
喋りながら、ヴィシスが懐から小袋を取り出す。
装置の一部に、先が漏斗状になった筒の部分があった。
ヴィシスは小袋を逆さにし、筒の中にその中身を入れていく。
ちらりとだが、中身は黒紫色の小さな球体に見えた。
ヴィシスが指先を、装置の横へ向ける。

指の示す先には台座の上に載った菱形の水晶。

よく見るとその水晶は、宙に浮かんでいる。

「この装置にせよ、聖体にせよ……あれの判定に引っかからないように造るのがとにかく大変でして。この地下空間はずっと昔からあったものなので問題なかったのですが……この神器――装置と聖体は、判定に引っかからない方法を探るのがまったく大変だったのですよねぇ。聖体の方は苦労して魂力の性質を変えることで解決しましたが……まあ、こちらは結果的に一石三鳥となったのでよかったです」

魂力とは、勇者たちの経験値を言い換えたものだったか。

「神器の方は、根源なる邪悪が出現している時に製造を進めると影響が少ないことがわかりまして。んー、私たちの天敵ではあるのですが、あんまり早く倒されると製造が遅れるので……本当にさじ加減が難しかったですねぇ。隠れてコソコソ、ひっそりコソコソ……」

「……あの、ヴィシス様」

「はいはーい？　なんのご質問でしょう？　今でしたらなんでもお答えしますよ？」

「あなたは……なぜ、わたしをここへ……？」

「それは――単純に、独りで喋っていてもつまらなくてですね？　秘密を明かす時って独特の高揚感や恍惚感がありませんか？　楽しいですよね？　そして事情を把握していそうな相手に話すより、何も知らない相手に話す方がやはり楽しさ倍増です！　ふふ……ニャンタンの反応は期待通りでしたよ？　結果として、ジョンドゥよりよかったかもですね～」

カチッ、と何かの音がして。

装置の中から、不思議な音が発生し始めた。

ひどく鈍い鐘の音のようにも、聞こえなくはない。

「あら～本番で問題なくちゃーんと動きましたね～♪　これは動力を巡らせているのですよ～……はぁー楽しみ♪　さてさて、まずは対神族特化の強個体を起動させて、ゲートを開き、いよいよ天界へ――、…………」

「？」

ヴィシスがピタッと止まり――急に、黙り込んだ。ニャンタンは戸惑いを覚える。

背中越しにヴィシスが、

「…………………あらあら、まあまあ」

先ほどまで歓喜に溢(あふ)れていたヴィシスの感情が、急激に、冷え込んだように見えた。

振り返るヴィシスの顔には、冷めた笑みが張り付いている。

見ているのは――ニャンタン、ではない。

その向こう。

ニャンタンも、振り返る。

「やっほー、ヴィシス」

そこに立っていたのは、女だった。

気づかなかった――まるで。気配を、感じなかった。

一体、どこから現れたのか？

「…………」

「あれ？　ヴィシスってば、まさかの無視……？」

「ロキエラ……お久しぶりです」

女は、名をロキエラというようだ。

銀髪を編み込み、大きなお下げにして垂らしている。

白い衣装に身を包んでおり、見た目からは貞淑な印象を受けた。

一方で語調はやけに軽く、カラッとしている。

金眼。

（まさ、か……）

「すでに神族がいるところに別の神族が来るってのは、次元均衡の点から通常は望ましく

はないんだけどねー。でもまあ、今回は仕方ないかなー」

　ロキエラと呼ばれた女はそう言って、からりとした笑みを浮かべた。

　その後ろには比較的体格のよい三人の——

（あれは、一体……？　金の眼をした白い身体に……鎧を、纏ったような。あるいは、外殻のようなものを纏った……何かこう、人と魔物の融合体の——ような……それからあれは……人型の、狼……？）

　ヴィシスは空とぼけた調子で、

「うーん……なんだか、変な気配が近づいてくると思っていたんですねー」

「またまたーとぼけちゃって。予想はついてたんじゃないの？」

「よくわからないですー。というか……今回は仕方ないってどういうことですか？　何をしにきたんですか？　何もかも本気でわからないのですが……」

「あははー相変わらずだねぇ、ヴィシスは」

「ですので……なんのご用なのでしょう？　急に連絡もなしにやって来て、怖いです……しかもヴァナルガディアに、彼の神徒のテュルムク、でしたっけ？　それと、あなたの神徒のトールオンまで連れてきて……な、なんなのですかぁ？　よってたかって、怖い……」

　ロキエラは飄々としているが——室内の空気は、ヒリついていた。

肌が、痛いほどに。

ゆるゆるとロキエラが鼻の頭を指先で掻き、

「んーっとさ、ヴィシス……どうしてかな？　根源なる邪悪の反応が消えたあとも干渉値には微妙な上昇が見られたけど、まあそれは許容範囲内だった。ただ――問題はそのあとだ。さすがに看過できない量の干渉値が、急に計測され始めたんだけど？」

鼻の頭から指を離し、ロキエラはそのまま笑顔で問う。

「こうなってる理由――説明、してくれるかな？」

「嫌ですー」

「えぇー？　説明してもらわないと困るなー？」

「え？　誰がどのように困るのですか？　わけがわかりません」

「ボクも困るし、我らが主神も困るよー」

「んん？　お困りなのでしたら、主神が来られたらよいのでは？」

「主神が動けば、歪みの矯正にかなりの根源素を消費するでしょ。わかってるくせに。それに今、上はちょっとゴタついてて我らが主神も大変なんだよ」

「あら～そうなんですか～。でもあなたとヴァナルガディアはお暇なのですね」

「この干渉値の上昇はさすがにねー。ちょっと無理をしてでも神族を二人派遣することになってしまったよ。ヴィシスなんかのためにさ」

「ありがとうございます」

「というかヴィシスはさー、ちゃんとこの世界の人たちを守る気あるの？」

「ふふふ、ご覧の通りですが？」

「ボクたち神族は、根源なる邪悪と戦う。そして同時に被造物たちも守る。被造物たちはボクたちにとって子どもみたいなものだろう？　なのに昔からキミは被造物に——ヒトに対する愛情が、見られない。ボクは、そういうキミが嫌いだったよ」

「え？　なぜ愛する必要が？　そういうの、押しつけられても困るのですが……」

「じゃあさぁ、どういう対象として？」

「あのぉ、ちょっとおっしゃる意味が……困ります……」

「神族は被造物の親みたいなものだって言ったよね？　だからさ、ヴィシス……ボクからするとキミは——我が子を虐待してる親みたいに、映るんだよ」

「ひ、ひどい言いがかり！　よそ様の家庭の事情に踏み込んで来ないでください！　お願いします！　よそはよそ、うちはうちです！」

「……変わらない、ねぇ～」

やれやれ、と肩を竦めるロキエラ。

彼女の目つきが、狐のように細まった。

「とりあえず——その背後にある不穏な神器、壊すけどいいかな？」

「はぁ？　やめてください」

「断る、と言ったら？」

「ロキエラ」

「うん」

「私も昔から、あなたのことが嫌いなのでした～」

「知ってた」

「ロキエラ……雑談がすぎるな」

そう呼びかけたのは、白と銀の人狼。ヴィシスはその人狼に微笑みかけ、

「あらあらヴァナルガディア、無口なあなたが会話に割り込むなんて。暇なんですか？」

「ヴィシス……干渉値に関する申し開き……なし、と見てよいな？　そもそも、この部屋の外にあった聖体を見るからして――」

ヴィシスがやんわり諫めるような顔をし、

「ま、まあまあ……そう怒らないでくださいよヴァナルガディア。あのヲールムガンドに勝利したあなたに私なんかが勝てるはずないのですから……うぅ……スコルバンガーとい い、狼神は私苦手です。およよ……わかりました。も、申し開きを……します……」

どうやら、あのヴァナルガディアという人狼も神族らしい。

しかも話しぶりから察するに、神族の中でもかなりの強さのようだ。

いや、これはもはや――人の関われる領域ではない。

勝てるわけがない。

人が、あんな、い、いものに。

人間の中にあんな重圧感を放てる者が存在するとは、到底思えない。

おそらくあの〝人類最強〟であっても――届かない領域。

ニャンタンは、全身を流れる汗の冷たさを感じていた。

「そういうのもういいよヴィシス」

無機質な笑顔で言ったのは、ロキエラ。

「申し開きもいらない。執行だよー。ヴァナルはボクと一緒にヴィシスをやろう。あの横にいる人間はひとまず放っておいていいや。テュルムク、トールオンはあの神器を破壊しちゃって」

「ややや、やめてくださーい！」

背を向け、庇うように両手で装置に触れるヴィシス。

「これを壊されてしまっては……わ、私の長年の努力が！　努力の結晶が！　やめてー！」

「？」

ロキエラが顎を上げ、視線を中空に泳がせた。

「ヴィシス、左右の手すりの向こうに立ってるのは……キミの神徒かなー？」

「うぅ……誰か、助けてください……」

ニャンタンはロキエラに言われ、初めてその二人に気づいた。

左手側の手すりの向こう――白い全身鎧に身を包んだ騎士のような白い男が、いた。

兜の正面に十字が走っている。

十字の奥は空洞になっているようだ。

そしてその兜の十字の中心には、金眼。

右手側の手すりの向こうには――巨体の男。

こちらも鎧を来ており、顔面も兜で覆われていた。

ただ、ニャンタンにはまるで馴染みのない鎧であった。

もう一人と比べるとその鎧は、異質さが際立っている。

その兜の顔面部分は、憤怒めいた人の表情をかたどっているようにも見えた。

兜の口もとの上……あれは白いヒゲ、だろうか。

また、兜の額には半月にも見えるツノ飾りがあった。

その暗黒の眼窩が一瞬、鈍く金色に光る。

しかし次の瞬間にはすでに、目は濃い闇に戻っていた。

「へー……一応、対策はしてあったんだねぇ。ま、そうだよね。ヴィシスだもの」

「アルスさん、ヨミビトさん……うぅ……助けてください……この方たちが、私の大事な装置を……」

「『ここは任せろ！　オレは必ず、おまえを助ける！』」

十字兜から、活気に満ちた声が朗々と発せられた。

ただ、それは奇妙な響きを持った声だった。

感情が乗っているのに――乗っていない。無機質感がある。

なんというか。収まりの悪い矛盾を感じる声、とでも言おうか。また、

「危機、ヴィシス、助太刀、戦――　………　――戦、助太刀、ヴィシス、危機」

その声は、右手側のツノ飾りの男から発せられた。

こちらは低く濁り、歪んだ声だった。静かながら腹の底に響くような威圧感がある。

「トールオン……神器(じんき)の破壊の前に、あっち側よろしくー。油断しないでねー」

ロキエラが言うと、

「御意」

大槌(おおつち)を手にした重装騎士めいた姿の白き者が、跳ぶ。

トールオンと呼ばれたその者は手すりの向こう――中二階部分の床に、降り立った。

風もないのに、トールオンのマントは激しくはためいている。

トールオンの周囲に、バチチッ、と火花のように電撃が走る。

そして、大槌の側面に半透明の斧刃(おのば)が生えてきた。

相対するは十字兜――アルス、と呼びかけられた男。

トールオンがアルスと向き合いながら、

「テュルムク……貴殿は向こう側を。油断するな」

言われて、右腕の先が途中から刃になっている白き男――テュルムクも、跳ぶ。

トールオンとは反対側の中二階部分。

そこにテュルムクが、ふわりと降り立つ。

着地姿勢で膝をついたまま、左手を前方にかざすテュルムク。

神々しい装飾の施された白き大剣が、現れた。

その剣の柄をティルムクが力強く摑む。

相対するのはツノ飾りの男――ヨミビト。

「そして、ワタシと貴殿でヴィシスをやる。いいな、ロキエラ？」

「うん、いいよー。あー……干渉値が異様な上昇を見せた原因の一つは、おそらくあの神徒だねぇ。天界以外で神徒を造ったんだからそりゃそうなるよー。しかも二人も造っちゃって。ていうか、あのヴィシスも神徒をこさえるようになったかー」

「油断するなよロキエラ。ヴィシスが戦闘属性傾向の強い神族でないのは既知の通りだが……」

「ボクがヴィシスに負ける？　あるわけないじゃない――とか言うと、あははは－、ボクが負けるお膳立てみたいに聞こえちゃうかな？　あのさぁヴィシス……もうそのサムい演技、しなくていいよ」

ロキエラの背後に立つヴァナルガディア。

長く美しい銀色のたてがみが、ゆらゆらと揺れている。

静かなのに。構えは何も、変わっていないのに。

それは——あまりに、重く。

ニャンタンは悟る。

仮に逃げようと思ったとしても、発せられるあの重圧で自分は動けまい。

自分とは……違い、すぎる——領域が。

「うぅ、ひどい……二人がかりだなんて。せ、せめて一人ずつ……卑怯ですぅぅ……」

「ヴィシ——」

ヴァナルガディアが、そう名を呼ぼうとした時だった。

狼神の背後——右側の壁が、弾け飛んだ。

壁から出てきたのは、

「……もう一体、神徒がいたか」

言って、振り返るヴァナルガディア。

振り返った先には——蠟を塗り固めたような姿の、白き巨体の男。

大小様々なツノめいた突起がいくつか体表にうかがえる。
また、肌に黒い罅が入っているように見えた。
いや――事実、あれは確かな亀裂のようだ。まるで、塩竈に入る亀裂のような。
罅、割れている。
体軀はヴァナルガディアと比べても遜色ないが、背はやや低いくらいか。
肩幅が目に見えて広い。
腕は太く――否、太すぎる。
遠近感が狂っているわけではない。
腕部からこぶしにかけてが、身体の中で異常に特化して巨大なのである。
そのせいか、いささかずんぐりとした体型にも見える。
眼窩は深く落ち窪んでいた。
極寒の洞穴のつららの奥……まるで、その闇の奥に灯る光のような。
ぎょろりとした――金眼。
「よぉー……ヴァナルガディアぁ……」
「？」
何か――馴れ馴れしい口調、だった。
まるで、昔なじみとでもいうような。

「あぁ来てくれたのですね！　ありがとうございます！」

「ゲラゲラ……言うねぇヴィシス。つくづくおめえさんは性悪な女神だ……最初っから、オラァをヴァナルガディアにぶつけるつもりだったくせによぉ」

「し、仕方ありません……うぅ、私は戦闘属性傾向の弱い神族ですから……私はとても、か弱いのです……うぅ」

ヴァナルガディアが、蠟細工のような男と向き合う。

人型の狼神は、ロキエラと互いの背をかばい合う形となった。

「貴殿も神徒のようだが……ワタシを知っているようだ。何者だ？」

「おめえさんに倒されたもんだよ。それとも、敗者にゃあ興味ねぇってかぁ？」

「敗者？　いや、その腕……まさか、貴殿は……」

ヴァナルガディアはしかし、驚きを見せずに淡々とその名を口にした。

「消滅していなかったのか、ヲールムガンド」

「ようやく思い出してくれてオラァ嬉しいぜヴァナルガディアぁ。まー……おめえさんらに殺されかけたあと、ヴィシスに救われてな。今じゃあオラァもヴィシスの因子を持った神徒よ。ま、元々は消滅してた運命……そんな悪かーねぇ」

「へぇ……消滅してなかったんだ、ヲルム？」

「よー、ロキエラぁ。相変わらず美しいこって。オラァあんたらのせいで、こんな姿になっちまったがよ。ゲラゲラ。まー、慣れりゃあ悪くねぇ」

ぽりぽり、と太い指で額を掻くヲールムガンド。

手すりの向こうの者たちはまだ睨み合っている。

まるで、開始の合図を待っているかのように。

「ねぇヴィシスー」

と、ロキエラが呼びかける。

「その神徒でボクたちに奇襲でも仕掛ければよかったのに。こんな自己紹介みたいなことさせて、何をお膳立てしたかったのかなー？」

「だ、だって……余裕で勝てます、ので……」

「ふーん、自信あるんだ？」

ぐっ、とヴィシスが歯噛みした。過剰とも言える勢いでロキエラを指差し、

「ロ、ロキエラ……ッ！　私と勝負、です！」

「いいよ？　正直ボク、キミは絶つべき神族だと思っていたから……キミはすべてにおいて害悪だよ——ヴィシス」

パチンッ、と。

ロキエラが、指を鳴らした。

「始めよう」

トールオンが、アルスが、テュルムクが、ヨミビトが、ヴァナルガディアが、ヲールムガンドが――ほぼ同時に、動き出した。

「…………………………」

十字兜のアルスの血が、白い床を伝い、手すりの下まで流れている……。
その全身からは、血が噴き出ていた。
鎧はさらにトールオンの白雷で焦げている。
否――アルスのあれは、どうやら鎧ではないらしい。
出血の様子を見るに……多分、あれは鎧に見える身体そのもの。
つまり鎧に見えるあれもおそらく〝本体〟なのだ。
全身鎧の形をした肉の鎧、とでも言おうか。
ゆえにあの兜に見える頭部もやはり――本体、そのものなのだろう。
「『オレは……絶対に……負け、ねぇ……諦め……ねぇ、ぞ……』」
アルスはそう言って、ぐったりトールオンにもたれかかった。
膝を落とすアルス。すでに立っている気力がない、とでも言うように。
しかしアルスは、倒れまいとトールオンに縋りついた。

最後に力を振り絞るように、トールオンを抱き締めるアルス。

相手に〝よくがんばった〟と敬意すら感じさせる調子で、トールオンが言う。

「ここまでだ、ヴィシスの神徒よ」

「『オレ、は……負ける、わけには……いかねぇ……ん、だ……』」

一方、ツノ飾りのヨミビトは――背から壁に、めり込んでいた。

ヨミビトは両手に自ら生成したカタナを手にしている。

少し前までそのカタナでテュルムクと打ち合っていたが、競り負けた。ヨミビトのそれは、ついに完全に押し切られ、壁際近くまで追い込まれた果ての姿であった。

「………」

テュルムクは油断の欠片(かけら)もなく、構えを一切崩さない。

そして、ヴィシスと相対するロキエラの後方……

少し前に、まずヲールムガンドが初撃をヴァナルガディアに当てた。

ヴァナルガディアは吹き飛び、壁を突き抜けていった。

今も壁の向こうで、戦いの轟音(ごうおん)が鳴り響いている。

ロキエラとヴィシスは互いに睨み合ったまま、まだ動いていない。

「ボクたちに勝てると思ったのかい、ヴィシス？」

「絶望、とは」

「？」

「勝てると思った、その時……」

ザシュッ！

音がした方をニャンタンが反射的に見ると、トールオンの全身を、白い何本もの刃が貫いていた。尖った刃は、アルスの身体から放出されたものに見える。

しがみつき密着していた身体から放たれた刃。

トールオンの身体を、内部からズタズタにしているのか。

嫌な音が、室内に充溢していく。

「がっ……な、が……」

「『オレは……勝つ！　諦めねぇ……絶対に、諦めてやるもんか！　みんなを──みんなを守るんだぁぁあああ────ッ！』」

「が、ふ……ッ!?」

まるで、内部を無数の凶悪な虫に食い破られているかのように。

立ったままのたうつ、トールオン。

（あれ、は……？）

ニャンタンは、奇妙なものを見た。

逆流するみたいに、戻っていく──アルスの流した血液が。

アルスの傷口に、流れ込んでいく。

火傷(やけど)のような跡も薄くなっていき……消えていく。

傷口が、閉じた。

そして──ドロリ、と。

トールオンが、溶解した。

「『はぁ……はぁ……言ったはず、だぜ……オレは、みんなを守る……だから、こんなところで負けるわけには……いかねぇ、ってな……』」

アルスは無傷で、勝利した──ようだ。

ガィイインッ！

極めて硬質な二つの金属が、ぶつかったような音がした。

ニャンタンは、その方角へ反射的に視線を飛ばした。

巨大な白い円柱が──宙に、浮かんでいる。

円柱の向こうには、今まさに後ろへ跳んだ状態と思われるテュルムクの姿。

ヨミビトは、まだ壁にめり込んだままの状態であった。

その掲げたヨミビトの右手に、カタナは握られておらず。

ステゴロとなった右手の親指と人差し指を──ヨミビトが、動かす。

離れた両指を、ぐいっ、と近づけるように。

すると後方へ跳躍したテュルムクを、待ち構えるかのように。
なんの前触れもなく――テュルムクの左右に白い円柱が、出現している。
その円柱が、引かれ合うように凄まじい速度で互いの距離を詰め――
ドチャッ！
円柱に挟まれたテュルムクが、押し潰された。
テュルムクは、逃げなかった。
左手の大剣を横にして〝つかえ〟とし、挟まれるのを防ごうとした。
硬度に相当の自信があったのではないか。
が――剣先と柄底に円柱の丸面が接触した直後……
大剣は無残に砕け散り、テュルムクはそのまま圧死した。
一瞬だけ退避しかけた気配はあったものの、間に合わなかったようだ。
「………」
円柱は、消えていた。
ヴィシスは視線を伏せ、両手を左右に広げる。
「絶望とは……勝利の確信を叩き潰された時にこそ、最高の形で立ち現れるもの……」
ヨミビトがめり込んだ壁から抜け、ヴィシスの方を向く。
にこやかに手を振るヴィシス。

「お疲れさまですー、ヨミビトさーん」

テュルムクとの斬り合いで破損したように見えた鎧。

今はあったはずのその傷が、なくなっている。

ロキエラは感情の読み取りにくい無感動にも近い表情で、

「……ヴィシス」

「はぁー……よかったですぅ。ホッとしました……、──あら？」

ロキエラの背後。

盛大に空いた壁の穴から踏み込んできた足が、姿を現した。

ちぎれた右足と、ヴァナルガディアの頭部。

穴から姿を見せた足は、それを両手に持つヲールムガンドのものだった。

後頭部の毛を摑(つか)まれた頭部は、目がくりぬかれている。

しかしヴァナルガディアはまだ生きている──ように、見えた。

「ロキ……エ、ラ……こや、つ……ら、は……」

ヴァナルガディアの頭部が、しゃべった。ロキエラが後ろを振り返り、

「ヴァナル」

ニャンタンの位置的に、ロキエラのその表情はわからない。

ヲールムガンドがヴァナルガディアの頭部を、床に落とす。次の瞬間──

グシャッ！

落とした頭部を、ヨールムガンドが踏み潰した。

「ゲラゲラ。こうやって頭部を潰しても神族は死なねぇってんだからなぁ。存在力そのものを削らないと死にやしない。何度も何度も何度も殺して——死ぬまで殺す。わずかでも存在力が残ってりゃあ……時間はかかるが、まれに肉片からでもジリジリ再生してくこともある。ま、そのまま消滅するやつが大半だがな。そうだよ。オラァもその幸運で、生き残っちまった。だから——そうならねぇようきっちり削り切るんだろ、ヴィシス？」

「ええ、そうしましょう♪」

ロキエラは再び、ヴィシスに向き直った。

「………………」

「ふふふ……私が、これを予想しなかったと思うんですかー？　干渉値がぐぐっと上がれば当然、神族を寄越(よこ)しますよね？　そこで！　私の切り札とも言える対神族強化体である〝ヴィシスの仔ら(ラストリゾート)〟なんですね！　お察しの通り、この三人はただの私の因子を持つ神徒ではありません！　ちなみにー」

ヴィシスはてのひらを上にし、部屋の扉の方を示す。

「外に並んでいるあの大半が、対神族強化聖体なのです」

「対神族強化？　そんなもの、聞いたことも——」

「そりゃそうですよー。だって、私が開発したものですから」

「ヴィシス……キミ、ちゃんと異界人は帰していたんだろうね？　いや——帰還させて、なかったな？」

「うーん、そうかもしれませんねぇ。でも、あのクリスタル任せで何百年も自分の目で見に来てないのが悪いとは思いませんか？　自業自得ですね♪」

「これだけのことを進めるなら、試行錯誤も含めて膨大な根源素が必要になるはず……となれば帰還に使わず——キミは、すべて溜め込んでいた。あの数の対神族強化体を、生み出すために」

「帰還させないでこちらの世界に残すと干渉値は上がりますけど、勇者を始末すると干渉値に影響を及ぼさないのは発見でしたねー。まあ私が直接手を下せない上、やり方は選ばないといけないので、それを見つけ出すまでが大変でしたけど。ふー疲れました」

「なら、ゲートを開くために必要な根源素もキミの手中ってことか。キミ……まさか、天界を滅ぼしでもするつもりか？」

「え？　だったらなんなのでしょう？　だったらなんですか？　言ってください。ほら、言ってくれませんかー？　大丈夫ですか？　大丈夫、なんですかぁ？」

「………」

「あ、土下座してくださいね」

「……はぁ？」

「いえ、ですから……土下座ですって。両手と膝を床につけて、誠心誠意、申し訳ないと思いながら頭を床にこすりつけ、小者の分際でヴィシス様に楯突いてすみませんでしたと、謝罪をするのです。ド、ゲ、ザ——わかります？　理解力が大丈夫だと言ってくださーい」

ゲラゲラ、と笑うヲールムガンド。

「つくづく性格悪ぃ女神だよなぁヴィシスは。おう……やめとけロキエラ。オラァたち対神族強化を施された三人の神徒とヴィシスを敵に回して、勝てるわけがねぇ。強化がなけりゃあロキエラの方が強ぇかもしれねぇが……今は、分が悪ぃだろ。ま、ヴィシスはどのみち――」

「あ、ヲルムさんちょっと黙っててもらえます？　交渉中なので」

へいへいすみませんね、と口を閉じるヲールムガンド。

「さ、土下座をどうぞ～♪」

「…………」

「あら？　嫌なのですか？　さあほら、土下座」

「…………」

「土下座」

「…………」

「ロキエラ〜土下座〜♪」

「ヴィシス」

「土下座」

「キミは被造物を――ヒトを、愛していない」

「土、下、座♪」

「一方のボクはね、これでもヒトを愛しているんだ。さっき言ったよね？　ヒトはボクたちの子どものようなものだ、って。親が子に愛情を注ぐのはさ、当然のことじゃないのかな？　親が子を愛せない……自分を満たすための道具や玩具のようにしか思えない――これほど哀しいことはないと、ボクは思う」

「何言ってるかまるでわかりませんし、それより土下座ですってば。土下座土下座〜。土下座を早くしてくださ〜い。土下座しろ土下座しろ土下座しろ。土下座はまだですか〜？　私も暇ではないんですよ〜？　あぁ忙しい！　あなたは土下座するくらいしか取り柄がないんですから、土下座くらいしっかりしてください！　ほら早く！」

「言ったはずだよね」

「早く、土下座。土下座をしろ」

「ボクはキミが嫌いなんだよ――ヴィシス」

「私も嫌いと言いましたよね――ロキエラ」

ロキエラが消えた――違う。

消えたように見えただけだ。

ニャンタンの目では捉えられない速度で、移動したのだ。

おそらくはロキエラが、攻撃に出た。

一方、ニャンタンの隣でも気配があった。気配だけが。

ヴィシスも、動いたらしい。

「――――」

「やれやれ……だから言っただろ？　ボクに勝てるつもりなのか、ってね」

二人の神族が、互いに距離を詰めた。

そして一瞬のうちになんらかの攻防があった――のだろう。

気づくと、正面を向いた首のない身体が、ニャンタンの前にあった。

直後、その身体が断裂し――バラバラに、なった。

肉片となったその身体の向こう側に立っているのは、

「ふふふ、あなたの口調を真似してみました♪　似てました？　あらあら、勝てるつもりでしたか――ロキエラ？」

突き出したヴィシスの右手には――ロキエラの頭部。

振り向くヴィシス。

ぞくっ、とニャンタンは戦慄を覚えた。

ヴィシスの目が黒一色に、染まっていて……

「弱すぎる――そして、強すぎる」

にぃ、と不気味に笑むヴィシス。

「干渉値をこれだけ増やせば、それなりの神族を派遣してくるのも想定していました。ロキエラ級が来たのはよかったのかもですねぇ。対神族強化が本当に上のクソどもに効果的なのか試したかったので……まー余裕すぎて、少々びっくりしてしまいましたけれど」

「ヴィシ、ス……」

「んーその美しいロキエラのお顔、私好みではないのですー」

ヴィシスの右手に収まったロキエラの顔が――しなびていく。

急速に、老化していくかのように。

「ふふふ……存在力を削いでるのわかりますかー？　あーら惨めですねぇ？　とっても、かわいそう」

「ゔぃ、し……」

「おやまあ！　カラカラにしなびた枯れ木みたいになってしまって！　なんですその姿!?

本気で大丈夫ですか⁉　あははは面白すぎます！　これが——あ、あのロキエラ⁉　まさかあなたロキエラなんですか⁉　あははは最高！　お腹、いたいっ……し、神族もやはり面白いかもしれません！　耐久力がある分、やり方によってはすぐ死ぬ人間より面白いのでは⁉　あ、でも人間は数で勝負ですよ〜！　大量に苦しむ姿はやはり、それはそれで壮観な気がしますから！」

「ホォォ——……、ォォォオオ——……」

ロキエラの眼窩は今、洞穴のように深く。

その口も、痩せた木のうろみたいになっている。

「あははは何か言ってるんですか？　しょぼい風穴の音みたいなのしか聞こえませんが？　あははは……ふー死ぬほど、面白いですー……あー面白い。涙が出ました」

心からヴィシスは、面白がっているようだった。

あんなに楽しそうなヴィシスは、初めて見る気もした。

「ヴァナルガディアはひとまず消滅させますけど……ふふふ、ロキエラは消滅させずにおきましょう♪　もっと立場をわからせてあげませんと！　天界の惨状もしっかり見せつけなくては！　彼女が愛するとかほざいた人間も殺しまくらなくてはなりませんー。愛する者が苦しみの果てにブザマに憎しみ合い、殺し合う姿……あぁ、とっても見せつけたいのですー。ブザマすぎる」

ヴィシスがロキエラの頭部を、ぽーん、と上へ放った。

そして落下してきたその頭部を、軽く蹴り上げる。

ほいほいほい、と。落ちてくる頭部を蹴り上げ、また、落ちてくる頭部を蹴り上げ……

それを、繰り返す。遊んで、いるのか。

「えーい」

ヴィシスが落下してくるロキエラの頭部を、どんっ、と蹴った。

頭部は勢いよく壁に衝突し、そのまま床に転がった。

「ホ、ォ……ォォ……」

「んん？　なんです？　聞こえませんよー？」

耳に手をやり、音を拾うような仕草をするヴィシス。次いで、ぷっ、と噴き出した。

「だから、何をおっしゃっているかわからないんですってば！　ちゃんとお喋りなさいな！　ぷーくすくす！　情けない！　これでは神族の面汚しですねぇ」

見てられない、とでも言うように肩を竦めるヨールムガンド。

アルスとヨミビトは黙って手すりの向こうから見ている。特に、反応はしていない。

「さーて……私は、聖体の起動とゲートの準備に入らねばなりません。西で蠅の王とか狂美帝とか目障りな虫が何やらブンブン飛び回っているようですが、間に合わないでしょう♪　ここへ辿り着く頃には、私はもう聖体と共にゲートを通って天界に行っていますから

♪　ふふふ、せっかく禁呪を携えて来るのに残念でしたー。無駄な努力すぎて、泣けてきますー。さようならー」

手をひらひらと振るヴィシスの目は、元に戻っていた。

「しかし……聖体の完全起動とゲートの展開まで、時間がかかりすぎるのですよねぇ。うーん……一応、対神族特化でない方の聖体たちに、警戒と時間稼ぎくらいはさせておきますかー……ここでこしらえた聖体がちゃんと機能するかの、試用も兼ねて……」

ガッ、とヴィシスがロキエラの頭部を踏みつける。

白き神が、宣す。

「あらゆる次元、世界に……最高の苦しみ、憎しみ、そして……無意味な死を――ありとあらゆる存在すべては、このヴィシスがために」

「我に与えよ、さすれば――我は悦楽の宴を与えられん」

笑顔で、両手を打ち鳴らすヴィシス。

「あぁ楽しい、とっても♪　嬉しいー」

ヴィシスはあれ以来、あの地下空間に籠もり始めた。

地下にひしめいていた無数の聖体。

ゲートという天界への門。

その二つを起動するには、かなりの時間を要するようだ。

『ああニャンタン、あなたの半神化も忘れてはいませんので。あとでやりますよー』

どうも――気が変わりかけているのではないか。

ニャンタンは、そう感じた。

笑顔の中に面倒そうな――興味のなさそうな感じがあった。

自分に色々と語って満足してしまったのかもしれない。

ヴィシスは、自分が地下空間にいる間の代理をニャンタンに頼んできた。

(機会があるとすれば、今……なのでしょうか)

あの三人の神徒は、幸い今も地下空間にいるらしい。

つまり今、ニャンタンは比較的自由な状態にある。

(ヴィシスはあの神族に勝利したことと、計画が順調に進んでいることで……明らかに、私へ注意を払わなくなってきている……?)

聖体とゲートの起動。

(これ以外のことに対して、日に日に雑になってきている印象がある……)

一日一回の地下空間への報告すら、もういらないと言われた。

起動さえ終わればもう他のことはどうでもいいと思っているのか。

「…………」


王都にいる勇者たちは今も宿舎で待機を命じられている。

タモツ・ザクロギの居場所も、わかっている。

妹たちが囚われている場所は——ここから南西の位置。

馬車で半日も行けば辿り着けるはず。

自室の寝具の縁に座るニャンタンは、祈るように手を絡ませた。

絡ませた手に、額をつける。

（……ヴィシスの言葉は音声としてスマホに記録してある。しかし、私では止められない。ヴィシスを止められそうな者に、伝えなくてはならない。ヴィシスがもしこの世界に戻ってくれれば、いずれ妹たちも苦しみの中に……？　けれど——）

どうすれば、いいのか。

西のミラ軍——禁呪を持つという蠅王ノ戦団。

進軍速度の報告は受けている。

今日明日にこの王都へは到着できない。

ヴィシスは、今の速度では間に合うまいと言った。

いや……ヴィシスがゲートと聖体の起動を終え、天界へ行けば。

むしろ行ってしまえば、時間を稼げる……？

この世界には戻ってこないかもしれないではないか。

そう、天界とやらでヴィシスが逆に返り討ちにあうことだって――

「……ふぅ」

息を落とす。

希望的観測がすぎる。世の中、そう上手くはいくまい。

希望に縋るだけでは何も変わらない。

これまで、嫌というほど学んだことではないか。

その時――何者かが、部屋の戸を小さく叩いた。

いささか奇妙な訪問の合図だった。

音の位置からして、靴の先などで叩いたと思われる。

しかし、そっと叩いた印象があった。

足で叩くような乱暴さがあるのにそっと叩く……。

丁寧に叩くなら普通は手の甲を使うだろう。なんだか、奇妙に思えた。

「……何か、ご用でしょうか」

相手が誰かわからぬまま、ひとまず応答する。

「とりあえず話をする前に、入れてくれると助かるんだけど」

「……？」

（この、声……？……、――――ッ！）

ニャンタンはサッと扉に寄り、慎重に、しかし手早く扉を開いた。

そこにいたのは、

「ああ……開けてくれると思ったよ。うん、キミはやっぱり信用できそうだ。何よりキミは――ヴィシスが好きではない。ボクには、わかったよ」

てのひらくらいの大きさで、幼児のような姿をした――

「ロキ、エラ……？」

「ヴィシスが口にしていた蠅の王と狂美帝……そして、禁呪について知っていることがあれば教えて欲しい」

真剣な面持ちでそれはニャンタンを見上げ、

「ボクの子らを――ヒトを、救うために」

ニャンタンは戸惑った。

「わたしがヴィシス様を好きではない……なぜ、そう思ったのですか？」

「勘も含むかなー」

「あ」

小さなロキエラが勝手に部屋の中へ入ってきた。

ニャンタンはひとまず扉を閉め、ロキエラの方を振り向く。

「なぜあなたは、わたしのところへ？」

「イチかバチかの消去法だよ」

絨毯の上でくるりと振り返るロキエラ。

「この城内で頼れそうなのがキミしか見当たらなかった——というか、ボクはこっちに来たばかりだからね。それで、ボクの賭けは正しかったかな？」

これは……ヴィシスが自分の信用度を試すため仕掛けた茶番、だろうか。

「シワシワになったあのボクの頭部は地下にある。もう自力で動けない状態と思われてるから管理がけっこう雑なんだ。今のヴィシスはさっさと対神族用聖体の強個体をすべて完全起動して、ゲートを開くことにしか気がいってない。で、ボクは自分の一部を切り離してこうやって動ける。切り離したこの姿で抜け出してここまで来た。これは、ヴィシスも知らない能力だ」

ロキエラは絨毯の上にあぐらをかき、

「うん、いきなり信用しろって方が無理だよね。ボクだって同じだ。キミが完全に信用できるかはわからない。けど、ボクはキミを信用したい。そして、できれば蠅の王と狂美帝と接触するために力を貸りたい」

「なぜ……彼らを？」

「嫌がってる」

「？」

「ヴィシスがその二人の名前を出した時——特に蝿の王の名前を出した時だ。かなり嫌そうだった。その人間たちはもう間に合わない……自分はこのまま天界に行ってさよならするから残念でしたー、みたいにヴィシスは勝利顔で言ってたけどさ。ボクにはヴィシスが、その人たちからさっさと逃げたがっているように見えたんだ」

言われてみれば。どこか急いでいる感じは、あったかもしれない。

「ですが……あなたたち神族でも勝てなかったヴィシスに、人間が勝てるのでしょうか？」

「逆だよ。人間だからこそ、勝ちの目がある」

「人間、だからこそ……？」

「たとえばヲールムガンドを含めたあの三人の神徒。かなり根源素の配分を対神族強化に寄せてるんじゃないかな？　そして——実はね、ボクら神族にも成長限界は存在する。異界の勇者の加護と同じだね」

ロキエラは人差し指を立て、

「簡単に言えば、なかなか突出しすぎた単独の最強存在にはなれないってこと。だからヴィシスはああやって神徒や聖体に根源素による強化を振り分けてるってわけ。ボクたちが神徒を造る理由も、また同じ」

「……対神族強化分の影響を受けず戦える分、人間の方があなたたち神族よりも可能性があると？」

「いい理解力だ。そういうこと」

「…………」

「異界の勇者が邪王素（じゃおうそ）の影響を受けず戦えるのと同じさ。それで——どうかな？　神族であるボクなら対ヴィシスのことで色々助言できると思う。今、あえてこうして説明しているのはキミに〝いけるかも〟と思ってもらいたいからだ。胸襟を開いて素直にあれこれ開陳しているのも、キミに信用して欲しいからに尽きる」

その時——ロキエラの表情が、母性に似た色を帯びた気がした。

「悪あがきなのは、わかってる……でも、ヒトを自分の箱庭で遊び壊すオモチャのようにしか思っていないヴィシスは、やっぱり気に入らない。というか、あそこまでひどいとは思ってなかったよ。天界の方もゴタゴタしてたし、クリスタルによる観測反応も長らく問題なかった。ヴィシスはヴィシスで神族としての責務を全うしている……そう思われていたんだ。ここまで干渉値が上がらなければ、通常は神族がもう一人派遣されるのは許可されないしね」

ロキエラがカーテンの閉じた窓を見上げる。

「でもまあ、それも言い訳くさいな。ともかくさ……ボクはヒトを信じてあげたいんだよ。ボクはやっぱり彼らが——キミたちが、愛（いと）おしいんだ」

ロキエラの目。

ふとニャンタンの中で、彼女の瞳が宿す母性と何かが重なる。

正体は、愛情か。

自分が妹たちに抱くものとそれが、とても似ている気がして――

「今の言葉が本物なら、あなたが……」

「うん」

「あなたがこの大陸に派遣された神族だったらよかったのにと……そう、思いました」

どこか申し訳なさそうに、ロキエラは苦笑を浮かべた。

「ごめんね」

口もとは笑っているけれど。

なんだかこっちが申し訳なくなってくるような、そんな笑みだった。

「…………」

彼女が、自分に賭けてくれたのなら。

自分も、彼女に賭けてみるべきなのではないか。

ニャンタンは――意を決した。

「……わかりました。あなたに、協力します」

「キミなら、そう言ってくれると思った」

だが一つ、疑問があった。

「しかし、ヴィシスの口ぶりでは……ヴィシスが対神族聖体軍とゲートというものを起動して天界へ行くまでに……蝿の王と狂美帝は、間に合わないのでは？」

するとロキエラは、得意気に微笑んだ。

「ボクは急いでこの世界に来たわけだけど……あの地下へ来る前、一つだけ確認してきたことがあるんだ」

「？」

おそらくね、とロキエラは言った。

「ヴィシスは一つだけ、とても大事なことを見落としてる」

「大事なこと？　それは一体……、――ッ！」

瞬間、ニャンタンは警戒を強めた。

ロキエラも気づいている。

カーテンの締まった窓の方……。

何か、気配が現れた。

いや――先ほどからそれがいるのはわかっていた。

しかし、気にせずともよい気配に思えた。

なのに突然、その気配の質が変わったのである。

カーテンの隙間から見えるのは――梟、だろうか。

『悪いけれど、あまり長くはしゃべれないのよね。部屋に入れて話をさせて――お願い。蝿の王の……いえ、きみだったらヒジリからの使者だと言えばいいのかしら？』

窓越しに放たれたのは、人の声だった。

……しかも今、声はなんと言った？

「ヒジリ……？」

『妾は、ヒジリが寄越した使い魔よ』

「！　使い魔だってッ!?」

ロキエラが驚く。

「この世界には、まだそんなものが残ってるのか……」

ニャンタンは咄嗟に判断し、その梟を部屋の中に入れた。

ロキエラも特に反対はしなかった。梟が机の上に降り立ち、

『ずっと接触する機会を狙ってたのよ。城の人間の話を盗み聞きしたところだと、このところヴィシスの姿も見えないって話でね。だから、今しかないと思って――いえ、こんなのは余計な話。いい？　極力、要点だけまとめて話すからよく聞いて……』

梟の話した内容の中に、驚愕すべき情報はいくつもあった。

が、途中で出たその情報を聞いた瞬間。

ニャンタンは思わず、両手で口を押さえた。

「――ニャキ」

感極まったせいか、涙声になってしまった。

ニャキしか知り得ないと思われる情報も、混ぜられていた。

梟の話は、事実で間違いあるまい。

『そのニャキって子もずっときみ……〝ねぇニャ〟の安否を心配してたみたい』

「蠅王(はえおう)が……助けてくれたん、ですね？」

『そうみたい。あーっと……まだ話は終わってないわ。続けるわよ』

梟は、叩(たた)きつけるように情報を次々と伝えていった。

どうやら王都のすぐ外に、ミラの間者が待機しているようだ。

脱出のための手配を整えてある、と梟は伝えた。

伝えるべき情報はひとまず伝え終わった――そう言って梟は、

『今、から……そのミラの、間者に……きみがここに居残っている勇者たちを連れて脱出する、と……伝えに、行くから』

「あの、大丈夫ですか？　言葉が途切れ途切れに……」

『笑止――と、言いたいとこだけど……こうやって発話しての、伝達は……かなりの負荷がね、かかるの。だから意識が切れたあとは当面、妾はきみたちを補助できなく、なるから。でも最後に……ミラの間者に、話は……通して、おくから。逃げる時……動き、やすいように。いい？　絶、対……逃げ切るの。わかった、わね？』

「はいっ」

『よし……いい、返事』

梟が窓から、飛び去る。

ニャンタンはここからの行動を頭の中で組み立てていく。

まずは勇者の宿舎へ行き、勇者たちを集める。

カヤコ・スオウとは以前から何度か接触していた。

彼女は、勇者に用がある時はまず自分にと言っていた。

アヤカ・ソゴウから勇者のまとめ役を頼まれたのだという。

脱出の際には、カヤコに勇者たちをまとめてもらおう。

タモツ・ザクロギもどうにかなるはず。

ヴィシスに極度の恐怖を抱いているので、暴れる可能性はある。

最悪、気絶させて連れて行けばいい。

そして――囚われている三人の妹たち。

先ほど梟が告げた情報や指示を脳内で反芻し、

（おそらく今が、実行すべき時……）

ここから脱出し、西を目指す。

そして、蝿の王の勢力と合流する。

今、自分は城内でヴィシスの右腕扱いになっている。

自由に動き回るのは比較的容易い。

ニャンタンは手早く支度したあと、服の衣嚢からスマホを取り出した。

念のため、あの時の音声もしっかり呼び出せるか確認する。

『――私、もしこの計画がしっかり成就したら……手始めにこの世界に戻ってきて、この大陸の人間を一割まで減らそうと思うんです』

よし、問題ない。

「なんだいそれ？」

「わたしたち人間の、切り札の一つです」

「ふむ……なかなか面白そうな代物だね。暇があったら、あとでどういうものか聞かせてよ」

はい、と言ってからニャンタンは腰の革袋の蓋を開き、

「ここにあなたを入れて運ぼうと思いますが、よろしいですか？」

「ばっちりさ」

革袋に、ロキエラを入れる。

彼女はすっぽりと収まった。

少し身を縮めてもらって蓋を閉めれば、姿も隠せる。

「ありがとうニャンタン。礼を言うよ」

「まだ礼には早いかと、ロキエラ様」

「様はいらないよ。子どもだって基本、親に対して様づけはしないだろ？」

「……では、ロキエラ」

「よろしい。うん、そっちの方が距離感も近くていい。とこ、ろで……ニャン、タン……」

「大丈夫ですか？　どこか、具合でも……」

「さっきの、使い魔と同じで……悪いん、だけど……ボクも……少し、眠らせてもらえる……かな？　ここに辿り着くのだけで、大変で……今、この身体にはほとんど力が残ってない、んだ……。回復も、この身体だとほんと遅いから……けっこう、長く……眠って、起きない……かも……」

「わかりました。蝿王たちと合流するまで——命に代えても、あなたはわたしが守ります」

「ごめ、ん……ね……あ、それ……と……せ——」

何か言いかけたようにも、思えたが。

限界だったのか。

ロキエラは目をすぅっと閉じ、眠ってしまった。

キッと表情を引き締めるニャンタン。

「行きましょう」

眠るロキエラの収まった革袋の蓋を閉め、ニャンタンは戸の方を見た。

「あなたの子どもたちを、救うために」

◇【高雄聖】◇

「ヴィシスではない神族、だと……？」

報告に来たヨヨが、困惑を伴ってもたらした情報。

〝ヴィシスではない神族が、ニャンタンに同行している〟

神族の名はロキエラというらしい。

ロキエラはヴィシスと戦って敗れ、敗北後には力を奪われてひどく弱体化している。

そのロキエラは、ヴィシスとの戦いに有益な情報を持っているという。

「この伝書は、余が送り込んだ間者のもので間違いなさそうだ。信用してよいと思う」

「それに——これがもし罠なら、今ほどの神族の情報は必要のない雑音と言えます。わざわざヴィシス側が、自らに不利な神族の存在をこちらへ明かす意味はないかと」

「なるほど……言われてみればそうだな。それにしても、ヴィシスの真の目的が……天界への反逆とは……」

「人間を遊具扱いして苦しめるというのも……あの女神らしいと言えば、そうですが」

「いずれにせよ——我々人間には害悪でしかない存在、というわけか」

〝証拠は手はず通りスマホに録音してあります〟

伝書にはそう記されていた。

ニャンタンはそこも見事にやりきってくれたようだ。

ただし対ヴィシス用の情報については、

「伝書によれば、このロキエラという神族は力を使い果たした状態にあり、今は意識を失っているとのことです。彼女の持つ対ヴィシス用の情報を伝書に書き込む余裕までは、なかったようですね」

「ならば、こちらから人を送るべきだな。追っ手が送り込まれるのも十分考えられる。その肝心の情報を得られぬまま追っ手に始末されたでは、やりきれん」

言って、狂美帝が懐から地図を取り出した。

卓上に地図を広げる狂美帝。その卓は、先ほど二人の会話中にヨヨが手早く用意してくれたものだった。狂美帝が指で地図の一部を示し、

「アライオンの王都へ行く場合、我々が今進んでいるこの大街道を行く経路が最もよく使われている。大軍であるほどこの経路を使うことになろう。一方で……」

狂美帝が指を、大街道から下へ滑らせる。

「ここから南の方へ行くと、バクオス領内を経由してアライオンへ向かう経路も存在する。こちらは大軍を用いた行軍には向かぬが、一応、戦略には組み込める経路だ」

「ニャンタンたちが予定進路として伝えてきたのは、こちらの――南にある経路の一つですね」

ニャンタンは、あえて辿る予定のルートを伝えてきている。

おそらく、こちらの判断で助けを送れるように。

追っ手が放たれている場合、彼女たちの戦力だけでは太刀打ちできないかもしれない。

聖は考える。

（やはり、こちらから戦力を……）

「では早速、我が軍から迎えとして戦力を送り込もう」

「………」

「どうした？」

聖は、頭に浮かんだその懸念を口にした。

「もし、そのロキエラという神族がニャンタンに同行している事実をヴィシスが摑んでいる場合――なんらかの方法で、強力な追っ手を差し向けると考えられます。これは私の憶測にはなりますが、敵対しているらしい以上、ヴィシスにとってこの同行している神族はかなり鬱陶しい存在なのではないでしょうか」

「……それなりの強さの者が行かねばならぬ、ということか」

「私が行きたいところですが――」

ムニンのいる馬車を見る聖。

事情を察して罪悪感にでも駆られているのか。

後部の幌に半身が隠れた状態で、ムニンが申し訳なさそうにこちらを見ていた。

「私は彼女を守り、その安全を確保する役目があります。彼にそれを任されましたし、他にも、ここでの役目があります。ですが……」

どうすべきか、聖は迷った。

ロキエラという神族はこの戦いの鍵になる気がする。

ニャンタンのスマホの録音記録もだ。

クラスメイトたちにしても、綾香のために無事辿り着かせねばなるまい。

これは、とても大きな好機といえる。

（ただ……）

自分は、三森灯河の代理としてここにいる。

この本軍を離れても、よいものか。

そして、十河綾香を一人置いていってもよいものか。戦場浅葱のこともある。

時間が惜しい。一刻も早く、判断を下さねばならない。

「あーねきっ」

馬車から姿を現したのは蠅騎士装を身につけた――樹。

「……聞こえていたのね」

「迎えにいくのはアタシに任せとけ。ニャンタンは、アタシらの師匠でもあるしな」

馬車の外と内を隔てる縁に足をかけ、よっ、と降り立つ樹。

ムニンがちょっと驚いた顔で、樹が降り立つのを見ている。聖は緩く腕を組み、

「悪いわね……頼める？」

「何言ってんだよ、そのための双子だろ？」

マスクの中でニカッと快活に笑った樹が、容易に想像できた。

「姉貴ができねー時は、アタシが受け持つ。けど、ある時期からアタシ……姉貴に頼りっぱなしだったからな。なんつーか……」

ピースサインする樹。

「こういう時に頼ってもらえるのは、やっぱ双子の妹としちゃ嬉しーぜ」

聖は樹の頭をそっと引き寄せ、抱いた。ぎゅっ、と頭を抱く腕に力を入れる。

「恩に、着るわ」

「へへ……あ、てか――」

聖が腕を離し、樹が顔を上げる。

「移動にはアタシのスキルを使った方がいーかな？　馬も一応、乗れるようにはなったけど……」

消耗は激しいが、固有スキルを用いた高速移動もできなくはない。

そう、魔群帯を通ってきた時のように。

話を聞いていた狂美帝が、ヨヨに馬の手配を指示している。

聖は地図に視線を巡らせながら、

（彼らは馬車三台を連れている。人数の重量を考えても、移動速度はどうしても落ちる。追っ手が放たれているとすれば――おそらくは、どこかの時点で追いつかれる。追いつかれてしまった時、対処できるだけの戦力があればいいのだけれど。いえ……）

それ以前の問題として。

その時にこちらが、間に合うのかどうか。

スキルを使った樹の高速移動。

確かにそういった移動はできるが、魔群帯を抜ける際、常時使っていたわけでもない。

そもそも、元来あれは長距離マラソン的な用途で使うものではない。

聖の【ウインド】との合わせ技で移動速度を〝盛った〟部分もあった。

（それでも……間に合うことを、祈るしかないわね……）

その時、

「その合流の話――私に、行かせてもらえないかしら？」

皆が一斉に、その声の方を向いた。

馬車の後部——ムニンと樹がいたのではない方の、もう一つの馬車。

幌の出入り口を通って出てきたのは、こちらも蝿騎士のマスクを被った少女。

（十河、さん……）

眠っていたと思っていたが、起きて話を聞いていたようだ。

綾香は自分の左胸に手をあて、

「私の固有銀馬なら、ここの誰よりも早く目的地に到着できると思う」

小鳩が説得に失敗したあと、綾香は灯河と桐原のいる場所を目指した。

固有銀馬で、西へと駆けた。

聖はこれについて以前、灯河から地図を使った説明を受けていた。

『鹿島の説得が失敗したあと、あいつはずっと固有スキルで生成した馬を走らせて……この辺りから、この地点まで移動してるんだ。で、俺と桐原の戦いが決着した直後に到達してることから考えると——正直、長距離における移動速度が尋常じゃない』

移動速度が、常識内のそれではない。

長距離移動という点において、確かに彼女の固有銀馬以上はあるまい。

しかも固有銀馬で到達したあとも、彼女は灯河たちを追い詰めている。

『聖が来てなかったら、俺たちは十河に制圧されてたかもしれない』

あの三森灯河がそれほど評価する戦闘能力。

それもすでに、常人の域にはないと言える。

この局面に最も適しており、最も強いカード。

やはり十河綾香は、規格外のカードなのだ。

その彼女が出てくれるなら、それは願ってもないことなのである。しかし、

「──大丈夫、なの？」

「ええ。大丈夫、だと思う……個人的には、だけれど」

一応周りを気にして、聖の名前は呼ばないようにしているようだ。

つまり……頭はしっかり、働いている。声にも、しっかり生気がある。

「きっとベインさんと……そして何より、あなたのおかげ。ごめんなさい……私、みんなにもあなたにも……迷惑ばかり、かけてしまって」

「そんなこと──」

「だからお返しを──償いを、させて欲しいの」

芯の通った声。ぶれていた芯が、確かに戻っている。

どころか、以前よりも太い芯が通っている気がする。けれど、

「まだ万全ではない……そうね？」

「……ええ」

マスクの中で綾香が苦笑したのが、わかった。

「だけど、ここは私がやるべきという気がしたの。でも……最終的にはあなたの判断に従う。あなたが無理だと思ったら……私は待機に戻って、回復に専念する」

大切なクラスメイトが、助けを待っているかもしれない。

少し前までの綾香なら絶対に行くと言ってきかなかっただろう。

いや、今すぐにでも行きたい気持ちはあるはずだ。

しかし今の綾香は、聖が止めるならば我慢すると言っている。

彼女が冷静な証拠と見て――よさそうに、思える。

あるいはこれも、自分を信用させるための演技なのか。

否、と聖は即座に判断する。

自戒を込め、マスクの下で薄く微笑む。彼女は〝彼〟ほど器用な人間ではない。

だからこそ、信用できるとも言える。

それでも真偽判定は一応使用する辺りが、自分の卑しさだと言えるが。

(やはり私ではなく、十河さんのような人間こそを善人というのよ……三森君)

綾香は、

「もし……あなたの言うことを聞かずに私一人でアライオンの王都を目指していたら……大街道のルートを、突き進んでいたかもしれない。ニャンタンさんたちと入れ違いになって……私は独り、みんなのいない王都に辿り着いていたかもしれない。焦る気持ちに任せて飛び出さずに……言われた通りニャンタンさんを、ミラの間者の人を——みんなを信じて、よかったった。だから、私はあなたにお礼を言いたい。ありがとう、って」

（十河さん……）

ここはもう——このカードを切る以上の手はあるまい、と。

聖は、決断を下した。

そして、綾香の正面に立つ。

「いいかしら？　あなたを……頼らせてもらって」

綾香は脇を締め、逆手に力強く拳を握りしめた。

「任せて」

聖は両手で綾香の手を取り、きゅ、と緩く握り込んだ。

「彼らのことを、お願い」

さらに綾香との距離を詰め、聖はそっと顔を寄せた。

そうして耳元で、囁くように言った。

「私の方こそ——ありがとう、十河さん」

◇【ニャンタン・キキーパット】◇

ニャンタン・キキーパットは、馬上から背後を振り返った。

後方に砂塵が見える。

「差し向けられましたか、追っ手が」

この一帯は枯れた地である。

要衝を作るにも価値のない、だだっ広いだけの地域。

荒涼としていて、草木が育つのにも適さない。

昔は大きな川が何本もあったという。が、川はずっと前に涸れてしまった。

かつてはバクオスからウルザへの近道とも言われていた。

けれど大街道やその周辺の経路が整備されるにつれ、廃れていった。

今では、後ろ暗いところのある者たちが使うくらいだと聞く。

ニャンタンたちはそんな世から忘れられた経路を選び、ウルザを目指していた。

「…………」

縦に並んで進む三台の馬車。

ニャンタンは馬の速度を落とし、真ん中の馬車の御者台の横に馬をつけた。

「来たようです」

ニャンタンにそう言われて御者が首を伸ばし、後方を確認する。

馬車の御者は、主にミラの間者とその仲間が受け持っていた。

御者が口端をきつく結び、

「このままだと追いつかれますね。くっ……もう少しでウルザ領内に入れるところまで、来たのに……」

間者によれば、本軍は現在ウルザ領内を移動しているはずとのこと。

自分たちは、もうアライオン領は抜けている。

が、ここはまだバクオス領内。目的のウルザ領内までは、到達していない。

ミラ本軍との合流は近い、とは言いがたい。

「馬車を一度止めて、全員で迎え撃つべきでしょうか？」

御者がそう尋ねる。

どうすべきかニャンタンは迷った。自分が残って食い止めるべきか。

馬に乗って馬車隊の先頭を行くカヤコ・スオウを見る。

彼女たち勇者も戦闘訓練は積んでいる。実戦も経験済みだ。

戦力にならないわけではない。しかし——犠牲が出ないとは、言い切れない。

守り切れるだろうか？　自分一人の方が、対処できるのではないか。

ニャンタンがそんな思考を必死に巡らせていると、

「？」

両手側の岩壁の上……。

（砂塵が、上がっている……？　まさかっ――）

御者も、ニャンタンの視線を見て気づいたようだ。

「くっ」

（馬車の速度はこれ以上、上げられない……）

左右の砂塵はそのまま、こちらの馬車隊を追い越していく。そして敵は、ニャンタンたちの進む道へ降りやすい斜面を選び、前方の左右から駆け下りてきた。

あっという間に、前方に回り込まれてしまった。

「道が、塞がれた……」

馬車は停止――停止するしか、ない。

「く……遠目に捉えやすい平原を避けたのが、逆にあだになってしまったのか……」

御者が歯嚙みする。

移動速度に覚えのある部隊を先行させ、こうして蓋をさせる。

そして、後方の部隊がそこに追いつく算段だろう。

こうして溝のようになった道では、前後を塞がれる危険がある。しかし、まずこちらの馬車の姿を発見されないのを優先した以上、この道を選ぶしかなかった。

（しかも、前方に並ぶあれは……）

「ニャンタン殿、あれはおそらく――」

「ええ」

聖体。

上半身が人間で、下半身が馬の姿をしている。

人馬一体となった亜人のケンタウロスに似ている。

しかし無機質な白一色の身体と金眼は、明らかに聖体のものだ。

さらに聖体は、武装していた。

（数は……全部で五十はいる……）

蹴散らして進むにはなかなか難儀な数に思える。

一体当たりの強さもわからない。

特に、他と比べて明らかな巨体を持つ人馬聖体が四体、まじっている。

巨大な剣を片手で持っており、ただならぬ雰囲気があった。

「ねーたま？　どったの？」

馬車の幌には覗き窓がある。

窓代わりの布が開き、顔を出したのは――あどけない顔の少女。

「シルシィ……」

少女は、ニャンタンの三人の妹の一人である。
人質になっていた三人の妹。
ここへ来る途中、ニャンタンは彼女たちを救出していた。
妹たちはアライオン南西の村にいた。
村には身寄りのない子どもを預かる施設があり、妹たちはそこにいた。
施設にはヴィシス教団が関わっていたそうだ。
子どもたちは村の習わしとして、外出時にはお面をつける。
村には、そんな決まりがあった。
これはヴィシスの案ではなく、元々そういう風習があったようだ。
幸いなことに、ひどい扱いは受けていなかったらしい。
ニャンタンは、かつてのヴィシスの言葉を思い出した。

『いいですか？　人質とはまず、無事だからこそ価値があるものなのです。大切な人が平和に暮らしているのを実感させてこそ、継続的にがんばろうと思ってもらえるのですね。自分ががんばっているからあの大切な人は幸せそうに笑顔でいられるんだ、と……正の感情のやりがいを与えるわけです。長期を見据えると、この方が負の感情より縛りやすいのですよ〜。ふふふ……まあ人質に〝ひどいこと〟をして、幸せから一転不幸に陥れた時の落差を見るが好きなのもあるのですが♪　不幸な人が不幸になっても面白くないですけど、幸せな人が不幸になるのはやっぱり面白いのですー。ふふ、無能を晒したり、私を裏切ったりした者にはそういう制裁を見せつけてやりますよー。あーかわいそう！　あなたが無能なせいで、あんなに幸せそうだった人質さんが——ああっ——あんな不幸になってしまって！　でも自業自得ですし自己責任です♪　泣いて謝っても許しません♪　これが面白いのです♪　あ、ニャンタンは幸薄そうなので、もっと幸せになってくださいね？』

直近は怪しくなっていたが。
ヴィシスはニャンタンに、まだ利用価値を見出していた。
道具として価値があるうちは、人質もそう悪い扱いは受けない。
この点は、ヴィシスの個人的嗜好に救われた形とも言える。
ヒジリの手紙のおかげでその施設の情報は事前に知れた。
妹たちを無事逃がせそうな経路も。
ヒジリは、時間帯ごとの施設の人の動きまで調べ上げていた。
そのおかげもあって、幸いなことに救出は簡単だった。
この辺りはヴィシスの徒——間者としての訓練も活きた。
最初に顔を合わせた時、妹たちには声を出さぬよう頼んだ。

三人とも泣きじゃくっていたが、声は抑えてくれた。

やっぱり――とてもいい子たちだと、再認識した。

そのまま、ヒジリから教えてもらった施設の秘密の地下道を抜けた。

そうして施設から離れ、ミラの間者の待つ馬車のところまで戻ってようやく――

『ねえさん！』『ねーたぁん……』『ねーたまぁあああ――ッ』

〝ニャンタンは大事な任務でしばらく会えない〟

〝けれど、その長い任務が終わったら必ず迎えにくる〟

妹たちはそう言われ、あの施設でその時をじっと待っていたそうだ。

ヒジリは自分で救おうかとも考えたという。

が、妹たちが消えればヴィシスは必ず違和感を持つ。

ニャンタンにいらぬ疑いが向けられるのは言うまでもない。

正しい判断だった、と言えるだろう。

幌の窓から無垢(むく)な顔でこちらを見ている妹に、ニャンタンは優しく微笑(ほほえ)みかけた。

「ごめんなさいシルシィ……少し怖いことがあるから、みんなと一緒に中でいい子にしていてくれる？」

「わかった」

ぺたん、と窓が閉まる。かと思ったら窓がすぐ開き、

「ねぇたん」

他の妹のニョノが顔を出した。

ニャンタンは同じく、安心させるように微笑みかける。

「わたしに任せてちょうだい、ニョノ」

「そうよ。ねえさんに任せておけば大丈夫だから。ほらニョノ、こっち」

「ライア、いたぁい。わかってるからぁ」

一番年上のライアが、ニョノを中へ引き込んだ。

妹たちは、ニャンタン以外に対しては互いに名前で呼び合う。

しっかり者のライアは、少し……あの勇者を思い出させる。

壊した――と、ヴィシスが言った勇者。

ちくり、と胸が痛んだ。

その時、

「みんな、行こ」

馬車の中から、勇者たちが出てきた。

最初に外へ出て馬車の中に今呼びかけたのは、エリイ・ムロタ。

状況はもう理解しているようだ。

カヤコを含む一番前の馬車の中にいたカヤコ班。

彼らも外へ出て密集し、すでに戦闘態勢に入っていた。

最後尾の馬車からは、元ヤス班のニヘイ班が出てきている。

「ニャンタンさん……あたしらも、戦うよ」

「……しかし」

「この状況じゃ、やるしかないっしょ。泣き言で乗り切れるなら泣きたいけどさ」

「室田さんの言う通り、私たちもやります」

背中越しに力強く言ったのは、先頭の方で騎乗しているカヤコ。さらに、

「やろう、みんな」

そう言ったのは、モエ・ミナミノ。

当初は勇者たちの中でも極めて気が小さい少女という印象だった。

いや——今もだ。

その声は、震えを必死に押し殺したものだった。

しかし今のモエは、この世界で得たものがある。

おそらくは——勇気。

「綾香ちゃんは……私たちを守るために、た、戦い続けてくれた。ニャンタンさん、言ってたよね？　私たちが生き残って合流するのが、綾香ちゃんを守ることにもなる……って。だから——」

モエが涙目で剣を抜き、構える。

「生き残ろうよ――戦って」

御者をしていた間者たちも御者台を離れ、武器を手にする。

うち二人は弓矢を手にし、後方へ向かった。

先頭側へ突撃をかけるのは、あまり気が進まない。

まず、聖体の強さが不明な状態で一斉突撃をかけるのは危うすぎる。

いらぬ犠牲が出かねない。

ならば陣形を組んで迎え撃つ形の方が、生存率は上がるはずだ。

敵を観察しながら、最適な戦い方を組み上げていく方がいい。

服の衣嚢(いのう)に触れる。

このスマホが一つしかない以上、軍魔鳩(ぐんまきゅう)に運ばせるのは危険に思えた。

確実に届けたい情報がある場合、二羽以上軍魔鳩が放たれることもある。

しかしスマホが一つしかない以上、それは無理である。

この証拠は――スマホありき。

それでも危険を承知で送るべきだったのだろうか?

あれ以降、ロキエラは一度も目覚めていない。

今もロキエラは、馬車の中で眠っている。

（なんとしてでも——）

スマホとロキエラは、送り届けなくてはならない。

ニャンタンも、覚悟を決める。

「皆さん」

ニャンタンは、魔導剣を腰の後ろに装着した。

剣が光を放ち、のびる。そして、長々とした尻尾のようにうねり出す。

両手には短剣を握り、構える。

「力を、貸してください」

指示を素早く出し、陣形を整えたところで——

ザッ！

敵の後方部隊も、追いついた。

先頭の人馬聖体には、何人か人間が乗っていた。知った顔だった。

「あなたは、アライオン騎士団の……」

その老人は白く長いあごヒゲを撫でながら、

「左様。儂はアライオン騎士団長ヒンキ・キュルケイム……ニャンタンよ、ヴィシス様はそなたに深いご不快感と失望を示されておられたぞ？　まったく、あのお方から格別に目をかけてもらっていたというのに、もったいないことを」

「ヴィシスは人間を玩具のように考え、未来永劫痛めつけようとしているのですよ？　彼女は、人間を救いません」

「選ばれれば、よいのじゃろ？」

「――――ッ」

「ヴィシス様も、生き残らせる人間は自分が選別すると言っておった。つまりいくらかは残すということじゃ」

　自分の考えを、ヴィシスはこの男に話したのか。

「ふふ……我が騎士団の者がそなたたちを目撃し報告したのが幸いしたわ。ちょうどヴィシス様はそなたの姿が見えぬと城内を捜し歩いておった。そこで儂がご報告したのだ。ああ、そうそう――そなたの死に方についてはヴィシス様から注文が入っておってな？　目の前で妹たちを切り刻み、その血肉をそなたの喉奥へ詰め込んで窒息死させよ、とのことじゃ」

　舐めるように、ヒンキがニャンタンを視線でなぶる。

「ふふ、しかし……あのニャンタン・キキーパットを思うまま蹂躙できる日が来るとはのう。王都に儂の代理として置いてきた副団長も、泣いて悔しがるだろうて」

　ヒンキはようやく報われたとでも言いたげな顔をして、

「ヴィシス様ではなく、あの役立たずの堅王の私兵的色合いの強い儂らアライオン騎士団は、長らく不遇をかこっておった。十三騎兵隊の連中は実に目障りじゃったわい。消えた後も新生アライオン騎兵隊などと……やれやれ、蛆のように湧いてきおる。じゃが、ようやく好機に恵まれた。ここで儂の有用性を示せば儂は選ばれし人間となれる。そういう意味では――」

怪なる笑みをニャンタンへ向けるヒンキ。

「席を空けてくれて礼を言うぞい、ニャンタン・キキーパット」

「勘違いしているようですね、ヒンキ」

「おぉ？　負け犬の遠吠え――いや、負け猫の虚勢か？　ふっ、嘆かわしい……」

「ヴィシスはもう、人間のことなどなんとも思っていません。各地のヴィシスの徒が招集されていないことからもわかります。もはやあの女神は、側近に等しい存在の神徒と共に天界へ行くことしか考えていません。そして天界の方が済めば……人間を遊び殺す遊戯が、始まるだけです」

「知らぁん」

空とぼけるように、ヒンキが視線を明後日の方角へやった。

「老い先短いこの身じゃが……ヴィシス様は、こうおっしゃった。有用性を示せば儂や騎士団の者を半分神に造り替え、働き次第では重用も検討すると。半神となれば、もはや儂はただの人間ではない。儂の寿命ものびるときておる……最高ではないか」

働きを見せればおまえだけは生き残らせてやる。

ヴィシスお得意の人心掌握術の一つ。

「ゆえに、そなたの甘言には乗らんよ。ふふ……それに、勇者どもも何人かは痛めつけがいがありそうじゃ……のぅ？」

隣の騎士に話しかけるヒンキ。

「そうですな。ですがわたくしはやはり、ニャンタン殿の方が……」

「ふふふ……この好きモノめ」

「はは……これは、参りましたな。いやしかし、この人馬聖体というのはすごいものですなぁ。疲れを知らぬ馬とは、実に素晴らしい。しかも我々の命令には忠実……文句一つ言わぬときている」

「そうじゃな。貸し与えてくださったヴィシス様は出来損ないの聖体などとご謙遜されておったが……これは、戦争そのものを大きく変えるぞい。何より――」

ヒンキが号令をかける準備をするように、右手を挙げる。

「純粋に、兵として強力すぎる」

老騎士団長の背後には１００を超える人馬聖体。

しかも、ただならぬ雰囲気の巨体を持つ聖体があちらには二十以上はいる。

「そうじゃなぁ……ニャンタンよ？　膝をつき頭を垂れ、降伏し、儂らの命じることをすべて受け入れるなら……妹たちだけは、こっそり助けてやってもよいぞ？　どうする？」

ヒンキの下卑た笑み。ニャンタンは耳を貸さず、構えたまま間合いを計る。

（聖体は確か……指示を出す者がいなくては兵として機能しない、と使い魔が言っていた。ヒンキの左右を守るあの二体の巨聖体の反応速度を超え、ヒンキと他の三名の騎士たちを素早く仕留められれば、あるいは……しかし——）

隙がない。

ヒンキは問題ではない。

問題は、巨聖体。

もちろん、あの神徒たちには遠く及ばないのだが……。

あえて乱戦に持ち込み、揺さぶりをかけて隙を作るか？

多少の危険は、覚悟しなくてはならないが。

——だめだ。

巨聖体が想定以上に、隙がなさすぎる。乱戦に持ち込む余裕すら、与えてくれまい。

この戦闘前の見立ての状態ですら、手強い。

自分では一対一でようやく、くらいなのではないか？

いや、一対一でも果たして勝てるものか……。

「……くっ」

「ふふ……ようわかっておる。そう、儂を守るこの聖体たちはただならぬ空気を纏ってお
る……儂があの第六騎兵隊に感じた危険な空気よ。儂はな……こういう空気を持つ連中に
逆らわず好機が巡ってくるのを待つことで生き残ってきた。ふふ……わかってしまうのが
苦しいのぅ？　敵の力量を感じられるその実力が、逆に不幸と言えようて。ふふふ――

跪けい、ニャンタン。ここでおまえら若造をこのヒンキが、ズタズタに――」

　ゴッ！

「……がッ」

鈍い音と、ヒンキのしわがれた濁り声。

彼は白目を剝き、そのまま馬上から転げ落ちた。

「？」

（今……ヒンキを守っていた巨聖体が、遅れて反応した？）

ヒンキの額を打ったのは――槍の柄底、だった。

飛来した槍に巨聖体が反応できてなかったように、見えた。

あれほど隙のなかった巨聖体が。

反射的にニャンタンは、槍の飛んできた背後の方を振り返っていた。

先頭側を塞いでいた聖体たちの、その向こう側。

空中に――銀の球体が、浮かんでいる。

その球体が、破裂した。

周囲へ飛び散ったその銀の液体は、不思議なことに空中でとどまった。

銀の液体が――武器の形を、成していく。

そうして、先頭側を塞いでいた聖体たちがあっという間に蹴散らされる。

いや、蹴散らされたのだとニャンタンが認識した次の瞬間にはもう――

ズザザザザァァアアアアア――ッ！

本来の馬ではありえぬ急制動の姿勢で、それは、ニャンタンとヒンキたちの間に、割り込んできた。

その手には銀の剣が、握られていて。

蠅騎士の周囲に展開されているのは、銀の浮遊武器であった。

「――ふぅぅぅぅ」

ずっと止めていた息を、吐き出すみたいに。

仮面の蠅騎士が、ひと息に呼吸を整えた。

蠅騎士は上体をわずかに斜め下へ倒すと、馬上にて、聖体たちの方を向いた。

「あなたたちは――――誰に、何をしようとしていたの？」


ズシッ、と。

突然、見えない重しが身を包んだような感覚に襲われた。

声は静かで落ち着いているのに。

身体（からだ）の芯を締めつけるような威圧感が、そこにはあった。

ヒンキの隣にいた騎士が青ざめ、

「ば、馬鹿なっ……おまえ、は……」

銀の馬に乗った蠅騎士が、その仮面を外す。

中から現れたのは、汗まみれの顔だった。

しかし彼女の顔に疲労した様子はなく、むしろ気力に満ちている。

「ありがとうございます、ニャンタンさん」

蠅騎士――アヤカが礼を言い、カヤコたちのいる方を見た。

一方、他の勇者たちはようやく放心状態から復活したらしい。

「あ――綾香（あやか）、ちゃん……ッ!?」「十河（そごう）……さ、んっ」「委員長ぉぉおおおお！」「マジかよ!?　十河さん!?」「そ、十河!?　十河なのか!?」「綾香ぁあ……」

勇者たちは、感情を爆発させていた。

アヤカは安堵と慈しみに満ちた表情を浮かべた後、ニャンタンに言った。

「みんなを王都から連れてきてくれて、本当に……心から、お礼を言わせてください。そして――」

アライオン騎士と聖体たちの方を見据えるアヤカ。

「あっちは、私に任せてください。ニャンタンさんは一応みんなをお願いします」

「しかしあの数を、キミ一人で……」

「MPが足りなくて固有騎士たちは出せませんけど、浮遊武器はそれなりに展開できます。だから……」

ミシッ、と。

アヤカの顔に、太い血管が浮き上がったように見えた。

「あのくらいの強さと数なら――私一人で、問題ないはずです」

推し量れている言い方だ。ある程度、相手の力量を。

「くっ……気絶してしまった団長の代わりに……わ、わたくしが指示を出します！　ゆ、ゆけぇ聖体ども！　S級勇者が……なんだというのだぁあ!?　数で押し潰せ――数で！と、特に……あれだ！　他の勇者を狙え！　他の勇者を盾にすれば、アヤカ・ソゴウもやりにくく――ひぃっ!?」

無言の綾香に視線で射貫かれた騎士が、途中で、言葉を紡げなくなった。

ガタガタと震える騎士。

アヤカは視線だけで射殺しかねないと思わせる――そんな鋭い目つきを、していた。

あくまでほんの一瞬だったが、ニャンタンも、背筋が冷える感覚があった。

「わ、わわわわ……わぁあああ!? や、やれぇぇえ！　聖体ども……早く！　早く、その女を始末しろ！　早く、やれぇ――――ッ！」

もう視界に入れるのも恐ろしい、とばかりに。

氷槍(ひょうそう)のような視線によって射竦(いすく)められた騎士は、恐慌状態に陥っていた。

聖体たちが命令通り武器を構え、動き出す。

（なっ――）

ニャンタンからすれば、それは、瞬(まばた)きほどの間に起きたことであった。

二体の巨聖体が一瞬でアヤカへと肉薄し、実に見事な間合いへ踏み入ったのである。

たった、一足で。

二体の巨聖体の息も、合いすぎるほど合っており――――断裂。

（……え？）

気づくと。

二体の巨聖体は、いくつかの肉塊に分解されていた。

アヤカは、武器を振るった後の余韻を残した状態で立っている。

斬ったのだ。

目にも留まらぬ速度で——あの二体を。

「たくさんの人たちの許しと支えがあったおかげで、私は……」

銀の剣を、迫り来る聖体たちへ向けるアヤカ。

すると浮遊武器が一斉に、

「みんなを守るために今——ここに、いられる」

聖体たち目がけ、襲いかかった。

◇【三森灯河】◇

——ペキッ——

肩に当たった木の枝が、折れる。
俺は重い足取りで、森から出た。
木々は途切れその先には平原が広がっている。
ここを少し西方面へ行くと、パヌバ砦に辿り着くだろう。
セラスとスレイの姿が見えた。
指定通りの場所で待っていてくれたようだ。
二人は戦いの途中で予定通り魔群帯の外へ退避させた。
あとのことを考えると、二人には先に休んでもらう必要があった。
スレイは言われた通り休息のため眠っているみたいだ。
セラスも休んではいるが、眠れてはいまい。精霊との契約があるからな。
俺にセラスが気づいた。
俺は時おり膝を折りそうになりながら、一歩一歩足を進める。
セラスが近づいて来ようとしたので手を上げ、大丈夫だ、と伝える。
しかし俺は——がくっ、と膝を折った。

身体がそのまま前へ倒れ込もうとする。
その時、木の葉が激しく破裂するような音がして。
何かが砲弾のように、俺目がけて飛来してくるのがわかった。
「！　トーカ殿――」
咆哮（ほうこう）もなく飛んでくるそいつは、ふらつく俺に迫っている。
俺は肩越しに振り向く。
全長6メートルくらいの――中型人面種（じんめんしゅ）。
素早く右手をそちらへ向け、
「【パラライズ（麻痺性付与）】」
人面種が俺へ到達する前に、状態異常スキルを決める。
セラスは、起源霊装を身につけて駆けつけようとしていた。
俺は、勢いそのままに飛んでくる麻痺（まひ）した人面種を躱（かわ）す。
受け身すら取れず地面に転がったそいつに【バーサク（暴性付与）】でとどめを刺す。
そいつを見下ろし、
「演技に、決まってるだろうが――間抜けが。つくづくテメェらも、学ばねぇな」
実際は足がそこまでふらつくわけではない。
弱った振りをすれば出てくると踏み、演技をしていた。

イヴたちと魔群帯でエリカの家を目指していた時も、最後まで俺が弱るのを待っていたヤツがいた。今回も、一匹だけどこかに潜んでいる気配があったのだ。

用心深いのかまるで出てくる様子がないので、一芝居うってみた——というわけである。

仲間のところへ俺が辿り着き安堵に満ち溢れる。

人面種はその瞬間を絶好の隙とみて攻撃に踏み切ったのだろう。

俺もそれは理解できる。安堵した瞬間は、隙が生じやすい。

まだセラスの疲労が抜けてなさそうなのも、観察で把握済みだったのではないか。

「が、俺がそこまで弱ってなかったとこまでは……見抜けなかったらしいな」

セラスの起源霊装の展開も、注意を一瞬逸らすのに効果があった。

……つーか、結果的に起源霊装を使わせたのは悪かったな。

今、そのセラスは策のための演技だったと気づき、ホッと胸を撫で下ろしている。

「それと俺には後ろに目がある。背後から襲っても奇襲効果はそんなに高くねぇよ」

「ピギッ」

「ピギ丸、最後にひと声……頼んでいいか」

最初の時と同じく、拡声石でピギ丸の鳴き声を拡大してみる。

しばらく待ってみた……が、金眼が追加で襲ってくる気配はない。

ま、仮にまだ残ってたとしても。

警戒し恐れて出て来る気がなくなったのなら、それはそれでいい。

魔群帯の中でそのまま、おとなしくしてろ。

「トーカ殿っ」

ゆっくりと歩み寄ってきていたセラスが、近くまで来た。

「悪いな。何も言ってなかったせいで、霊装を無駄に使わせちまった」

「いえ……ご無事なのが何よりです。一瞬、こちらに人面種の気を引けた気もいたしました——あ、いえ……それがなくとも勝てたのは承知しておりますが……、——あ」

俺は通り過ぎざま、セラスの肩に手を置いた。

「ありがとな、セラス」

「ぁ——はいっ」

さっきの騒ぎのせいか、スレイも目を覚ましていた。

「パンピィ♪」

おかえり、と言ってるようだ。

「ちょっとは休めたか？」

「パキュ♪」

背中をこっちに向け、水晶球をアピールしてくる。

移動するのはわかってるから早く魔素を注げ、と言っているようだ。

「悪いな……それじゃあ、頼む」
俺たちはそのあと、あの魔帝器が使用された砦に立ち寄った。
残ってる人面種がいないか確認するためだった。
あとは一応、生存者がいるかどうかを。
砦の中は外と同じくらいひどい有様だった。
死臭もひどい。死体には蠅だけでなく、蛆も湧いていた。
砦の中の惨状は……言葉にするのも、おぞましい。
金眼の魔物も、人面種もいなかった。生存者も。
砦を出ると、俺たちはロウムたちのところを目指した。
俺は馬上で蠅王のマスクの状態を確認しながら、
「もうだめそうだな、これは……」
今回の戦いでは、けっこうな数の人面種や金眼の魔物を殺した。
何もかも容易く勝てたってほどでもない。
苦戦まではいかなかった——と思う。
しかしそこは、さすがに最強と言われる北方魔群帯深部の人面種たち。
セラスが抜けたあとは、そこそこ手ごわさを感じる局面があった。
合体技も使い切ってしまい、ピギ丸を休ませていた時間もあった。

俺一人で、となったその時間が最も神経を使ったかもしれない。

ただ、それに至るまでのレベルアップが確実に効いていた。

危なかったとまでは言わないが。

楽勝、ともいかなかった。

なので蝿王のマスクとローブも、大分ボロボロになってしまった。

振り返ったセラスが苦笑し、

「ローブの方も修繕を重ねてきましたが、さすがにそろそろ厳しいでしょうかね……」

「だな……」

そろそろ新しい蝿王のマスクとローブの出番、か。


俺たちは、ロウムたちのいる野営地へ戻った。

ロウムとミラ兵が俺たちを見つけるなり駆け集まってくる。

俺は砦のことや戦いの成果を伝えた。

皆、驚いていた。

同時に、かなり元気が出たようだ。もはや英雄がごとき扱いである。

ただまあ、

〝勝てそうもなかった敵に勝てた味方がいる〟

これが希望を与える要素になるのは、よくわかる。

一方で、連れ帰ることのできた生存者はいなかった。

これも、受け入れなければならない一つの現実だろう。

俺は彼らの仲間にお悔やみを言った。が、そこはさすがに軍人というべきか。

俺たちが戻ってくる間に、彼らもそれなりの心の整理をつけていたようだ。

目を逸らすでもなく、過剰に引きずるでもなく。

悲しみつつも先へ進むために受け入れる、といった様子だった。

……こういうとこはやっぱ兵士、って感じなのかもな。

それから、軍魔鳩（ぐんまきゅう）でリィゼたちに進軍の停止解除を伝えてもらうよう頼んだ。

「念のため、人面種や金眼の魔物が魔群帯から出てきそうな様子がないか、ハーピー兵に偵察してもらいながら進むようお伝えください」

「承知いたしました」

「では、最果ての国の方々のことをよろしくお願いいたします」

「お任せください。あの、蠅王殿……急ごしらえの野営地ではありますが、ここで少しお休みになられてはいかがですか？　お休みになっている間に、最果ての国の方々と合流できるかもしれませんし……」

「いえ、ワタシはこのままこの黒馬で戻ります」

「そう、ですか……かしこまりました。陛下も蠅王殿がいち早くお戻りになれば心強いでしょう。東の戦場でまたご一緒できることを、祈っております。それでは、どうかお気をつけて」

俺は礼を言って、そのまま東へスレイを走らせた。

今はセラスが前で、俺が後ろに乗っている。

そう、スレイを先に魔群帯から離脱させておいたのはこのためだった。

休ませておいて、あまり時間を置かず聖たちのもとへ戻れるように。

「セラス、しばらく寝ようと思うが……いいか？　睡眠でＭＰの回復をしたいってのもあるが……さすがに少し、疲れた……」

「もちろんでございます。どうぞ、私の背に身を預けてくださいませ。スレイも、トーカ殿が落ちないようお願いいたします」

「ブルルッ」

「……悪いな、二人とも」

背から抱き着くような形でセラスの腰に手を回し、寄りかかる。

セラスの背中に顔をつける……。

なんというか……ホッとする感覚がある。

モンロイを出たくらいの頃はセラスも照れ照れだったが。

今となっては、慣れたものだろう。

ん？　セラス？

「………」

さすがにもう慣れてる、よな……？

しかしそこを確認する間もなく。

すぐに眠気が、襲ってきた。

さらに眠りを誘う断続的な振動。

深い心地よさに包まれ、まさに意識が途切れかける寸前――


「大好きです、トーカ殿」

ふと耳に届いたそのひと言に俺は、

「今さら言わなくてもわかってる――俺も、同じだ」

多分そんな言葉を、返したと思う。

■

〜〜

【トーカ・ミモリ】

LV5999

HP：+17997　MP：+197967

攻撃：+17997　防御：+17997　体力：+17997

速さ：+17997　賢さ：+17997

【称号：E級勇者】

〜〜

5. つながりてゆくもの

意識が、浮上する。

「ん……」

「ピギッ？」

「お目覚めになられましたか」

ピギ丸の鳴き声のあとに、セラスの声。

目を開き、身体を起こす。

「ちょうどよかったかもしれません。今、ミラの本軍が見えるくらいの距離まで来ています」

寝起きでぼやけた視界を補強するように、目を細める。

遠目に、足を止めた軍が見えた。野営して休んでいるところに追いついた感じか。

「ここはウルザを抜け、ネーア領に入ったくらいの場所でしょうか」

セラスが現在地を説明してくれる。

「このまま合流してよろしいですか？　先ほど偵察兵が私にひと声かけ、引き返していきました。今頃向こうにも、私たちが戻ったのは伝わっているかと」

行ってくれ、とセラスに声をかける。次いで、スレイの横っ腹を撫でてやる。

「おまえもお疲れだったな。よくやった」

「ブルルル……♪」

俺たちが行くと、狂美帝らが出迎えた。

人払いは済ませてあり、いつもの幕も張ってある。

限られた人物たちだけが、そこに立っていた。

「よくぞ戻った。様子からするに激戦が行われたと見るが……大事ないか？」

「ええ。少なくとも、例の砦付近に集った人面種たちは駆逐できたかと」

「ふっ……簡単そうに言うが、そちのしたことは大業であるぞ。それにしても……」

狂美帝が馬上の俺をジッと見た。

「何やら、そちがひと回り大きくなったような……気もするが」

別に身長が伸びたとか体格が成長したとかはない。

レベルアップ分の補正値の影響が、そう見せているのだろうか。

「セラスも、よくぞ蝿王を無事送り届けてくれた」

はい、とセラスが頭を下げる。俺たちは、スレイから降りた。

……つーか、馬上から皇帝を見下ろして会話ってのも不敬な話だよな。

狂美帝は気にしてなさそうだが。

「皆さん、無事でっ……」

「ムニン殿」

駆け寄ってきたのはムニン。

「パンピィ♪」

「スレイさんもっ……お疲れさま」

第一形態に戻ったスレイを抱き寄せるムニン。

「ご安心ください、ムニン殿。先ほどトーカ殿がおっしゃったように、最果ての国の方々の脅威になりうる要素は取り除けたかと」

顔を上げ、

「セラスさん……ありがとう。トーカさんも」

「ああ」

ムニンも特に何事もなく無事だったようだ。

「ふふ、セラスさんがいなかったらお礼の口づけをしてあげたいくらい♪」

「手の甲だったら、いいかもな」

「あら、わたしが蠅騎士（はえきし）だから王様に？　ふふ――しましょーか？」

「冗談だ」

「うーん、それじゃあ――」

しゃがんでスレイを撫でていたムニンがずいと立ち上がり、

「──チュッ」

「～っ!?」

　ムニンが、キスをした──セラスのほっぺたに。

「こっちなら問題ないわねっ？」

「ム、ムニン殿っ……」

「セラス、おまえは【スリープ】で少し眠っておけ。俺は助かったが……おまえは、けっこう限界だろ」

　ちょっと嬉しそうに、苦笑するセラス。

「よく見ておられますね……では、お言葉に甘えたく」

　俺は【スリープ】をかけた。

「ムニン、セラスを頼む。スレイとピギ丸も、一緒に休ませてやってくれ」

「ふふ、かしこまりました蝿王陛下」

　スレイたちに手伝ってもらいながら、ムニンは自分が待機、兼、寝泊まりに使っている馬車の方にセラスを運んで行った。

「お帰りなさい。お疲れさま」

　タイミングを見て俺の横に立ったのは、聖。

　周囲に幕があるので、蝿騎士面は脱いでいる。

「そっちこそな。あれこれ任せて行っちまったが、こっちはどうだった？」
聖は、こちらで起きたことについて話した。
俺が向こうに行っている間、こっちも急展開を迎えていたようだ。
「——そう、か」
ニャンタンは王都脱出に成功。
ヴィシスが人質にしていた彼女の妹たちも無事救出。
居残っていたクラスメイトのヤツらも連れ出した。担任の柘榴木(ざくろぎ)も。
ヴィシスが邪悪である事実を示す証拠も、しっかり押さえている。
エリカの使い魔から連絡が途絶えていたのは……。
状況の見極めも含め、接触を試みるのにすべてを費やしていたからか。
そして文字盤ではなく発話でニャンタンに説明をした。
おそらくその負荷の影響で今、エリカは意識を失っているのだろう。
負荷が大きくなればなるほど動けない日数も多くなるはずだ。
多分、けっこうな無理をしてくれたのだと思う。
それから、特筆すべき情報は——
「神族……しかもヴィシスに敵対する神族を連れてるってのは、驚いたな……」
存在するのか疑問視されていたヴィシス以外の神族。

「俺とかおまえが考えてた神族の評定システムみたいなのがやっぱりあって、そこに引っかかったって感じなのかもな」

そして監査部みたいな他の神族が派遣されたが、ヴィシスはそいつらを返り討ちにした。

「対ヴィシスに役立ちそうな情報を持ってるって話なんだろ？」

「その神族は王都にいる頃からずっと眠っているそうよ。起きていれば、軍魔鳩で先にいくつか情報を得られたでしょうけれど」

「その後、ニャンタンたちからの軍魔鳩は？」

「まだね」

「……十河が、向かったんだったな」

「樹も万が一を考えて十河さんを追うようにして向かってもらったわ。けれど、間に合わせるための最善手は彼女だったから。間に合いさえすれば、やってくれるはずよ」

「だな」

精神面も、回復してくれたか。戦闘面ではこれ以上ない味方を得たと言える。

「聖も……よくやってくれたな。十河のことは、俺一人じゃどうにもならなかった」

「どういたしまして――と言いたいところだけれど、私よりも三森君がいたからどうにかなったことの方が多いわよ」

「そう言われると、なんだか照れるな」

「嘘つき」

　さすがは嘘発見器2号。

「浅葱たちは？」

「おとなしくしてるわ。たまにこっちに顔を出すけれど、普段は、狂美帝の指示で皇帝麾下の精兵との連係を強めてる。別働隊として動くためにね」

　浅葱グループは皇帝麾下の愚連隊みたいな扱いになったという。

　選りすぐりの精兵たちと混ぜて運用するとのことだ。

　聖によれば、狂美帝は元々その顔ぶれでヴィシスに挑む予定だった。

「なるほどな。言われてみれば、浅葱が狂美帝と手を組んだのは、狂美帝が最果ての国や俺たち蠅王ノ戦団と手を結ぶより前だしな……」

　元々予定していた形に収まっただけ、とも言える。

　鹿島の方には、あとで少し顔を出しておくか。

「今のところそれぞれ成果は上々、と考えていいか。この本軍は、今足を止めてるみたいだが……」

　聖が問いかける視線で狂美帝を見た。狂美帝が頷きを返す。

　聖から説明してくれ、という了承の表明だろう。

「混成軍には、ほぼ追いついた状況と言っていいわ。向こうはひたすら後退を続けているから、今のところこちらの被害はないに等しい」

逆に、こちらは戦力が増えている。

王都や敵地の砦で捕虜になっていたミラの将や兵が一部、復帰しているのだ。

十河が極力殺さず捕らえさせて捕虜としていたのが、ここで活きてきている。

「ここまで反撃の気配がないとなると、女王さまは本当によくやってくれてるな……」

〝ミラ軍がミラ領から離れれば離れるほど、兵站面でミラ軍は不利になる〟

〝逆にアライオン、ネーア、バクオスに近づくほどこちらは補給面などで有利になる〟

あの女王なら、そんな感じで言いくるめてるのかもしれない。

「今、こちらは混成軍を目前に休息を取りつつ、これからどう攻めるかを話し合っている
──ということになっているわ」

「かりそめ、ってことは……」

「予定通り行けば──明日、ネーアの勢力はこちらに寝返る。向こうから例の文字拾いの
伝書が届いたの。セラスさんからざっと仕組みは教えてもらっていたから」

あれをもう理解してるのか。……理解が早すぎるんだよ、高雄聖。

「ただ、こちらが休息を取っている点は事実よ。さすがに、行軍しっぱなしともいかない
から。例の聖体軍が控えているなら、戦える状態は保たなくてはならないもの。激戦後に
とんぼ返りしてきたあなたたち蝿王ノ戦団も、休む時間は必要でしょうし」

「まあな」

俺は、混成軍のいる方角を眺めた。

「ともあれネーア軍がこっちに寝返るのは――いよいよ明日、か」


翌日の早朝、最果ての国の先行組が追いついた。

数は全体の四分の一ほど。足の速いヤツらだけが先に合流した形となる。

巨狼（きょろう）などの移動特化の魔物も、数が限られるからな。

「来たわよ！」

腕組みをしてふんぞり返るアラクネの宰相、リィゼロッテ・オニク。

久々の再会である。

「よぅ、リィゼ」

がくっ、とリィゼがこけかけた。

「反応が予想以上に薄いのよアンタは！　感動の再会でしょ!?」

「おまえ……感動してるのか？」

「ぐっ――わ、悪い!?　楽しみにしてたんだから！」

黒い豹人（ひょうじん）がリィゼの隣に、すっ、と姿を現す。

「やっぱ楽しみにしてたんじゃねーかよ、うちの宰相サマは」

「うっさいわよジオ！」

「いや、てめぇの声の方がうるせーだろ……」

「ジオ」

「おう、蠅王」

「よく来てくれた」

「うちの国の未来の話でもあるからな」

俺たちからやや離れたところでは、

「やだぁセラスくん元気ぃ!? ムニンくんも〜！ な〜に？ ちゃんと元気にしてたのぉ〜!?」

元気にセラス&ムニンにハイタッチを求めているのは、青肌ケンタウロスのキィル・メイル。

「おまえもよく来てくれたな、グラトラ」

「……お久しぶりです」

ゼクト王の近衛隊の隊長でハーピーのグラトラ。

「やはりそちらの口調の方が自然で、気持ち悪さが減りますね」

「手厳しいな」

相変わらずのお堅い無表情キャラである。

「人面種とかには襲われなかったか？」

「問題なく」

「よかった」

「軍魔鳩から伝えられ、知りました。わたくしたちのためにいささか無茶をしたようで」

「こっちにも利があることだからな。余計な気遣いはいらねぇよ」

「いいえ。止める権利はありませんが、できればやめていただきたいものです」

いつも澄まし顔のグラトラが、どこか咎めるように口を尖らせた。

「蝿王ベルゼギアが死んだ場合、我が国では悲しむ者がたくさん出ますので」

……こいつも、ちょっと変わったよな。

「ちょっとグラトラ！」

「なんでしょう、リィゼ」

「そういう気の利いたことはアタシが言おうと思ってたのに！　どういうことなのよ⁉」

「気が利かず、すみません」

「相変わらず謝罪しても誠意が見えないのよ、アンタはっ！　アタシは宰相よ⁉　宰相！」

形勢不利になった時のズアン公爵みたいになってるぞ、リィゼ……。

その時、

「お」

ロウムが幕内に入ってきて、俺に一礼した。

こちらは手を挙げ、一つ頷いて答える。

しっかりリィゼたちと合流してくれたか。

ロウムはそのまま、狂美帝（きょうびてぃ）のもとへ報告に行く。

リィゼに聞いたところ、アーミアと魔物部隊を含む足の遅い第二軍が後続組だそうだ。

「――ん？」

ふと、見やると。

幕の向こうから一人の少女が、顔を出していた。

「ニャキ」

「主（あるじ）さんっ」

テッテッテッとニャキが駆け寄ってくる。俺はマスクを脱いで膝をつき、

「来たのか」

「来ましたニャ！」

ハッとして、不安げに上目遣いで俺を見るニャキ。

ニャキは人差し指同士をツンツンさせながら、

「ニャ、ニャキも何か主さんたちのお役に立ちたくて……そのぅ……来て、よかったです

かニャ？」

「今回はおまえの意思に任せた形だからな。おまえが来ると決めたなら、それでいい」

ぱぁぁ、とニャキの表情が輝く。

「お会いできて本当に嬉しいのですニャ、主さん！」

俺に抱きついてくるニャキに、横合いから迫る二つの影。

「ピギーッ！」「パキューンッ！」

「ニャ？」

その二つの影の方へニャキが身体を向け、

「ニャニャぁ――ピギ丸さん！　スレイさん！」

ニャキに飛びかかるスレイ。

スレイに乗っていたピギ丸も、ポヨリーンとニャキに飛びつく。

「ニャハハハ！　お二人にまた会えたのですニャ！　ニャキは、嬉しすぎるのですニャぁあ！　やっぱり、来てよかったですニャ！」

ニャキは、そのまま背中から地面に倒れ込んだ。

ちなみに後頭部や背中はピギ丸がきっちり、クッションになって守っている。

「ピニュイ～♪」「パンピィ～♪」

ピギ丸とスレイは、ほんとニャキが好きだな……。

「ニャキ殿」

「――ッ！　セラスさん！」

ニャキは身体を起こし、セラスに抱きついた。

「セラスさん、また……また会えましたニャ！　嬉しいですニャ！」

「はい……私も、またお会いできて嬉しいです」

ちょっとセラスのヤツ、涙目になってるな。

気持ちはわかる。

……つーか、リィゼ。おまえもちょっともらい泣きしてないか？

「ニャキさん」

「ムニンさん！　ムニンさんに作ってもらったニャキ用の蠅騎士のマスク……ちゃんと、持ってきましたニャ！」

「ふふふ。わたしのとお揃いの、ね？」

「はいニャ！」

「ニャキも、蠅王ノ戦団の大事な一員だからな」

「ニャ！」

「蠅騎士面、アタシも欲しい……」

リィゼが、羨ましそうに指を咥えていた。

狂美帝に用意してもらったのがたくさんある。リィゼにも、あとでプレゼントしてやるか。ていうか……微妙に子どもっぽくなってないか、あいつ。

あれで大丈夫なのか、最果ての国の宰相は……。

その時、

「陛下！」

「？」

幕をはね除け駆け寄ってきたのは、ヨヨ・オルド。

「混成軍が、動いたか」

「いえ」

幕の向こうから、さらに別の者が入ってくる。ヨヨがそちらへ振り向き、

「戻りました。彼らが――」

「――――」

その、瞬間。

蠅王ノ戦団の面々と再会を懐かしんでいたニャキが――駆け出した。

ねぇニャねぇニャ、と。

無意識の中で呟くように〝ねぇニャ〟を、繰り返しながら。

ニャキはがむしゃらに、駆ける。

片や猫の耳のようなものを頭につけたその人物も――ニャキ目がけ、走る。

二人の距離が縮まって。

猫耳をつけた方の人物が両手を広げた。抱きとめる準備を、するかのように。

そうして、二人は――抱き合った。

「ねぇニャぁぁあああああ――――うわぁぁあああああああああん！」

「ニャキ……ニャキッ――ごめん、なさいっ……こんなにも迎えに来るのが遅く……なってしまって！　ごめんなさいっ……ごめんなさいっ！」

ああ、そうか。

あれがニャキの、ねぇニャ――ニャンタン・キキーパットか。

ニャンタンの胸に収まって、ひたすら泣きじゃくるニャキ。

辿り着いたんだな……無事。

溜め続けた感情を爆発させるように、泣き喚いている。

セラスは両手で口もとを覆い、言葉も出せぬ様子で泣いていた。

俺たちは、知っているからな。どれほどニャキがねぇニャに、会いたがっていたかを。

「え？　ニャキ……？　ニャキがいる！　ニョノ、シルシィ！　ニャキよ！　ぐすっ……ニャキがいる！」

「ほんとにニャキなのぉ～!?　わぁぁああああんっ……にゃぎぃ……」

「ニャキーッ！　ニャキ、ニャキ、ニャキぃぃ……」

外見の似た小さな子どもが三人、幕の向こうから現れた。

「ぐずっ……え？　にゃに……？　あ——ライア、ニョノ……シルシィ……なの、ニャ？　ほんとにニャ⁉　わぁぁあああライア！　ニョノ！　シルシィぃい——ッ！」

あれが、ニャンタンの妹たちか。

五人揃った姉妹は互いに抱き合い、再会に涙していた。

ニャンタンは、他の四人をまとめて抱き寄せるようにして。

わんわん泣きじゃくる妹たちを、とても大事そうに抱き締めていた。

「…………よかったな、ニャキ」

澄み渡った早朝の空を見上げる。

本当に、

「本当に、よかった」

ニャキを、救えて。

幕からさらに出てきたのは、

「戻りました。全員、無事です」

十河綾香。

「幕ん中ならこのマスク取っていーんだよな？」

高雄樹。

「……あれ……三森、君？」

クラスメイトの勇者たち。

幕を背に立っていたベインウルフが、緩く拍手をした。

「やっぱ勇者だよ、ソゴウちゃんは。そして……無事でよかった、スオウちゃんも……ニヘイも……みんなも」

「あっ!? ベインさんだ！」

ベインウルフに気づいたクラスメイトたちが、沸く。

と、俺の方に十河が近づいてくるのが見えた。

表情と空気からして……改めて謝罪でもしにきた、って感じか。

しかし俺は十河が近くへ来る前に、促すようにして顎で別の方角を示す。

十河も俺の意図に気づいたらしく、かすかな躊躇いを見せはしたものの、おとなしく俺に促された方向へと歩き始めた。その先には——

「聖さん、私……」

「お見事、と言わせてもらうわ」

言って、高雄聖が蝿騎士面を脱ぐ。

そのマスクの下から出てきたのは、脱帽したとでも言いたげな微笑だった。

「また私は——あなたにありがとうを言わなければならないようね、十河さん」

◇【女神ヴィシス】◇

その日の朝——準備がすべて、整った。
ヴィシスは王城の外へ出て、空を見上げている。
そのヴィシスの前に広がっているのは、勇者たちを訓練するのに使用される区画。
この下に、あの地下空間が広がっている。
訓練区画は、地下空間の天井の蓋が開くような構造になっている。
かつて古代人はこの地下空間を使い、何をしていたのだろうか？
神族であるヴィシスにもそれはわからない。
天井の開閉も起動のため大量の魔素を必要とする。
しかし、根源素を消費しないだけマシと言える。
手に握りしめたゲート起動を開始する装置。
あとはこの装置を操作すれば、天界へのゲートが開く。
足もとには外見から隠しておいた水晶球。
この水晶球に魔素を流し込み、地下空間の天井を開かせる。
魔素を注入。
ヴィシスの目の前の地面が振動と共に、左右に割れていく。

地面が水平に横滑りでもしているかのような光景。
両開きの扉のように開放される構造ではない。
脇に置いた聖体操作装置。
円錐型のクリスタルに触れ、操作する。
操作の〝波〟の波長が合う位置が決まっているのが難点か。
が、設置位置の問題はかなり遠方の場合に限る。
この距離なら特に位置は関係ない。
操作装置に触れ、意思を流し込む感覚を作る……。
開いた天井の縁に白い手をかけ、一体の巨聖体が頭部を現した。
数体が最初のその一体に続く。
この大きさはもはや巨人と言っていいだろう。
上を見上げる巨聖体。
次の瞬間、巨聖体たちの背に白き翼が生えていく。
美しい、とヴィシスは感激する。
ニャンタンの裏切りのことなど、吹き飛ぶくらいの感激。
「やっぱり人間は、だめですねぇ」
クソすぎる。

「これはもう、ニャンタンのせいで人間は永遠の苦しみを背負う宿命となりました」

天界の方が片づいてさらなる力を得たら、やはりまずこの世界の人間を遊び殺してやろう。

「ですので～まずは～天界～♪　ひとまずここは～おさらば～♪」

適当に追っ手は出しておいたが、もはやどうでもいい。

自分の計画を語り尽くしたら、なんだかニャンタンはもうどうでもよくなってきていた。

「んー、私は無知な驚き役が欲しかっただけだったのでしょうか……？　まあ——無知でなくとも、彼らもいますし？」

肩越しに、背後を振り返る。

堕神——ヲールムガンド。

初代勇者——アルス。

虚人——ヨミビト。

三人の神徒が、静かに立っている。

昔から生意気なところはあるが、暇潰しの話し相手としてヲールムガンドは及第点であろう。

「いよいよかぁ。オラァは根源素で目覚めさせてもらってからあんまし時間が経ってねぇから、この世界のこたぁよく知らねぇんだよなぁ……ゆっくりする暇もねぇか。ま……天界への復讐（ふくしゅう）をやれるのは感謝ぁしねぇとな」

ヲールムガンドの口はいつも開いており、それが半笑いみたいにも見える。

「ヲルムは人間を殺すべき、というお考えなのでしたよね？」

「補足すんなら、増えすぎてもろくなことになんねぇ気がするから、神族が管理して数を抑制すべきじゃねぇかと思ったぁだけさ。周りを腐らせそうなのは始末しつつ、な。だが、それが主神たちの不興を買っちまった。ロキエラよろしく、主神どもはどーも被造物に甘ぇよなぁ。けど、適度に殺しておかねぇといずれひどい状態になると思うぜ、ヒトってのは」

ロキエラの頭部も、専用の箱に入れてアルスに持たせてある。

天界の阿鼻叫喚（あびきょうかん）をしっかり見せつけるために、連れて行く。

「もーですから、それだとつまらないんですってば。増え続けてこそ遊具として楽しいのではありませんか～。適度な知性を持った欲望に弱い短命種なんて……もう、遊具としては最高ですっ」

「けどよぉ」

「あ、もうゲートを開くのであなたの反論とかいいです」

「へいへい」

ヴィシスは両手を広げ、右手の装置を操作し始める。

こんなにも心地よい朝の風を感じたのは、初めてかもしれない。
なにものにも束縛されない自由。
これぞまさに、自由そのものである。
己のみが、この世界では唯一の神であり。
他存在はすべて、神の遊戯のための供物である。
神に選ばれし者だけが、供物から下僕へと格上げされる。
勇者と同じ。
格上は下僕として扱ってやるが。
格下は供物として、踊ればいい。
神を楽しませるためだけに。
いくつもの白い光が稲妻のように、空に奔る。
天高き上空に水平の輪——ゲートが、出現した。
輪の内側は、溢れんばかりの白い光に満ち満ちている。
「おぉ、あれぞ天界へと続く道」
翼を広げた巨聖体たちが羽ばたく。

この巨聖体たちの問題は、ヨナトの聖眼であった。
ヨナトの聖眼は、一定の高度以上にいる空中の金眼を攻撃する。
あの強力な光線によって。
この大陸のどこにいても、だ。
破壊はもちろんできなかった。
干渉値が上がってしまうからだ。
しかし——ヴィシスは辿り着いた。
気の遠くなるような年月をかけ、聖眼に撃墜されない方法を発見した。
魂力の性質を変化させたのである。
一度こっそり、魂力の性質を変えた小型飛行聖体で試してみた。
ちなみに極限まで戦闘能力を削いだ小型聖体にしたのは、干渉値対策である。
そしてその飛行聖体は、聖眼の反応高度を超えても——撃墜、されなかった。
さらに副産物として、勇者が殺しても経験値を得られなくなっていた。
ゆえに、どれだけ聖体を殺しても経験値は得られない。
追放帝も経験値を持たなかったはずだ。
そう、魂力の性質を変えた聖体ならば。
勇者のレベルアップによる成長や一部ステータスの回復も、防げる。

聖体に不満点があるとすれば、まともな知性を持てぬことだろうか。

複雑な自律行動ができず、行動指針も他者が示す必要がある。

この点が、やはり聖体と神徒との圧倒的な差と言えよう。

ちなみに、半神化でも神徒と似たような存在は造れる。

ただし半神化は、ヴィシスの因子を持たぬためにその行動を縛れない。

ここが難点である。

が、ヴィシスの因子を持つ神徒であれば行動を縛れる。

たとえば神徒は、元の因子の持ち主に対し明確な反逆意思を持てない。

ゆえに半神化は危険なのである。

ニャンタンのように、裏切る可能性があるから。

本当にニャンタンを半神化しなくてよかった。

腹が立つ。

あの名も覚えていない騎士団長に捕まって、苦しみ抜いて死んで欲しいと思う。

「……、——まーもうどうでもいいです！　ニャンタンもクソ蝿王（はえおう）も、何もかもどうでも！　さーゆきなさい、我が仔（こ）らよ！」

巨聖体が、飛び立つ。

ひと筋の光線が、空を奔った。

直撃。

「はぁあ？」

崩壊し、瓦解――した。

ゲ、ゲ、ゲートが。

「あーららぁ……」

手で庇を作り、物見遊山のように消滅していくゲートを眺めるヨールムガンド。

「あぁぁああああああ――――ッ!?」

聖体、ではなく。

聖眼が――

ゲートの方を、破壊した。

「…………………クソすぎるでしょう……これは、さすがに」

聖体と違って。

起動準備に大量の根源素を消費するゲートは、実験をしていない。

そもそも。

ゲートが聖眼の破壊対象などという想定は、していなかった。

金眼だとか……魂力だとか。

そういうものが、破壊対象なのではないのか？

「あー……あー……あー、これはむかつく。なんというか、むかつきますー……」

ヴィシスは消滅していくゲートの破片を背に、神徒の方を向いた。

「ら～ら～ら～ら～ら～らぁ～♪」

「どうしたぁヴィシス？　精神的負荷が強すぎて、現実逃避でも始めたか？」

「いえいえ～。別に、ゲートまた開こうと思えば開けますので」

根源素は、まだまだある。

すぅ、とヴィシスの目が据わる。

「対神族強化の数値が低い聖体軍をすべて起動し王都周辺——地上に、展開。北回りでヨナトの王都へと向かわせ……聖眼を破壊させましょう。んー一応、ヨナトの女王には聖眼の機能を停止させるよう軍魔鳩で指示を出しておきましょうか。聖眼はあの女王の自己同一性なところがありますから……言うことを素直に聞いてくださるか、はてさて……るるる～♪」

目こそ笑っていないが。

ヴィシスの口もとには、微笑みが戻っている。

「あーあと……聖眼を停止もしくは破壊させるまでは、西から来ている目障りな蠅王と狂美帝のクソどもを足止めしておきましょうね～。ららら～♪　聖体軍を振り分けて、足止め足止め♪　邪魔させてたまるものですか～るるる～♪　まー、先にあの鬱陶しい蠅どもを叩き潰しておくのもいいかもですねぇ～♪　いい気分ですか、おい？」

虚無の瞳で、ロキエラの入った箱を見るヴィシス。

「でも、残念でした」

ぱん、と。

ヴィシスはいつもそうするように、両手を、笑顔で打ち合わせた。

「どのみち――最後に勝つのは、この私ですので♪」

◇【三森灯河】◇

「なん、だ？」

ニャキたちも落ち着き、和気藹々と会話をしていた時だった。

一条の巨大な光線が、上空を突き抜けたのである。

光線の先はアライオンの方向……だったが。

俺と今後の今日の動きについて打ち合わせていた狂美帝が、光線の放たれた方角を見ながら言った。

「聖眼が、発動したのか」

〝聖眼〟

ヨナト公国の王都――その王城の頂にある眼型の巨大な古代魔導具、とされている。

国の成り立ちや経緯は、セラスから聞いていた。

□

ヨナト公国はかつて、ヨナト大公が治めていた。

大公は、元はマグナルの公爵であった。

ある時マグナルから公爵領を独立させ、マグナル西方にヨナト公国を樹立。

国としてはどうにか、独立を保ち続けた。

しかしある時、現女王の祖先が聖眼を起動させる。

聖眼は、当時空の脅威となっていた飛行系の金眼を駆逐した。

一定以上の高度に存在する金眼をすべて攻撃する聖眼。

この大陸のどこにいてもその攻撃は行われる。

聖眼があるために、飛行系の金眼は強力なものが生まれなくなった。

ゆえに根源なる邪悪の軍勢も強力な飛行金眼を持たず、侵攻は主に地上軍によって行われる——このように、仮説立てられている。


さて。


聖眼の存在によって、大陸におけるヨナトの重要性は急速に高まった。

同時にヨナト国内では、聖眼を起動させた一族の声望も高まる。

女王の祖先らは国内で支持と勢力を拡大させていった。

やがて、民は聖眼を信奉し始めた。

当然、その信心はそれを起動させた一族にも及んでいく。

彼らが絶えれば聖眼はその機能を失うとされた。

また、女王の祖先は老獪(ろうかい)な人物が揃(そろ)っていた。

彼らは大公家に取って代わり国を治めることを決める。

こうして元々あまり評判のよろしくなかった大公家は、弱体化していった。

やがて大公の一族は政の場から退き、閑居にまで追いやられることとなる。

彼ら大公家が最後に望んだのは、ただ一つ。

〝玉座は譲る。しかし、我々が存在したヨナト公国という名だけは残してほしい〟

望みは受け入れられ、大公の一族は表舞台から姿を消した。

時代が進み、首都も王都と改められた。

現在も、聖眼を起動させた一族の子孫がヨナト公国を治めている。

そして国名が示す通り、大公家と交わした約束は今でも守られている。

▽

「聖眼が攻撃したのは、ヴィシスがゲートを展開させたからだと思うよ」

聞き覚えのない声がした。

声は十河のベルトの革袋から。

袋の蓋を腕で押しのけ、その中から少女が顔を出した。

少女、といっても――ピギ丸よりもっと小さい少女だった。

妹たちと抱き合っていたニャンタンが、立ち上がる。

「ロキエラ、目覚めたのですか」

「いや～実はちょっと前にね？　ニャンタンがほら、感動のご対面中だったから……割り込むのも悪いかな～と思って」

「彼女がヴィシスを罰するために天界から派遣された神族――ロキエラです」

やぁ、と手を上げるロキエラ。

「本体はヴィシスにやられちゃったけど、分身を作ってヴィシスのいる王都からニャンタンと逃げてきたんだ。もう知ってるかな？　ちびエラ、と呼んでくれてもいいよ」

……なんかフランクだな。

いや――ヴィシスもあんなだしな。神族だから厳か、ってこともないのか。

「軍魔鳩ってので先に色々お知らせできればよかったんだけど……さすがのボクも、瀕死の状態から分身を作ってニャンタンに接触するくらいが限界でね。けど休眠状態に入ってたおかげで、こうして喋れるくらいには力が溜まったみたいだ」

狂美帝が、

「聞きたいことは数えきれぬほどあるが……先ほどの聖眼の攻撃とゲートとやらについて、教えてもらいたい。余はミラ皇帝、ファルケンドットツィーネ・ミラディアスオルドシート。ツィーネで構わぬ。狂美帝、と呼ぶ者も多いが」

「あぁ、キミがヴィシスの言ってた……いや、まず説明が先だな。ニャンタン、ボクはヴィシスがとても大事なことを一つ見落としてると言ったよね？」

「はい」

「他に一つ確認したこともある、と言った。あれはね、アライオンの王都に届く距離に起動状態の聖眼があるかを、持ってきた装置――神器で確認しておいたんだ」

ロキエラの言葉に皆、黙って耳を傾けている。

「ゲートってのは天界と地上を結ぶ特別な通路みたいなものだ。ただ、このゲートを開く場合は天界側から行う必要がある。ボクら地上に派遣された神族が勝手に開くことはできない。天界に通信を行い、向こうから開いてもらうんだ」

「ヴィシスは、自分でそのゲートを開いたのか？」

狂美帝の問いに「よくできました」と頷くロキエラ。

「そう、正規の手続きを踏んでいないゲートをね。そうだね……天界から開くゲートのみが正規のゲート、とでも言えばいいかな。いわば、正式な許可の出たゲート。そしてその許可の出ていないゲートを開いたら、どうなるか――はい、真っ先に思い至った顔をしたそこのキミ」

ロキエラが教師みたいに俺を指差し、その先を促した。俺は、

「天界側から開いた正規のゲートであれば、聖眼は破壊しない。しかしヴィシスが開いた

のは正規のゲートではなかったため――破壊された。ゲートはおそらく開くこと自体に根源素辺りをかなり消費する……しかも開けば、天界の監視システムみたいのに引っかかる可能性が高い。だから事前の実験もできていなかった。つまり、ヴィシスはゲートが聖眼で破壊されることを知識として知らなかった。

「おぉう、そこまで辿(たど)り着くなんてなかなか優秀だねキミぃ。うん、合ってるよ。ヴィシスのことだから、ゲートをくぐる聖体――金眼(きんがん)には聖眼対策を施したんじゃないかな？ボクらの評定システムに引っかからないやり方を見つけてね。けど、まさかゲートにも聖眼の破壊が適用されるとは思ってなかったんだろう」

ニャンタンが、

「なるほど、だからロキエラは……」

「そう。聖眼が起動状態にある以上、ヴィシスは天界にいけないはずだとボクは踏んでいた。だから〝間に合う〟と言ったんだよ」

「眠りに入る時、ロキエラが何か言いかけたのは〝聖眼〟と言おうとしていたのですね？」

「うん。咄嗟(とっさ)に思い出して〝聖眼があるから時間はもっと稼げる〟と伝えてから休眠状態に入りたかったんだけどね。ごめんねー、不安にさせちゃって」

少しずつ皆のロキエラを奇異に見る空気が薄れてきた。

慣れてきたのだろう。

ま、そもそも俺たち勇者組はもうこの異世界の時点で驚きの連続だったしな。

「まー実を言うと、聖眼に関してはボクたち神族からしても謎が多いんだ。たとえば、一定以上の高度にいる金眼を攻撃するとか、非正規のゲートを攻撃するとかはわかってるんだけど、聖眼がどこでどう作られたとかは、いまだに判明してないんだよね。ボクたちは造り出した側じゃなくて、聖眼に対しては研究する側って感じなんだ」

そう言ってからロキエラは、周囲を見渡した。

「ところで、狂美帝って子は見つかったけど——蠅王（はえおう）ってのは誰かな？」

大半の視線が俺へ集まる。

「おぉ、さっきの鋭いキミか！　お名前は？」

「トーカ」

「トーカ、キミだよ」

「？」

うん、とロキエラが一つ頷く。

「ヴィシスはこのあと聖眼を停止——もしくは破壊するために動くはずだ。ボクたちは今、時間的な猶予を得た状態にある。が、当然まだ解決はしていない。要するに、聖眼が機能停止される前にヴィシスを倒さなくちゃならないんだ。ゲートは破壊されたけど、ゲートを開く神器までは破壊されていないと思う。根源素の貯蓄があるなら、再びゲートは開けるはずだ」

ロキエラは表情を硬くし、

「つまり……ヴィシスが聖眼を潰す前に、ボクたちがヴィシスを潰せるかどうかの勝負になる——ということだ」


なるほど、時間稼ぎこそしていたが……。

ヴィシスがこちらを潰すのに真剣でないと感じた理由。

どうせこのまま天界へ行くから——この世界から一度おさらばするつもりだったから、ヴィシスはあまり俺たちを潰すのに本気になっていなかった。

……危うく勝ち逃げされるとこだった、ってことか。

まあどのみち、聖眼がある限りヴィシスは天界とやらには行けなかったわけだが。

「ニャンタン、ボクはいくつかのことを彼らに説明しようと思う。けれど、例の証拠の件も進めておいた方がいいと思うんだけど……」

ニャンタンが、衣服のポケットからスマホを出した。そして、聖にそれを渡す。

「ここに、ヴィシスが人間の脅威であるという証拠が入っています」

「ありがとう。あなたのおかげで色々なことが上手く運びました。それと——けっこうな重荷を背負わせてしまって、ごめんなさい」

ゆるゆると首を振り、微笑するニャンタン。

「どころか、キミがわたしを正しい方向へ導いてくれたのです。いいえ、キミだけではない──キミたちが。それに……」

ニャンタンが俺を一瞥する。

「こうしてニャキと無事に会わせてもらえたのです。お釣りが来るほど、背負う価値ある重荷だったと言えます」

聖が、薄く微笑む。

「さすがですね」

「?」

「さすがは、私たち姉妹の師匠」

聖はニャンタンと少し言葉を交わしてから、

「樹、荷物の中からあれを持ってきて」

「おう」

樹が馬車の方に向かう。

「みんな、例のものは持ってきてくれたかしら?」

聖がそう確認したのは、クラスメイトたち。

みんな頷いたり、返事をしたりしている。

ちなみに……聖に声をかけられる前は、クラスメイトの視線は忙しかった。

主にセラスとか、狂美帝とか。

あと……ムニンも、男子の一部から熱い視線を浴びていた。

リィゼたち亜人のことも珍しがっている様子だった。

あとは……俺か。

『あれ三森君なの……？』『は、蠅王が三森君……』『マジかよ、蠅王が三森？』『じゃあ、あの時……魔防の白城の時に助けてくれたのって……』『待って！　じゃあ蠅王さんのやったことの話って……全部、三森君がやったの!?』『あんな感じだったっけ？　あれ？　けっこう……よくない？』『やべっ……おれ、廃棄される時に煽ってた……どうしよぉぉ……』

口々に囁き――と呼べない声量もあったが――合っていた。

そのクラスメイトたちが聖に言われた〝例のもの〟を、用意された卓に置いていく。

「でも高雄さん、こっちじゃネットも繋がらないし……何よりもう充電切れちゃってるよ？」

クラスメイトの一人が言った。

卓上に置かれたのは、各自のスマートフォン。

「大丈夫」

戻ってきた樹が、スマホに触れる。

「【雷撃ここに巡る者】（ライトニングシフター）――【弐號解放】（アンロックツー）」

樹の指が、何やら光っているように見える。

そうか、あのスキルで例の充電ができるのか。

最初あれは、攻撃用のスキルと思っていたらしい。

いや、攻撃用途でも使用はしていた。

ただあのスキルは〝対象に電気的な力で干渉する能力〟だと、聖はそう分析していた。

多分、俺の状態異常スキルと同じ。

ゲーム的に落とし込む上で〝雷撃系〟となっているだけなのだろう。

しかし実際はそれっぽい名称がついてるだけで、本質は違ったりする。

俺の【凍結性付与】（フリーズ）だって、普通に氷かと問われると微妙だしな。

「嘘（うそ）っ!?　充電できるの!?」

クラスの連中が、起動したスマホを見てワッと集まる。

「――そういう、ことか」

狙いがわかった。

樹が持ってきたのはスマホ用のケーブルだった。

聖はそれを受け取り、スマホ同士をケーブルで繋ぐ。

アナログだけれど転送は速いから、と聖は言った。

狙いは、証拠のコピー。

そして、そのコピーファイルの入った複数のスマホを――

「各国に、バラまくつもりだな？」

スマホを操作しながら、聖は答えた。

「その通り」


そこそこの重量を運べる軍魔鳩もいるらしい。

貴重でそこまで数がいないそうだが。

特級軍魔鳩という名称が一応あるとのこと。

狂美帝はミラにあったそれらを今回ほとんど持ってきていた。

聖が頼んでおいたそうだ。

どうもミラは軍魔鳩の産地で、他国より上質な軍魔鳩をたくさん保有しているという。

「極力、文章として使い方をわかりやすく記したつもりだけれど……こればかりは上手くいくか、賭けになるわね」

念のため、地上からも早馬で届けるという。

「特に聖眼のあるヨナトが、こっちの思惑通りに動いてくれるかだな」

ルハイトやカトレアは問題ないだろう。

「中には動画もあるから信じてもらいやすくはなっている――と、信じたいけれど」

「ここばかりは、賭けになるか」

「そうね。よし――ひとまず、準備できたわ」

こうして次々と、伝書とスマホを携えた特級軍魔鳩が空へと放たれていった。

希望の種を乗せて。

俺は空で散らばっていく軍魔鳩を眺め、

「種は蒔かれた――あとは、芽吹くのを祈るのみだ」

◇【カイゼ・ミラ】◇

ミラの帝都ルヴァ。
処刑場の晒し場にはこのところ、それなりの数の首が晒されていた。
晒されているのは、野ざらしになった剣虎団の面々の首である。
剣虎団は先日、処刑された。
蠅のたかる生首を鴉がつついている。
初日には剣虎団の知人と思しき者が晒し場に侵入した。
首を抱擁し、慟哭していたという。
剣虎団は、あの白き軍勢を操ってミラを混乱に陥れた犯人とされている。
ミラの民の溜飲を下げるには、効果的だったと言えるであろう。

宰相のカイゼ・ミラは、城の地下牢にいた。
『――――、……白狼騎士団の犠牲は、仕方がありませんでした。ソギュードさんの犠牲は人材的に痛手ですが……まあいいでしょう♪　これも大魔帝の心臓を手に入れるために必要なことだったんです。まー許可をしたのは私ですが……最終的には、キリハラさんの意思ですし？』

その男は大きな背中をこちらに向け、絨毯の上に座っていた。

男は食い入るように〝スマホ〟を見ている。

何度も何度も〝リピート〟している。

他にも、いくつかのヴィシスの声が〝再生〟されていた。

カイゼは声をかけた。

「これで信じていただけるとありがたいのですが——白狼王」

あの大侵攻の時——マグナルの王都に大魔帝軍が攻め込んだ。

ミラ軍はマグナル軍と共に戦い、激戦の末に辛勝した。

この戦いのさなか、マグナルの白狼王は行方不明になったとされている。

実際は、乱戦で傷を負い意識不明の状態にあった。

その報告を受けた狂美帝は、白狼王をこっそり自国へ〝持ち帰った〟。

マグナルは女神寄りの国である。狂美帝は対立する国の王を行方不明のままとすることで、マグナルの弱体化を図ったのである。

白狼王はこの地下牢の奥の部屋で治療を受けつつ、囚われの身として過ごしていた。

扱いは丁重であったが、警備は厳重であった。

また、囚われの白狼王はさほど焦った様子を見せず、常に泰然としていた。

『この身を捕らえようと、我がマグナルには弟のソギュードがいる。あやつが次の玉座につき、次の王となれば、我がマグナルは問題ない』

こう話していた。

しかし今、その状況が変わった。

ヴィシスは人類の敵であり、そして……。

ヴィシスは白狼騎士団を――ソギュード・シグムスを、己が目的のために犠牲にした。

スマホから流れていた声が止まり、長い沈黙がその場に揺蕩った。

「カイゼ・ミラ」

白狼王が、背中越しに口を開いた。

「キリハラは蝿王がくだしたと言ったな？」

「と、聞いております。証拠として、保存されたタクト・キリハラの死体が、ただいまこの帝都へ向けて運ばれているそうです」

「許さん」

「…………」

燃え立つような憎悪が、白狼王のがっしりした背中から放たれていた。

「王として、兄として――ヴィシスを許すわけにはいかん……ッ！」

カイゼは奥の部屋を出て、外で待機させていた兵たちに指示を出した。

王の装備を白狼王にお返しするように、と。

(白狼王が心変わりしてくれたと……ここは、そう信じるしかあるまい。今はこのような状況で、猶予も限られている……)

カイゼは一度振り向き、今ほど出てきた部屋の扉を一瞥した。

(時には直感を信じ、思い切ってことを先へ進めるのも必要になってくる……か)

カイゼは上へ戻る階段の方を目指して進み——途中で、足を止める。

「準備はできたか?」

「ああ」

応じたのは——剣虎団の団長リリ・アダマンティン。

彼女の背後には、支度を終えた剣虎団の面々が立っている。

「まさかここであたしらを駆り出すとはな。狂美帝ってのは、怖いお人だ」

リリがそう言うと、大柄な剣士のフォスが咎めるように言った。

「違うぞリリ、あんなことをやったおれたちをこうして殺さずにいてくれたんだ。しかも表向きは処刑されたってことにしてもらったから、人質になってる拠点のみんなに危険が及ぶ可能性も少ない。全部、狂美帝の取り計らいのおかげだ」

「そうじゃな。ワシらが死んでいるなら、拠点は人質としての意味をなさなくなる。処刑されたと見せかけたのは、よい手じゃった」

そう続いたのは、ビグという老戦士。

あの晒し場の生首は、偽物である。

生首は、元々処刑の決まっていた罪人たちのものだ。

頭部に化粧などの手を加えて剣虎団に似せた。

さらに顔面を火で炙(あぶ)ったので、本人かどうかわかりにくい。

首を抱いて泣いていた人物も仕込みである。

剣虎団の知人を装わせたまったくの他人だ。

あれは少々眉をひそめる性癖の処刑人を変装させた。

が、そのおかげで生首の抱擁にも抵抗感はなかっただろう。

「ぼくたちも正直、あの女神お抱えの騎兵隊でいるよりは狂美帝(きょうびてぃ)の下で働く方がいい気がするよ。捕虜なのに、ここまで待遇がいいとねぇ」

「ナハトは怠けすぎでしょう。もう身体(からだ)も鈍っているのでは？」

「きつい……虜囚となっても、スノーちゃんは相変わらずきつい……」

アライオン第九騎兵隊の隊長ナハト・イェーガーと、その副長スノー。

最果ての国へアライオン十三騎兵隊が侵攻した時、彼ら第九騎兵隊は狂美帝やアサギ・

イクサバらと対峙した。

彼ら第九は——少し戦ったのち、すぐさま降伏した。

『あーだめだ……こりゃ勝てん。命を粗末にするのは、やっぱりやめよう』

隊長のナハト・イェーガーが即座に白旗を振ったことで、第九騎兵隊は一割程度の人数が削れただけだった。

その後、捕虜となった彼らはこの地下牢で囚人となっていた。

「君たちの働きにも、期待させてもらう」

「ミラさんは悪くない待遇だったからねぇ。途中から命じられた労役も、これを見越して身体をなまらせないためだったんだろう？　おたくらの皇帝もやるねぇ、まったく……」

スノーがカイゼに尋ねた。

「我々はヨナトへ向かうのですね？」

「そうだ。聖眼を守らねば、この世界の人間はいずれヴィシスに、永遠の苦しみを与えられる存在へと堕とされる」

するとリリがどこか収まりが悪そうに、

「にしても……助けてもらっといてなんだが、あんたらの皇帝さんも甘いっていうか——随分、寛大だよな。いや、あたしらを来るべき日の戦力として考えてたってのもわかるんだが……あたしらがこの地下牢に来た時点じゃ、ここまで考えてなかっただろ？　蝿王にしたって……」

ちなみに模造聖体に関して彼女たちが持つ情報は、すでに狂美帝に伝えられている。

「要するに、何が言いたい？」

リリが言葉を探すように、後頭部を掻く。

「その、さ……蠅王がなんであの時あたしらを殺さなかったのか、今でも疑問でね。あたしら剣虎団は一人も殺されなかった。けど、不殺は普通に手間だろ？　あの時、この今の状況まで読んでたってのは……さすがに無理がある。でも、あの時点での聖体軍の脅威度を考えれば、あたしらをわざわざ殺さないように戦う意味なんてなかったはずで……どうもその辺が、ずっとしっくりこないんだ」

「ミルズ遺跡の、13層だそうだぞ」

「？　ミルズ遺跡、って……あれか？　ウルザの……新しい階層が見つかったとか言って、侯爵が傭兵を集めてた……、――って、それがどうしたってんだよ？　ええっと……13層ぉ？」

「俺もよくはわからんが、君らにはこう伝えてくれと蠅王から言われている。『ミルズ遺跡に魔物の変死体が溢れてた時、一緒に上に戻らないかと気遣ってもらった男がいた。あれが俺だ。純粋に心配してくれて、親切にしてくれたんだ。殺せるわけがない』と」

リリが――呆けたように、目をまん丸にしている。

他の剣虎団たちも度肝を抜かれた顔になっていた。

全員、衝撃の事実に理解が追いついていない顔をしている。

リリは、

「は？　嘘、だろ……？　あの時の坊やが……蝿、王……だ、った……って……」

そして、

「嘘だろぉぉぉおおおおおおおおおおおお――――ッ!?」

「知らん」

言って、カイゼは再び歩き出す。

「俺は、その時が来たら剣虎団にそう伝えてくれと頼まれただけだ。ちなみに君たちが処刑されたと見せかける案も蝿王のものだ。ああ、それと……もう一つ蝿王から伝言があったな」

カイゼは足を止め、伝書にあった蝿王の言葉を伝えた。

「『あの時は何気に嬉しかった』――だそうだ」

エピローグ

ヴィシスの音声や動画を記録したスマートフォン。

これが届く最も近い位置にいたのは、混成軍である。

あの証拠は混成軍側に強烈な動揺をもたらしたらしい。

カトレアは各国の司令官クラスの者を連れ、すぐにミラの陣を訪れた。

結果、ネーア、バクオス、ポラリー公率いるアライオンの軍勢が、こちらの陣営に加わることになった。さらに、魔戦騎士団とウルザ兵もこの女神討伐戦に加わるそうだ。

モンロイから逃亡した魔戦王は、混成軍に捕らえられていた。

捕まった際はあれこれ言い訳していたらしい。が、結局ただ臆病風に吹かれて逃亡したことをカトレアに看破され、そのまま囚われの身となった。

これには、魔戦騎士団やウルザ兵もいよいよ気力が萎えたのだろう。

で、カトレアがそこにつけ入って骨抜きにした。

「フン……やっぱ怖ぇな、ネーアの女王さまは」

そのカトレアと再会したセラスは、

「姫さま」

「セラス」

今、カトレアの抱擁を受けていた。

「ありがとうございます……私を信じてくださって」

「いえいえ。わたくしの方こそなかなか立ち位置が定まらず、悪かったですわ」

「姫さま——いえ、女王陛下」

「貴方(あなた)はだめですわ」

「？　だめ……と、おっしゃいますと？」

「わたくしがどんな立場にいようと貴方は〝姫さま〟とお呼びなさい」

「ふふ……かしこまりました。では、二人きりの時には——」

「常時です」

「……か、かしこまりました——姫さま」

「よろしい」

なんつーか……安定感があるよな、あの二人は。

一方、十河(そごう)はバクオスのガスやポラリー公爵に挨拶していた。

その輪にはベインウルフも加わっている。

旧交を温め合ってる、って感じだ。

「………」

さっき十河とは、二人で話した。

十河は謝罪してきた。

迷惑をかけた、と。

信じられないなんて言ってごめんなさい、と。

その時の会話を思い出す――

『十河が謝る必要なんてないさ』

『いいえ……謝らせて。何より今は……三森君のおかげでたくさんの人が救われたのが、わかったから』

十河は、知らない。

小山田翔吾に関する真実を。

アライオンの王都脱出組に小山田はいなかった。

聖は小山田に関して、十河にこう説明したそうだ。

『ニャンタンによると、小山田君は安君と同じくヴィシスの命令でどこかへ向かわされたらしいの。残念なことに、今は行方知れずとなっていて……他のみんなと一緒に王都脱出とはいかなかったみたい。ヴィシスとの戦いが終わったら、一緒に捜しましょう』

聖から説明を聞いた時、俺は舌打ちした。

……ったく。

高雄聖は自分も嘘つき――悪者になろうとしてやがる。

もっと俺だけに押しつける、曖昧な言い方があるだろうに。お人好しが。

十河は俺に謝罪したあと、こうも言っていた。

『ニャンタンさんが妹さんたちと再会した時の姿を見て、決めたの。私は――三森君を信じる。あれを見た時、ね……思ったの。三森君はああいう人たちを助けながら旅をしてきて――今この戦いに臨んでるんだ、って』

『十河』

『ええ』

『あの時……俺が、女神に破棄されそうになった時』

『……うん』

『庇ってくれたのは、嬉しかった』

その時の言葉は、本心で間違いはなかったが……。

つくづく俺は――クソ野郎だ。

クリティカルな情報を隠して、十河の信用を得ているのだから。

が、それでもやはり十河にここで小山田の件を明かす気はない。

聖にも言った通り、対ヴィシス戦において勝率の下がる選択肢をあえて取るつもりはない。

十河は、俺が旅の中で人助けをしていると言っていたが。

これが独りよがりな復讐の旅であることに、変わりはない。

「…………」

だから——、…………悪いな、十河。

今、この辺りには浅葱グループも顔を出していた。

鹿島は十河と和やかに会話している。浅葱は、狂美帝と何か打ち合わせていた。

浅葱も味方として、しっかり機能してくれるといいが。

俺たちは今、いよいよ聖体軍との戦いが始まりそうなので、その準備を整えているところだった。

他にここへ加わりそうな戦力は、まだ到着していない後続の最果ての国の援軍。

あとは、ネーアやバクオスの本国からいくらか戦力が補充されるかもしれない。

大方、対女神戦の戦力はこんなところか。

こちらへ迫ってきているという聖体軍は、この戦力で迎え撃つ。

問題は——聖眼があるヨナトの方。

記録されたあのヴィシスの本性を見たヨナトやマグナルが、こちら側へ寝返ってくれるのを祈るしかない。

「——それで、お聞きしたいのですが」

「なんだい？」

俺が話しかけたのは、俺の肩に座っているロキエラ。

ピギ丸がソファみたいになっていて、ロキエラがそれに背を預けている。

「目を覚ましたあと、あなたは俺に『トーカ、キミだよ』と言いました。そのあとヴィシスの話に移りましたが、あの言葉の真意をまだ聞いていない気がしまして」

「その前に、ボクにはそんな堅苦しい接し方しなくていいから。他のみんなも同じだ。ボクはキミたち人間の親みたいなものだからね。親子の距離感が遠いのは、寂しい」

「じゃあ……ロキエラ」

「それでよし。で——そうそう、ボクのこの前の発言の答え合わせだったね」

ロキエラの目つきが鋭さを帯び、

「おそらくこの戦いは、キミが間に合うことが大事なんだ」

「俺が、間に合うこと？」

「そう」

「それは……どういうことだ？」

ここにいる戦力すべてが間に合う、って言い方じゃない。

俺限定なニュアンスが、引っかかった。

「ボクにはね、ヴィシスがさっさと天界に逃げたがってるように見えたんだよ」

「単に、天界の方を優先したいからではなく？」

「多分、ヴィシスは蠅王（はえおう）という存在になんとなく嫌なものを感じている。無意識では、キミとの戦いを避けたがってるんじゃないかな」

「………………」

「反逆者の名を挙げた時、わざわざ蠅王の名を最初に持ってきていたんだ。狂美帝よりも――禁呪よりも。目障りな虫、とか言ってたしね。あれは、蠅王を意識してるからこそ出てきた言葉なんじゃないか、と思ったんだ」

聞いたよ、とロキエラ。

「蠅王はこれまで数々のヴィシスの思惑を潰す要因となってきた。あれもこれもすべて蠅王によって邪魔されてきた……ヴィシスは、そう感じているんだと思う。あのヴィシスのことだから、最終的に自分が勝つ構想は頭の中で組み立てているはずだ。ただ、その構想の中でもし――」

前を向いていたロキエラが、俺の顔を見て。

「万が一があるとすればキミだと思ってるんじゃないかな」

だからさっさと天界に逃げてしまいたかったんだよ、と。

ロキエラは嗜虐的（しぎやくてき）な空気をわずかに滲（にじ）ませ、愉快がるようにそう言い添えた。

「ヴィシスは、キミを嫌がってる」

「だとしたら——それほど嬉しいこともないがな」

ひと言で表現するなら。

ざまぁみろ、だ。

ロキエラが、小悪魔みたいな笑みを浮かべた。

「ふふ……ヴィシスの最大の失敗は案外、トーカ——キミを怒らせてしまったことなのかもしれないな」

確かに。

あいつは、やりすぎた。

俺はこの旅で、ヴィシスという女神のクソさをさらに見せつけられた。

あいつは復讐心という炎に——薪を、くべすぎた。

不思議だ。

あの廃棄の時から一度も、ヴィシスとは顔を合わせていないのに。

今、俺の中の女神は、より悪辣なものとして膨らみ続けている。

だが……実際のテメエ（ヴィシス）とはそれほど、かけ離れちゃいねぇだろ。

なあ——クソ女神。

俺は一人、幕舎の中にいた。

狂美帝に呼ばれたためだ。

幕舎の中の掛け台に、黒いローブがかかっている。

それは、俺が普段着ている大賢者のローブよりも少し大きく見える。

王の着るような威厳あるローブと言えば、そうなのかもしれない。

そして被り物用の掛け台には――蠅の王のマスク。

蠅王の伝説に登場する蠅王ベルゼギア。

このマスクは、彼の物語の後期の姿をイメージして造形されたそうだ。

数々の戦いを潜り抜けたあとの凄味のようなものが、その造形には宿っている気もする。

狂美帝曰く、どうやらローブも同じ指向性で作られたものらしい。

そう、マスクもローブも新しくあつらえられたものである。

特に以前のマスクは――かなり騙し騙し使ってきたが、もう限界がきていた。

掛け台の前に立つ狂美帝が新しいマスクとローブを視線で示し、

「他の蠅騎士装などの注文品は完成済みだったのだが、この特注の新たな蠅王装だけは時間がかかってな。今朝方、ようやく完成した」

聞けば、作製した者がこだわりにこだわったのが、時間のかかった理由だという。

「早速、着用してみるといい」
蝿王のローブは大賢者のローブの上に纏えるようになっていた。
見た目より軽い。
通気性も悪くなく、動きやすそうだ。
ピギ丸が潜んだり顔を出すのも、今までとそう変わらずできるだろう。
俺は次に、それまで使ってきたマスクを台に置き——新しいマスクを被った。
斜め前に設置された姿見へ視線を飛ばす。
そこには、新たな蝿王の姿があった。
最終蝿王装、とでも言おうか。
狂美帝が、
「ではゆこうか——蝿王よ」
言って、先に幕舎の外へ向け歩き出す。
俺も少し遅れ、狂美帝の後に続いた。
幕舎の外——今日は曇りがちだったが、今、空には晴れ間が見え隠れしている。
風は穏やかで涼しく、こんな状況でなければ心地よく過ごせそうな日だった。
外にはこれから戦いに向かう者たちが待機していた。
彼らの視線が、狂美帝のあとを追う俺へ向けられる。

おぉなんかすごいぞ、という高雄樹(たかおいつき)の声がした。

それと同時にヨヨ・オルドがやって来て、狂美帝に報告する。

「陛下、斥候から聖体軍が見えたとの知らせが」

「わかった」

狂美帝は立ち止まってそう応じたあと、身体(からだ)ごと俺の方へ向き直った。

俺も、立ち止まる。

「蠅王よ……出陣前にひと言、そちから何か言葉をもらいたいのだが」

俺は、

「かしこまりました」

そう頷(うなず)きを返し、一度、ぐるりと周りの者たちを見渡す。

そして適度に間を置いてから、宣した。

「それでは、始めるとしましょうか」

始めると、しようか。

「この世界を救うための、戦いを」

この復讐の旅を終わらせるための――――俺の、戦いを。

今冬発売予定!!

あとがき

帯にもありました通り、いよいよ終章開幕となりました（最終章こそがとても長くなったりするケースもありますが）。一応物語はほぼ予定通りに進行していますが、改めて一つの大きな流れを畳んでいくことの大変さも感じています。この世に数多ある物語の中には様々な要因によって〝正しい結末〟まで辿り着けないケースも存在します。たとえばそのうちの一つは、畳むことの難しさもあるのかもしれません。物語を広げるのに比べてそれを閉じていくのは（広げれば広げるほど）本当に大変な行為だと思います。ただ、今のところ本作は幸い様々な条件をクリアできており、どうにか皆さまに一つの区切りをお届けできそうな手応えを感じております（もちろん先のことなので、未知数ではありますが……）。この物語と〝彼ら〟の行く末を最後まで見守っていただけましたら、幸いでございます。

ここからは謝辞を。担当のO様、作業工程での各種ご対応いつもありがとうございます。KWKM様、今巻でもヒロインたちの魅力をばっちり引き出してくださりありがとうございました。最終蠅王装は〝まさに！〟なデザインで個人的にグッときました。内々けやき様、鵜吉しょう様、ビジュアル化の難しいと思われる本作をいつも漫画として見事に表現してくださりありがとうございます。また、十一巻を出版するにあたりお力添えくださった皆さまにもこの場を借りてお礼申し上げます。

そしてWeb版読者の皆さま、おかげさまでなんとか最終章まで辿り着けました。先述した様々な条件をクリアできたのも、これまで応援してくださり、何よりこの書籍版を継続してご購入くださっているあなたのおかげでございます。このたびも、ありがとうございます。

さて——次巻なのですが、実は十二巻の前に完全書き下ろしの外伝的な巻が一つ出る運びとなりました。書籍版を〝トーカとセラスの物語〟としているので、ここでこれを補完的に書いておくのもよいのでないか——そんな事情もあっての巻です（せっかくイラストのつく書籍版なので、イラスト映えするシーンを盛り込めたら……とも思いつつ）。

そんな具合で、まさに本当の意味での〝セラス本〟になりそうな次巻でお会いできることを祈りつつ、今回はこのあたりで失礼いたします。

篠崎芳（しのざきかおる）

作品のご感想、
ファンレターをお待ちしています

あて先
〒141-0031
東京都品川区西五反田 8-1-5 五反田光和ビル4階
ライトノベル編集部
「篠崎 芳」先生係／「KWKM」先生係

ハズレ枠の【状態異常スキル】で最強になった俺がすべてを蹂躙するまで 11

発　行　2023年6月25日　初版第一刷発行
2024年12月16日　第二刷発行

著　者　篠崎 芳

発行者　永田勝治

発行所　株式会社オーバーラップ
〒141-0031　東京都品川区西五反田 8-1-5

校正・DTP　株式会社鷗来堂

印刷・製本　大日本印刷株式会社

Printed in Japan　ISBN 978-4-8240-0527-4 C0193

オーバーラップ　カスタマーサポート
電話：03-6219-0850 ／ 受付時間 10:00～18:00（土日祝日をのぞく）